目录

综述：宁波之港　　001

01　海洋文明的曙光

从井头山到河姆渡　　018
远古的微笑　　024
潮起达蓬山　　029
探寻宁波第一城　　034

02　太阳从港口升起

一个城市的诞生　　048
它山堰之水　　054
大唐的风帆　　060
神的一滴　　066

06　东方大港的梦想

先生之望　　　　182
赫尔墨斯的星星　188
低潮拍打着宁波　194

07　打开彩虹之门

开放的崛起　　　　212
革命，建设，爱情　217
闪亮的单项冠军　　222
飞越彩虹　　　　　228

综述：宁波之港

宁波地处中国大陆海岸线的中段，面临东海，三面环山，一面平原。姚江、奉化江和甬江流贯其中。独特的地理环境，发育出得天独厚的优良港口。

8000年前，井头山先民已经在海边定居，操桨踏浪，捕鱼采贝。到了7000年前的河姆渡时期，先民们制造独木舟，航行于港湾和近海。这水陆之间的埠头、渡口，成为人类早期的港口雏形。

宁波航海的最早纪录始于公元前10世纪。《逸周书》称："成王时，于越献舟。"于越，今绍兴、宁波一带。以舟为贡品，献于天子，此舟制造必精。近人张道渊考证："于越所献之舟乃是构造较常舟完备伟大之海船也"，而制造之地在宁波。《越绝书》引越王勾践话说，越人"水行而山处，以船为车，以楫为马，往若飘风，去则难从……"《慎子·逸文》记载："行海者坐而至越，有舟故也。"西周时期，舟船在吴越之地早已是交通的必需品，宁、绍应为造船之所。至春秋战国，越地已能制造多种船只。勾践灭吴时，有"戈船三百艘"。因此有专家认为，宁波是中国造船和航海的重要发轫地。

"以舟为车，以楫为马"，发达的水上活动，必定使得港口这样的水上活动设施得到极大发展。周元王三年（前473），勾践灭吴后，在其南疆句余之地建句章城，置句章港。句章城与句章港，址在今宁波慈城镇城山渡。句章城是宁波第一城，它是宁波城池历史的开始，宁波古港历史也同时开始。

战国时期，句章港为我国九大港口之一，是当时越国的通海门户，直至秦汉仍在使用。《史记·东越列传》记载："余善刻'武帝'玺自立，诈其民，为妄言。上遣横海将军韩说出句章，浮海从东方往……"元鼎六年（前111）秋，东越王余善反。汉武帝派大将兵分五路全力征讨。一路就是横海将军韩说，率军从句章港出发，渡海从东面进攻，率先打到东越都城。

西晋陆云在《答车茂安书》中说："昔秦始皇……遂御六军，南巡狩，登稽岳，刻文石，身在鄮县三十余日。"秦始皇在宁波住过三十多天，历代学者大都认为可能只是一个传说。而比秦始皇身在鄮县的传说更有名的，是徐福东渡的传说。东渡的地点，就是古鄮县之地的慈溪达蓬山一带。这两个传说有着一定的关联，又都有一种基本的事实因素。秦始皇到宁波也好，徐福在宁波东渡也罢，都是因为宁波独特的滨海地理环境。秦始皇到此，可能是为了巡视帝国的海洋边界，也可能是为了眺望他心心念念的海上仙山；而徐福东渡，正是为秦始皇去寻找海上仙山的。传说似乎有些虚诞，但从一个侧面证明了宁波作为一个古老的海边城邑，有着大规模渡海的优良条件；达蓬山下的杭州湾内，也许就有能够系泊和起碇大船的码头。

东晋隆安三年（399），孙恩起兵反晋。起义军以舟山群岛为基地，多次渡海登陆镇海口，溯甬江攻入宁波。经孙恩频繁攻掠，句章城焚毁残破。已历 870 余年的句章古港也随之毁弃，其主体迁到了今海曙区三江口一带。

秦汉至唐明州建州之前，会稽郡东部的宁波是地旷人稀的边缘区，仍处在原始性开发时期。晋时三江口一带属鄞县。陆云《答车茂安书》中，详细介绍了鄞县："直东而出，水陆并通"，"东临巨海，往往无涯，泛船并驱，一举千里，北接青徐，东洞交广"，可见当时宁波生产水平虽处"火耕水种",但江海交通十分便利。

正是因为宁波独特的海洋与港口优势,唐代宁波一直是海产品的贡地,是大唐对外的优良港口。唐开元二十六年(738),唐玄宗批准了采访使齐澣的奏请,将隶属越州的鄮县划出,置明州。这对宁波港具有划时代的意义。

长庆元年(821),明州刺史韩察将地形卑隘的明州州治,与鄮县县治互换,换到今宁波鼓楼一带。然后韩察在州治外筑州城,后称子城,此为宁波建城元年。明州建州筑子城后,城市建设日新月异。鄮县县令王元暐修筑了它山堰,使得明州城中得蓄日、月二湖,提供了居民生活生产的水源;又筑三塌,疏百港,明州西面七乡由泻卤之地而为膏腴之地。水利这一宁波的命脉得到改善,宁波经济大为发展,这也为港口的兴盛提供了坚实的保障。

优良的港口是年轻的明州城最具优势的资源。随着浙东运河的开通,明州港的腹地扩大,可以溯运河而上,顺水路直达淮、黄流域。三江交汇,通江达海,明州港迅速崛起。明州商船穿梭往来于高丽、日本和南洋诸国，成为国际贸易中的佼佼者。作为海上丝绸之路的主要始发港，通过明州港输出的各色陶瓷、丝织品，散播于世界各地。在三江口码头，"海外杂国贾舶交至"，一片繁忙景象。

唐代中日佛教文化的交流蔚为大观，明州成为日本遣唐使入唐的重要港口。鉴真和尚曾在阿育王寺筹划东渡日本；日僧慧锷入唐求法从明州回国，船过普陀山遇风浪，慧锷登陆敬置所求观音像而去。慧锷成为普陀山开山祖师。而海外贸易中最为突出的，是各类瓷器，其中出产自宁波本土的，就是越窑青瓷。唐中期至晚唐、五代时期，宁波上林湖成为越窑的中心产地，产品量巨质高。朝廷在上林湖设立"贡窑"。越窑青瓷在制作工艺上和艺术特色上都达到了登峰造极的水平，尤以秘色瓷为极品。随着越窑青瓷的大量外销，从唐代起，明州开辟了通向海外的"陶瓷之路"。

繁盛的物质与文化的对外交流，使得唐政府在明州设立了专门管理外贸的机构——市舶司。明州成为国际化港口城市，与广州、扬州并称唐代三大名港。

两宋时期无疑是宁波历史上一个重要的发展阶

段,两宋宁波经济的一大亮点就是海外贸易。由于唐末五代的长年战事,北方丝绸之路阻塞,加上宋朝政治经济中心的南移和政府对商业的扶持,海上贸易迅速增长,很快取代了北方陆路交通,东南沿海成为进出口商品的集散地。这就形成了海上丝绸之路的繁荣。

两宋时明州设市舶司,明州(庆元)港的对外贸易进入了一个新的繁荣期。宁波成为海上丝绸之路上中日、中韩贸易的枢纽港。明州不仅与东亚高丽、日本的贸易空前繁荣,与东南亚、波斯湾沿岸各国的贸易也大大加强。明州一跃成为与广州、泉州齐名的东南三大贸易港。到了南宋,明州一度成为江浙对高丽、日本等国官方往来以及通商贸易的唯一合法港口。

从唐代到两宋,镇海口的国际海运码头和宁波城中三江口国际海运码头,成为宁波的主要码头。海外使节、商贾、留学生接踵而至。城中专门设有高丽使馆、波斯馆等,接待海外使者和商人。北宋徽宗年间,为了接待大量的高丽使节,朝廷不惜将宁波西乡大湖广德湖废湖垦田,将湖田收入作为接待费用。

徽宗宣和五年(1123),给事中路允迪率明州打造的两艘"神舟"为首的船队,从明州港出发奉使高丽。归国时突遇狂风巨浪,船只纷纷被风浪打沉。路允迪船上突然有神显灵。他在海上漂流五昼夜,终于到达明州定海(今镇海)。有船员说船上所遇之神是妈祖。宋徽宗因此下诏,赐妈祖庙额"顺济"。这是妈祖第一次受到皇帝册封,妈祖从民间信仰升格为官方信仰。宁波,成了妈祖的首封地,也成为最早接纳和传承妈祖信仰的重要地区之一。

至南宋时,郡守吴潜重建大西坝,又在姚江与慈江之间开挖一条直河刹子港、建小西坝等,随着这些运河工程的完成,宁波运河的作用进一步提升,宁波港成为中国大运河的最南端出口。中国大运河上的宁波,"东出大洋,西连江淮,转运南北,港通天下"。

南宋形成"五山十刹"之制,宁波有两山一刹,即天童山、阿育王山和雪窦寺,佛教事业相当兴盛。继唐代之后,形成宁波与日本等国的佛教文化交流的又一高潮。出现了重修日本国宝东大寺的铸造师陈和卿和石匠伊行末,还出现了一大批佛教绘画的著名画师。他们所绘的"十六罗汉""五百罗汉""十王图"等佛教绘画,大受海外商旅、僧人的欢迎，明州的佛画源源不断地通过商旅和僧人输往日本，珍藏于日本各地的寺院。

元代，宁波以漕运为中心，以陶瓷为特色，成为内运与外销的重要港口城市。元代宁波称庆元。庆元港是国内三大外贸港和重要军港。三江口码头沿岸，商舸集聚，异国商人穿梭往来，时称"下番滩"。诸番互市，带来宝珠、香料、犀角、象牙等货物，交易繁忙，政府税收丰厚。元代永丰库的考古发掘，发现库里云集当时中国南北各大窑系十二个窑口的瓷器；在韩国新安海域发现一艘元代沉船，此船从庆元港出发去日本，考古人员从沉船里发掘出了2万多件青瓷和白瓷。这一切充分证明了当时宁波对外贸易的繁荣发达，尤其是陶瓷贸易的兴盛。庆元港还是元代重要的军港。元世祖两次征伐日本，大军都是从庆元港镇海口等处出发。遇台风舰队毁坏后，残军也是返回庆元港。至元二十九年（1292）征爪哇，大军会集庆元，从庆元港登船出海。

明代的宁波港，交织着两大主题，一个是战争，一个是和平。一方面倭寇不断袭掠，一方面日本遣明使又不断登陆。因受倭寇侵扰，朝廷实行海禁，宁波港长期处于闭港或半闭港状态。洪武二年（1369）明太祖下令禁止本国船只通蕃下海，但对有关国家实行朝贡贸易。宁波港被官方指定为接待日本贡船的"勘合贸易港"，是日本遣明使团、商旅和学问僧来华的唯一口岸。到了明中期的嘉靖二年（1523），发生了日本争贡事件。两派日本贡使因矛盾争执斗杀，形同残暴的倭寇，宁波城惨遭烧杀劫掠。于是嘉靖皇帝下令停止市舶，撤销宁波市舶司，不准外船进港，完全闭港。整个明朝，虽实行严厉的海禁制度，但海禁时有松弛，海外贸易并未彻底中断。

清初，清政府对浙东沿海实行严厉的海禁政策。清康熙二十二年（1683）弛海禁，宁波商业经济快速发展，成为清初四大开放港之一。二十四年（1685）在宁波设浙海关，为当时中国四个海关之一。后又在定海设"红毛馆"，作为外商及船员馆宿之地。乾隆五十八年（1793），英国派乔治·马戛尔尼率使团访华，试图通商。船队在宁波象山、定海、六横等海域停泊并登陆，然后找到本地领航员，从宁波北上京城。中国第一次与西方近代工业文明的接触，就是从宁波开始。但英国通商要求遭到乾隆皇帝断然拒绝,以彻底失败告终。

嘉道年间(1796—1850),宁波港作为我国东南沿海重要港口,成为南北货物中转枢纽。三江口码头畔的江厦街商铺、钱庄林立,成为宁波最繁华的商业中心。宁波的福建船商和南北号船商生意兴旺。

1840年鸦片战争爆发后,清政府与英国签订了《南京条约》,五口通商。宁波开埠,英国为首的各国领事馆开设江北岸,江北岸辟出"外人居留地"。港口从奉化江沿岸向江北岸延伸。1861年又在江北岸设立了专理外贸的浙海关,外国商船云集三江口。风从海上来,宁波受西方文明影响,积极与国际市场接轨,率先引进海外新技术,发展新式的工商业,走上了近代化的道路。

咸丰年间(1851—1861),因海盗猖獗,严重危害海上漕运航线,旗下有大量船只进行漕运的北号船商,集银7万两,购买了我国第一艘机械动力轮船"宝顺轮",作为武装护航船,对抗海盗。宝顺轮是中国洋务运动的先声,它也标志着宁波港从帆船港开始向现代轮船港转变。

五口通商后直至民国时期,北邻上海港兴起,宁波港的地位相对削弱。虽说自五四运动之后,宁波港的航运业有所发展,但由于时局不利,宁波港虽发展成一个独立的工商贸易港,但港口地位却进一步下降,最终沦为上海港的支线港。因在宁波经商居留的英国人日少,侨务归上海英国领事馆兼管,1934年6月宁波英国领事馆撤销。宁波本土经济在进一步向近代资本主义商品经济的转型中举步维艰。大量宁波人向外发展,旅居上海和全国各大城市,从事运输、金融、工商诸业,形成了名闻天下的宁波帮。但是,正如民国初期孙中山先生到访宁波时所说,宁波风气之开,在各省之先。宁波人富有经营工商业经验和才能,但宁波发达的实业多在外埠,而在本地发展实业更为重要。宁波有优良港口,地理位置不亚于上海,商贸繁盛本不至在上海之下。可惜在整个民国时期,除了在1930年代上半期有过短暂的繁荣,宁波港发展不振,宁波经济处于低潮。

中华人民共和国成立之初,宁波港仅是年货物吞吐量4万吨的内河小港。20世纪50年代到70年代,甬江上的各个码头,还只是独立经营、各自为政的小码头。1973年,国家确定在镇海港区建设14个万吨级以上泊位,镇海港区开始建设"宁波新港",但进程缓慢。

改革开放以后，在百多年的沉寂之后，正式对外开放的宁波港面向世界，突飞猛进，创造了世界港口发展史上一个又一个奇迹。1978年12月初，浙江省首座万吨级煤炭码头——镇海港区煤炭码头投产，宁波港真正由内河港转变为河口港。1979年1月，10万吨级矿石中转码头——北仑港开工建设，宁波港一跃成为海岸港。1989年，宁波港被国家确定为中国大陆重点开发建设的4个国际深水中转港之一。2000年，宁波港年货物吞吐量突破1亿吨，跨入世界上为数不多的亿吨大港行列。2009年，宁波-舟山港完成货物吞吐量5.77亿吨，首次位居全球年吞吐量第一大港。2015年，宁波港和舟山港正式合并，成立宁波舟山港。2021年，宁波舟山港全年完成货物吞吐量12.24亿吨，连续13年位居全球第一；完成集装箱吞吐量3108万标准箱，继续位居全球第三。

宁波港是古代海上丝绸之路的始发港之一，书写了古代海上丝绸之路的辉煌。宁波港的复兴，宛如中华民族复兴的一曲激动人心的壮歌。经过几十年发展，宁波已经成为"丝绸之路经济带"和"21世纪海上丝绸之路"国家战略的重要节点城市。今天,宁波的码头越来越大,成为浙江"双城记"和"一体两翼"中的"一城一翼";是浙江港口经济圈和宁波都市圈的核心区;是浙江对外开放的主门户和先进制造业的战略高地。宁波成为全国首个"中国制造2025"试点示范城市。旧时只有"三支半烟囱"的宁波工业,崛起了众多世界级的大企业,创建了众多世界知名的金字品牌。宁波拥有国家级制造业单项冠军企业63家,稳居全国城市第一位。

宁波已经实现了从内河小港到国际大港、从商埠小城到现代化国际港城的伟大而壮美的跨越。人均国民生产总值从1978年的437元激增到2021年的15.52万。财政总收入从1978年的4.97亿元增加到2021年的3264.4亿。2021年,宁波国民生产总值达14594.92亿元,稳居全国城市第12位。

古老而又生机蓬勃的宁波港,像世界上许多大港口一样,经历了从江河的上游向下游不断推进的发展历程。以句章港为起点,宁波港逐渐向江河下游、河口、海岸、海岛推进,不断从内河走向海洋,走向辽阔的世界。宁波港有近2500年的历史,虽然其间有盛有衰,但持续发展历史之久，在中国沿海港口发展史上绝无仅有。

宁波自古因海路而开放，因商贸而闻名，因人文而辉煌。而这一切，离不开港口。宁波因港而生，因港而兴，未来仍将以港口为核心。随着杭州湾跨海大桥和舟山跨海大桥的建成，随着前湾新区、梅山新区的建设，随着重点打造义甬舟开放大通道、环象山港-三门港-台州湾海洋经济平台等功能平台，宁波都市圈将努力建设成为长三角世界级城市群一体化发展金南翼。从打造现代化国际港口城市、现代化滨海大都市，到建设临海而居、面向全球的大都市圈。可以尽情想象，宁波将随着港口的持续发展，展现出多么巨大的力量！

港通天下，是宁波开放进取的辉煌身姿！

GANG

01
海洋文明的曙光

从井头山到河姆渡	018
远古的微笑	024
潮起达蓬山	029
探寻宁波第一城	034

从井头山到河姆渡

8000多年前,宁波沿海平原一角,一座四明山余脉伸出的山头坡地上,有一个小小的村落。几十位先民面朝一片风平浪静、鱼贝繁盛的古海湾,拾贝狩猎,繁衍生息。物换星移,海平面不停上升,人们迁徙到了地势更高的地方,村落便被古海湾的滩涂淤泥长埋地下。

8000多年后,这里叫井头山。2013年10月的一个下午,两个村民在一处荒草丛生的待建厂区内放羊,发现草丛里有一小堆一小堆白色贝壳和动物碎骨头混杂在一起的东西。原来,夏天时那家企业做完建造厂房前的地质勘探,钻头从地下取出的土样随意堆放在草地上,不久前,一场台风带来的强降雨引发一场大水,原本包裹在淤泥中的贝壳、骨头碎片和小陶片就被冲刷出来,散落到地表。

这里距一直在进行考古发掘的田螺山遗址现场馆不到2千米,离河姆渡遗址也不过10千米,村民多少有些考古意识。两人马上意识到这可能是文物,便连忙捡了一袋样品,骑上电瓶车来到不远处的田螺山遗址现场,将样品交给了考古队。东西到了考古队领队孙国平手中,25年的考古经验让他敏锐地意识到,它们不同寻常,很可能来自一个特殊的遗址。

孙国平是浙江省文物考古所研究员,长期主持田螺山遗址的发掘工作。那天后,他又带领考古队进入井头山进行发掘。几年后,这座埋于地下5—10米的史前村落重现天日。经测定,井头山遗址文化层的年代均在距今 8000 年上下,最早的达到 8300 年。这是目前所见中国沿海埋藏最深、年代最早的贝丘遗址。

井头山遗址出土了海量的先民食用后废弃的各种贝壳和其他动植物遗存。发现了露天烧火坑、食物储藏坑、生活器具加工制作区、滩涂区木构围栏等遗迹。出土大量精美的陶器、石器、木器、骨器、贝壳器等人工遗物和早期稻作遗存。一件带销钉木器具有十分先进的木作加工技术。两件木器被确定为中国最早的漆器。最重要的出土文物,是一件完整的船桨。船桨短柄带环首,背部略隆起,方头薄刃。这件木桨是中国最早、工艺最先进的航海船桨。在河姆渡遗址和田螺山遗址中,出土过多件船桨,而这件船桨之精致和完整,可谓河姆渡文化船桨的鼻祖。

井头山遗址是中国最早的海洋文化遗址,把宁波的人类活动史和文明发展史从河姆渡文化又向前推进了 1000 多年。井头山遗址表明,余姚、宁波乃至浙江沿海地区是中国海洋文化发源的重点区域;中国人适应海洋、利用海洋、以海为生的时日之早,放眼整个世界几乎也是前无古人的。

井头山先民因为海水上升而迁徙,那他们到哪里去了?他们很可能并没有走远,而是选择附近的高地留居下来,又形成了新的村落,一代代延续了千年。

1973年夏天，在宁波余姚一个叫作河姆渡的小村庄。村民们在建排涝站时，挖到了混有破碎的陶罐、陶盘和鹿角的泥土。考古队对此进行发掘，发现了我国长江流域一处极为重要的新石器时代遗址，距今7000多年。

遗址中出土了大量动物骨骼，有鸟类、鱼类、爬行类及哺乳类等61个动物种属。这说明，昔日的河姆渡古木参天，水草茂密，虎吟象吼，鱼跃雁飞，是一个生机盎然的动物世界。

河姆渡有着成熟的稻作农业及渔猎采集活动。出土了成堆的人工栽培稻谷，稻谷芒刺清晰，颗粒饱满。还有骨耜、木杵和石磨盘、石球等稻作经济所需的全套耕作、加工工具；大量以夹炭黑陶为主的釜、钵、盘、豆、盆、罐、盉、鼎、盂等炊、饮、贮器。除了种植水稻，河姆渡人的重要经济活动还包括渔猎和采集。从中出土的船桨、骨哨、骨箭头、弹丸等渔猎工具，各类水陆动物，酸枣、橡子、芡实、菱角等丰富的果实，足以证明河姆渡人的饮食文化已经很丰富了。

河姆渡人居住的带有榫卯的干栏式建筑，是建筑史上的奇迹。还有种类繁多的纺织工具，显然有着成熟的纺织技术。他们挖出水井，用木头支护井壁。这是目前我国已知的最早的水井。

在生产和生活领域里创造了许多奇迹的河姆渡人，以其精湛的雕刻工艺、生动逼真的陶塑、优美的刻画装饰与绚丽的绘画，创造了辉煌的原始艺术，展现了丰富多彩的精神生活。他们用象牙、骨、玉、石、陶、木，通过琢磨、刻画、捏塑、绘画等艺术手段，给我们留下了许多构思奇巧、寓意深远的艺术作品。那种讲究对称、追求平衡的审美意识和整齐、稳重、沉静的艺术风格，令人赞叹不已。他们还在陶器上刻了盆栽万年青，这是已知考古发现的中国最早的"盆景"。众多艺术品中，尤以象牙雕刻件最为珍贵，最著名的就是"双鸟异日"蝶形器，已成为遗址标志。

河姆渡先民以发达的耜耕稻作农业、高超的干栏式建筑、独特的制陶技术为文化特征，创造了长江流域繁荣的史前文明。遗址的发现动摇了中华远古文化起源于黄河流域的一元论，有力地证明了长江流域同样是中华民族远古文化的发祥地。长江和黄河一样，都是孕育我们民族的母亲河，都是哺育中华古文明的摇篮。

河姆渡之后，宁波大地上又发现了一批河姆渡文化类型的新石器时代遗址。可见，当年的河姆渡人并不孤独。

1979年发现的余姚鲻山遗址，距今6000年左右。遗址堆积深厚，遗迹丰富，墓葬、灰坑、水井均有发现，还发现了连片的干栏式建筑遗存。出土遗物包括各类陶器，还有器形多样的木器、骨器和石器。当年气候适宜、地理环境优越的鲻山，与河姆渡相距咫尺，两地先民们互相交流，相互影响。

2002年发现的余姚田螺山遗址，距河姆渡仅7千米，遗址年代与河姆渡遗址处在同一时期。田螺山先民同样种植水稻，大量采集野生植物和渔猎，同样建造干栏式建筑，但与河姆渡相比，建造的房屋的形态、结构方面更趋成熟。田螺山人制陶技术先进，陶器中有一件超大型双耳深腹夹炭陶罐，体量近1米，堪称"浙江史前文化之最"。田螺山遗址中还挖掘出一个玉器"加工场"，并从中清理出40多件萤石器和玉器。田螺山遗址有船桨，有河埠设施，有大量鱼骨、龟鳖类甲壳和鹿角。当时河姆渡与田螺山之间有一片湖泊，河姆渡先民与田螺山先民可能是湖泊边两个不同的氏族村落，两个村落互有往来。

2004年，在慈城发现距今约7000年的傅家山遗址，出土了大量石器、玉器、骨器、陶器、木器和象牙器。在出土的文物中，发现了不少鹰的形象，其中最为精美的是一件鹰首象牙器。鹰头造型精致，形象逼真，宽鼻钩喙，圆睁双目，显示出凶猛威慑的力量。另有一件鹰形陶豆，做成大鹏展翅的形态，栩栩如生。河姆渡的双鸟异日图形，其鸟喙尖长弯曲，也似鹰类。但此两件文物类型在河姆渡文化遗址中均属首次发现。

2013年在镇海发现鱼山·乌龟山遗址。这是目前发现的离海岸线最近的河姆渡文化遗址之一。

发现井头山遗址，是寻找到了河姆渡文化的根，证明河姆渡文化传承于本地，且具有一定的海洋文化传统。井头山出土陶器与河姆渡文化相比，在特征上有明显差异，但又有一定相似性。孙国平说，井头山人是河姆渡人的祖辈，不是父亲辈，至少应是爷爷辈。他们跟河姆渡人之间尚有一段空白，需要进一步发现和研究。河姆渡是中国东南沿海史前文化的摇篮，而井头山则是河姆渡的摇篮。

大约在1万年前，随着卷转虫海侵，海平面开始不断上升，东海大平原最后成为沉没的古陆。生活在东海大平原上的河姆渡人走了，河姆渡文化逐渐消失。考古学家们在太平洋西部沿海地区发现了许多有段石锛，它最原始的雏形是河姆渡第四层发现的背部有隆脊的锛式斧。6000—7000年前，河姆渡人很可能是中国最早的航海家，他们乘着洋流进行环太平洋航行，为世界带去海洋文明的曙光。

远古的微笑

这是两件奇妙的史前陶耳。陶耳上刻着两张笑脸,两只眼睛洞炯炯有神,嘴角像月牙般向上弯,一副开心的笑容。这可能是陶罐腹部的两个耳朵。考古上学名叫"人面纹器耳"。但是人们被这笑脸感动,给它取了一个诗意的名字——"远古的微笑"。

6000年前,在鱼山遗址,那个在陶耳上刻画出这张俏皮笑脸的先民,你想到了什么?是什么让你这样开心?你的乐观来自什么?而双手握住这陶耳端起陶罐的人,就好像在搬动两张可爱的笑脸。6000年前的先民,似乎有着一种无论生活多么艰辛都要微笑面对的好心态,如同今天的"快乐也是一天,痛苦也是一天"。他们已经为宁波这块土地的生活奠定了一个基调:快乐。

2010年夏天,镇海九龙湖边的一个村民在鱼山脚下意外发现散落的印纹陶片。宁波市和镇海区文保专家赴现场勘查,初步确认鱼山地下埋藏有商周时期的文化遗存。2013年在鱼山周边进行抢救性考古勘探时,首次确认鱼山遗址商周时期文化遗存之下还埋藏有史前文化遗存,并在距鱼山不远处新发现了乌龟山遗址。随后对鱼山和乌龟山进行考古发掘。经过两年多的挖掘,清理河姆渡文化、良渚文化及商周时期、唐宋时期遗迹300余处,出土不同时期文物标本600余件(套)。

鱼山·乌龟山遗址是目前已知距离海岸线最近的河姆渡文化遗址之一。遗址史前文化遗存距今约6500至4300年，分为河姆渡文化和良渚文化两个阶段。它让我们看到了整个宁波6000多年来的文化及其时空关系是如何演进的。

史前时期的镇海九龙湖一带是古海岸，气候温暖湿润，海退以后露出的成片陆地与滩涂，吸引了一批批先民来此生产生活。从河姆渡文化，经良渚文化，一直到商周，数千年来世代先民在此繁衍生息。商至西周时期，镇海一带开始成为中国古代南方百越民族中的一支——于越人的生活舞台，他们在此聚族而居，创建家园。九龙湖应家遗址就发现这一时期初具规模的早期聚落遗存。

九龙湖不同时期的文化遗址有近20处，合起来叫作"九龙湖遗址群"。应家遗址离鱼山西边不远，出土了一件3000多年前的"刻画五角星陶豆"。陶豆是一种陶制的食器，上面是个盘子，下面有高高的托底，有点像高脚盘。当年一位陶工，在位于盘子和托底的中间部位，刻画了一颗五角星，就像现在我们随手画出的五角星。他还别出心裁，在五角星中间刻了一个笑脸。盘子和托底平时是被上下叠合的，所以这颗五角星就一直藏在"隐秘的暗处"。

他为什么要在这个地方刻一个五角星？这个符号有什么含义？难道这一图案符号只是先民在制作陶器时的一次"涂

鸦",一个即兴之作?或者只表达了他的开心,并没有什么神秘的含义?人们也给它取了一个诗意的名字——"文明的星光",呼应着其祖先"远古的微笑"。从河姆渡时期,到春秋战国时期,不断出现的笑脸,让一种自强不息、乐观开朗的精神,在宁波的土地上延续。

应家遗址遗存时间跨度较大,从史前直到明清时期。其中最核心、最有价值的,集中在商周和春秋战国阶段,遗存之丰富、保存之完好为浙江省内罕见。春秋战国时期,包括镇海在内的宁波地区因其经济社会的快速发展,为古越国的建立和崛起提供了可靠的支撑。应家遗址发现的春秋战国遗存,计有各类遗迹110余处,出土遗物500余件,其中有原始瓷甬钟、铜器盖,上面的纹路非常繁复,体现出高等级性。这种规格的文物一般是贵族大墓才会出土的。通过这两件文物,可以想象这个遗址当时的规模和地位,一定程度上体现了春秋战国时期越国大后方的经济实力。仅仅一个应家遗址已然如此,当年越国之强盛不难想象。

在应家遗址发现春秋战国时铜器盖之前许多年,鄞州区云龙镇甲村石秃山出土了一件战国时期的羽人竞渡纹铜钺。铜钺金黄色,高9.8厘米,刃宽12.1厘米,锋利如新。器身一面素面无纹,另一面铸有一边框,框内上方为龙纹,双龙昂首相向,前肢弯曲,尾向内卷,下部以弧形边框线为舟,上坐四人成一排，四人皆头戴高高的羽毛冠，双手持桨作奋力划船状，整齐划一，羽冠的羽毛迎风飘扬。

钺由新石器时代作为生产工具的穿孔石斧演变而来，历史上钺还是王权的象征物。早期甲骨文中，"王"字的象形颇像钺之形。周武王"左杖黄钺，右秉白旄"，陈师商郊牧野，发誓伐纣。纣王战败后，周武王用铜钺斩下纣王头颅，悬于大白之旗。正因为钺是代表王权的信物和体现国家法律尊严的器物，所以在后世帝王出巡的车驾中，也载以钺，以彰显君王威严。

这种高等级的铜钺，怎么会出现在宁波？从原始瓷甬钟、铜器盖到铜钺，宁波在春秋战国时，可能并没有想象的那么蛮荒落后。

羽人竞渡纹铜钺，上首有两条龙，此独木舟是以蛟龙为图腾，有学者指出现今的龙舟演变自百越的独木舟。宁波古属百越民族之一的"于越"，越人地处水乡泽国，出行多驾舟，以舟代车。《吕氏春秋·贵因篇》载："如秦者，立而至，有车也。如越者，坐而至，有舟也。"这件铜钺说明，龙舟竞渡之习俗早已盛行于吴越之地。

铜钺上的"羽人"，反映了百越民族的"鸟神"崇拜。百越民族崇鸟，自称"大越鸟语之人"。7000多年前的河姆渡文化遗址出土"陶鸟形""鸟形象牙匕""双鸟舁日象牙器""象牙鹰首器""鹰形陶豆"等，说明这种史前鸟文化崇拜，被后来的越人继承发扬，形成越人鸟的信仰。越人因崇鸟尊鸟而仿鸟，《史记》中勾践就被称为"长颈鸟喙"。越人还发明出"鸟篆文"，刻在许多越王刀剑上。而那些头插羽毛、身披羽毛的仿鸟人，则被称为"羽人"。

从陶器上的笑脸，到铜钺上的羽人竞渡；从乐观开朗的生存，到龙腾虎跃、劈波飞渡的奋发进取，宁波先民的精神深深打动着今天的人们。这是宁波人的精神基因，代代相传，造就了今天宁波的进步与繁荣。

微笑，无论远古还是今天，都是微笑。

潮起达蓬山

公元前 210 年，凛冽的海风鼓荡在达蓬山上。徐福迎风而立，东眺沧海，山下的海湾帆樯如林。徐福对天祈祷，希望神助他渡海东去，跨溟蒙，泛烟涛，找到一个美好世界，一去再也不返。

当然，这个情景，只是诗意的想象。徐福从宁波慈溪的达蓬山出海，带上三千童男童女，为秦始皇寻找蓬莱仙山，目前还只是一个传说。尽管这个传说的历史已经很悠久。

南宋《宝庆四明志·四明慈溪县志》云："香山，旧名大蓬山，又名达蓬山。县东北三十五里。山峰有岩，高四五丈，状如削成。有石穴，深三丈。其岩有三佛迹。或云上多香草，故以为名。又云秦始皇至此，欲自此入蓬山，故号达蓬。"

公元前 221 年，秦始皇统一中国，建立秦王朝。在封禅泰山后，秦始皇东游海上至齐地琅琊，今山东青岛西北。齐人方士徐福上书，说海中有三神山，名曰蓬莱、方丈、瀛洲，仙人居之。他请求做斋戒仪式，给他童男女，去海上求长生不老之药。于是秦始皇派徐福携童男女数千人，入海求仙人。

公元前 210 年冬，秦始皇南巡，丞相李斯、皇子胡亥随行。渡钱塘江，上会稽，祭大禹，望于南海。回程过长江，到海上，至琅琊。徐福先后在渤海、黄海一带寻觅仙山，数年不得，花费巨大。害怕被秦始皇问罪，于是他对秦始皇说，蓬莱仙药可得，但是总因大鲛鱼阻挡，所以不能到仙山，请派射箭高手与我同行，碰见大鲛鱼就用连弩射杀。秦始皇经他这么一说，夜里还真做梦与一个海神战斗。他的船队从琅琊驶出，到了之罘，今烟台市北，还真见到巨鱼，就用连弩射杀一鱼。

西晋时，陆云在给一位朋友的信中，说秦始皇"遂御六军，南巡狩，登稽岳，刻文石，身在鄮县三十余日"。陆云一个大文学家，似乎没必要为了赞扬鄮县而编造谎言，很可能是他看到过某些文献记载。但即使有文献记载，也不能保证就是真实的。所以陆云此说，也成为传说。而这个传说，却影响了《宝庆四明志》，甚至将陆云所说的"身在鄮县"更具体到了达蓬山。这一切虽非信史，却为徐福在宁波慈溪的达蓬山东渡，增添了一点点可能性。

传说秦始皇又相信了徐福，给他三千童男童女，加上水手、百工等近五千人，去寻找海上仙山。徐福心里很清楚，这次再找不到长生不老药，骗局就会被揭穿，他肯定会身遭屠戮。于是他庞大的船队驶离达蓬山后，再也不回来了。

据说徐福一直远航至亶州，即今天的日本列岛。那时，日本还没有文字，也没有农耕，处在原始的绳纹文化。徐福把秦代文明传入日本，带去了文字、农耕和医药技术，从而促进日本社会由绳纹文化向用铁器耕作的弥生文化的飞跃。因此，徐福在日本被称为农耕神、蚕桑神和医药神。在日本，传说徐福东渡上岸的地方有几十个。

还有人认定徐福即日本的第一代天皇——神武天皇，更有人说30%的日本人都是徐福一行五千人的后裔。在日语中，"秦"与"羽田"的发音相同。前日本首相羽田孜就称自己是徐福后裔，祖上姓秦，老家还有"秦阳馆"。他对达蓬山徐福东渡文化十分关注，曾专程带队来慈溪寻根，登上达蓬山，并为达蓬山上东渡遗址秦渡庵题名。相传徐福东渡时曾安营扎寨于此，命人砍柴、搭篷、开掘饮水池、修筑道路，为渡海做准备。至唐初，徐氏后人在此建造东渡庵一座。秦渡庵不远处崖壁上，有石刻画像群，画像有人物、波涛、航船、金桥、神兽等，刻画雄浑古朴，经专家认定为宋元时所刻。相传为后人缅怀徐福东渡而刻。秦渡庵遗址是我国有据可考唯一的徐福启航地的历史遗迹。

清初，黄宗羲登上达蓬山。他在《达蓬纪游》诗中写道："东尽观沧海，往事一慨然。浪中鼓万叠，鲸背血千年。何物秦始皇，于此求神仙。"作为一个深邃的史学家和思想家，黄宗羲深深知道，在达蓬山上是看不到神仙的，只能看到一段战鼓不休、血与火交织的人类生存史。将人民陷于战火血海之中，竟想求得长生不老，这真是荒谬妄想。

从《史记》起，对徐福的评价，多认为他是一个骗子。本身方士的身份，就善于装神弄鬼。秦始皇焚书坑儒，就坑了许多方士。现代对徐福的评价，却对旧有的徐福形象进行了彻底的颠覆，多认为他是不畏艰险、勇于拼搏的，是中国最早的航海家，是中外交流的第一人。对世代流传的徐福东渡故事，还可以进行更大胆的解构与重构。

徐福面对秦始皇，深感亡国的痛苦。秦政又如此暴虐，他无法在这样的统治下生活。于是，他抓住秦始皇想长生不老的急切心理，冒险上书，编造了一个关于海上仙山的神话，请求东渡寻找长生不老之药。这是一个旷世大胆而睿智的计谋：借出海求仙之机，寻找一片新的生存天地，那里广阔而自由。

这得是多么残酷的生活，才能逼出如此强烈的生存意志，以至于他赌上性命，一次次欺骗残暴的始皇帝，一次次走向无比凶险的大海。在那个时代，大海本身就是一个神话。踏向浪涛的勇气和胆魄，终于将神话变成了向大海求生存的壮阔史诗。这正是中华文明"天行健，君子当自强不息"的精神写照，是"观古今于须臾，抚四海于一瞬"的博大胸襟。有了这种精神和胸襟，才使得文明能延续不断，历久弥新。

"抖擞轩裳一哄尘，任教空翠滴乌巾。老身已到篮舆上，处处青山是故人。"南宋淳熙年间（1174—1189），明州太守范成大坐着轿子上了达蓬山。看范大诗人的心情，他上山不是来看徐福遗址的，而是来礼佛的。相传唐天宝年间（742—756），有位名叫达慧的云游僧来到山上，发现了荒芜多年的佛迹洞。洞内留有观音佛脚印一个，以为佛迹，就在山巅建起了一座佛迹寺。对于浸透儒家文化的范成大来说，徐福东渡毕竟过于传奇，近似怪力乱神。

在达蓬山东麓凤浦岙村的蛤蟆岭下，有一个叫岙底徐的自然村，村民多姓徐。据传当年徐福东渡时，将体弱多病的童男童女留在了那岙底。因徐福给他们盖了房子、婚配、发了农具、粮食，后人为表感恩之情，就将此地改名为"岙底徐"，并在村口建造了徐福庙，祈祷徐福早日归来。庙后存古井一口，庙旁古树繁茂，诉说着悠悠岁月千年传奇。

达蓬山，站在神话传说与历史真实之间，给宁波的港口史、远洋航海史留下许多莫测色彩，更为宁波的精神发展史留下无尽的想象。达蓬山，宛如开拓生存空间的巨犁，是驶向崭新生活的劈波斩浪的船头。两千年前的那一场冒险早已尘埃落定，而达蓬山，已然成为一个巍巍的生命启示。

探寻宁波第一城

2009年4月,宁波江北区慈城镇王家坝村,宁波文物考古研究所正在考古勘探。大名鼎鼎的洛阳铲,要从这里深深的地下,铲出宁波的什么秘密?

古老的姚江日夜不息流向大海,到这个地方,产生一个漂亮的弯曲。柔和的曲线处,有一个古老的渡口,叫城山渡。渡口两岸,坐落着一些不大的村庄,摆渡的人并不多,渡口便有些落寞的样子。

如果时光倒流,回到公元前473年,能想象这一年城山渡竟然因为一个人物而被载入史册吗?这个人物,就是越王勾践。

《十三州志》,北魏地理学家阚骃所撰,其中寥寥数语记述了一个不大不小的历史事件:"越王勾践之地,南至句余,其后并吴,因大城句余,章伯功以示子孙,故曰'句章'。"这是说公元前473年,越王勾践灭吴国,被周元王封爵为"伯"。为了彰显自己灭吴封伯之功以垂示子孙,勾践便在句余建了一座大城,取名"句章"。

上古句余之地,为夏代少康所封,地处越地最南端。"文身断发,披草莱而邑焉"的越人,到了西周至春秋时,已有比较先进的生活水平。在慈城一带发现了春秋战国时期的许多村落遗址,发掘出大批当时的土墩墓,大墓里面一块大石头有几十吨。勾践在此筑造一座大城,完全有可能。具体的城址,按南宋《宝庆四明志》记载:"古句章县,在今县南十五里。面江为邑,城基尚存。故老相传曰'城山',旁有城山渡。"

2004年,宁波文物考古研究所在城山渡南岸的城山村做了第一期岸陆考古勘探。在10万平方米左右的土地上,打了十几万个探孔,只找到两小片春秋末到战国时期的遗物:一片印纹陶,一片原始瓷。这足以排除句章故城在城山村这种说法。

据专家研究,勾践称霸前筑城多选在山地,依山为城,易守难攻。而城山村三面靠山,一面临水,正好符合勾践的筑城要求。但是,句章建城,是在勾践灭吴称霸以后,他的筑城思想已发生变化。再选在狭窄的城山村,已经跟他的建城思想不符。这时的建城思想是选在四通八达之地。

在历代文献记载中,句章城的位置有三种说法:在城山渡之南;在城山渡之东;在城山渡之北。由于城址废弃时间的久远和后世文献记载的模糊,句章城的确切位置成为一桩悬案。

虽说岁月沧桑,但围绕着城山渡,依姚江而定的南北方位没有变。既然南面没有,考古队便将考古勘探的方位移到城山渡之北,即慈城镇王家坝村。

2009年5月,经过三年的考古勘探和试掘,在王家坝村有了重大发现。已湮没的句章故城,终于现出其神秘的面容。

根据考古的情况,已经可以断定句章故城确切的位置,甚至可以确定城址核心区域的位置。考古过程中出土了一批瓦当、板瓦、筒瓦、砖块等建筑构件，以及一批具有鲜明时代特征的陶、瓷、漆木类生活用具，成为推断句章故城具体方位及其核心区域——官署建筑最为直接也最为明确的考古学证据。

通过出土的遗物资料推断，这座句章城建于东汉至东晋时期。虽然还没有找到越王勾践的句章城，但是发现了最为繁荣的六朝时期的句章城，彻底解决了历史文献中关于句章城具体方位的纷争，破解了一个历史之谜。

公元前221年秦始皇统一中国后，废分封制，设郡县制，全国分为36郡。现宁波境内设句章、鄞、鄮、余姚4县，属会稽郡。句章城作为县治的地位由此明确。

秦汉至东晋时的句章城，城址的面积初步确定在10万平方米左右。因为相对来说，它不过是边远地区的一个小县城，所以城址的范围并不会很大。这个城的规格也并不是很高，整个县的人口在六万人以下，县城中人口更少。城池以木栅为城，没有砖石所砌的城墙。

在城址边的大湾山上，传说有千人坛。《宝庆四明志》云："千人坛，在县西南十五里，高数仞，其上可容千人。耆老相传云，昔秦始皇东游会稽，登山望秩，以求神仙。至此，见群峰连延，东入于海，乃命方士徐福立坛祈祷。因以为名。"

秦始皇东游至句章，命徐福在山上立坛祈祷，这是与秦始皇到达蓬山一个谱系的传说。

句章的名字最早在正史中出现，是司马迁的《史记》。《史记·东越列传》记载：汉武帝元鼎六年（前111），东越王余善反，"天子遣横海将军韩说出句章，浮海从东方往"。这是历史上出海道用兵的最早记载，也是句章港的最早记录。句章城扼姚江要津，句章港成为宁波最早的通海港口。

秦汉时句章、鄞、鄮三县，大致以三江口汇流处为天然分界线。鄞县包括今宁波市海曙区以达奉化一带；鄮县包括今宁波市鄞州区东部、慈溪北部、北仑区及舟山群岛；句章县包括今宁波市江北区、慈溪东部、余姚东部、镇海区。离海最近的镇海，秦汉时为句章东境。当年的句章港，到底在城山渡的姚江边，还是在入海口的东境？一般认为，当年的句章城繁华富裕，设施条件好，句章港更可能建于此地。它能够承担一支庞大水军的作战后勤需求。

在句章故城的考古试掘中，出土了一处木构建筑基址。圆木的直径非常粗，层叠排列有序。有人认为，它就是当年直通姚江而到大海的台阶式码头遗址。

在句章城的考古中发现，六朝时的句章城在历朝历代中最为繁荣。然而又发现：城中基本没有东晋晚期特别是南朝风格的器物。这说明该县城确实是从东晋以后就被毁弃了。发掘过程中，发现了大量草木灰遗存，很有可能就是句章城被烧毁的证据。

东晋隆安四年（400）十二月，一支几百人的军队开进了句章城，统兵的将领叫刘裕。

就在上一年，信奉五斗米道的孙恩率众反晋。孙恩以舟山群岛为基地，入浃口（今镇海甬江口），攻克会稽（今浙江绍兴），会稽内史王凝之被杀。王凝之为书圣王羲之次子，王献之兄。三吴八郡一时皆叛，孙恩部众亦增至数十万人。朝廷遣徐州刺史谢琰与镇北将军刘牢之前往镇压。不久刘牢之渡钱塘江，诸军击败孙恩各军，又攻下会稽，孙恩被逼撤回海岛。

隆安四年（400）五月，孙恩率部众攻浃口，入余姚，破上虞，再袭会稽。守城的谢琰战死。谢琰是淝水之战的大功臣，这次却因轻敌而被杀。十一月，刘牢之率军击退孙恩，至慈城一带，命参军刘裕守句章。

当时句章城小兵弱。刘裕整顿军纪，严明号令，提高士兵战斗力，做好作战准备。翌年（401）二月，孙恩第三次率众自浃口登陆，进攻句章。句章被围数十日，孙恩频攻，无日不战。刘裕披坚执锐，身先士卒，冲锋陷阵，每战都摧其锋锐，以卑城弱兵屡挫孙恩。失城又夺城的拉锯战十分残酷。在刘牢之与刘裕的不断打击下，孙恩屡屡大败，不停地从浃口进攻又从浃口逃回。终于在进攻临海郡时被击败，伤亡惨重，孙恩恐被俘，后投海自尽。

句章城走出了刘裕这位帝王级人物。20年后他灭东晋，建立南朝宋，成为宋武帝。面对被战火几近摧毁的句章城，刘裕决定迁城。句章故城从此荒弃。当年刘裕将句章县迁往何处？文献中多记载是迁往小溪（今宁波海曙区鄞江镇），修筑新的句章城。但是，当时小溪属于鄮县，把句章的县治迁到鄮县境内，可能吗？在对鄞江镇几次针对性的考古发掘中，都没有发现任何城池遗址。这就否定了句章移小溪之说。

《乾道四明图经》等史书中有记载，刘牢之进讨孙恩时，曾筑城于三江口。在西城外有城基，上生筱竹，俗曰"筱墙"。址位于今宁波市西门口的筱墙巷。有学者研究认为，这处三江口至西门口一带的城防要塞，应该是刘裕所筑，然后他将句章县治迁置于此。

唐开元二十六年（738），在已废百年的句章县故地重置一县，县名慈溪。县治就是今天江北区慈城镇，距句章故城15里。

清代，诗人胡亦堂到城山渡，写下无尽慨叹的《城山渡怀古》："闻昔句章县，江城面水隈。如何鸡犬地，一望尽蒿莱。潮汐无时歇，风帆此道开。当年戍守者，凭吊有余哀。"今天，江水悠悠，已无凶险的潮汐。不远处高铁与地铁来回穿梭，当年戍守句章故城的战士们若见到，大概会惊诧这是何方战车。

河姆渡遗址

井头山遗址

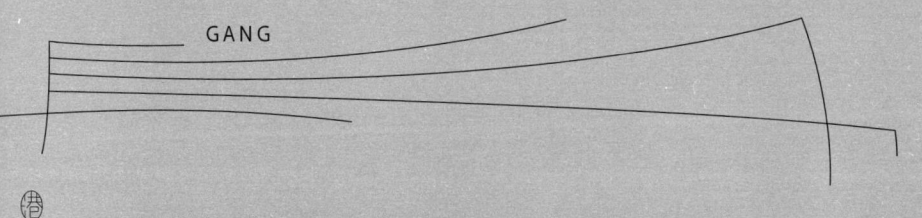

02
太阳从港口升起

一个城市的诞生	048
它山堰之水	054
大唐的风帆	060
神的一滴	066

一个城市的诞生

唐开元二十六年（738）七月二日，唐玄宗批准了江南东道采访使齐澣的奏请，将隶属越州的鄮县划出，置明州。分鄮、奉化、慈溪、翁山四县。以境内四明山为名。

鄮县处江海要冲，为丝织品和海产品的集散和进贡地，因此单独设州。成书于唐元和八年（813）的《元和郡县图志》中说，明州贡海肘子、橘子、红虾米、鲻子、红虾鲊、乌蟹骨，几乎都是海产品。《新唐书·地理志》云：明州土贡吴绫、交梭绫。

而当时的明州治所，却成为一个谜。历来有古鄮城、小溪和三江口三种说法。

宝应元年（762），台州临海人袁晁在翁山（今舟山）率众起义，攻占台州，连克衢州、越州、明州等地，占领浙东、浙西广大地域。袁晁在临海建立政权，年号"宝胜"，拥众近20万，成为唐中叶规模最大的农民起义。袁晁起义震惊朝野，唐朝政府急派李光弼率领曾平定安史之乱的精锐部队前来镇压。前后十余战，义军失败，袁晁被俘，送到长安后被斩首。

袁晁起义，对宁波影响很大。南宋《乾道四明图经》曰："旧治鄮县，今阿育王山之西，鄮山之东，城郭遗址犹存。代宗大历六年三月，海寇袁晁作乱于翁山，而鄮久弗能复，乃移治鄞。"说唐代明州建州时，治所在鄮县所在地，今鄞州区宝幢同吞。因袁晁起义，鄮县城毁，一直未能修复，于是在大历六年（771），鄮县治所和明州州治都移到了旧鄞县地三江口，就是今宁波海曙老城区。但此说后世多未采用。秦设鄞县，至隋并鄞、鄮、句章设大句章，鄮县县治就废弃了。至唐初废大句章置大鄮县，县治不可能回到已废弃几十年的古县治。那么又过了近150年建立的明州，怎么会把州治放到废弃近200年的阿育王山之西、鄮山之东的古鄮县县治？

《唐会要》记载："长庆元年三月，浙东观察使薛戎上言：'明州北临鄞江，城池卑隘，今请移明州于鄮县置。其旧城近南高处置县。'"这是明州州治在小溪之说的源头。明清宁波方志中多用此说：句章县治东晋后移到小溪。隋代将句章、鄞、鄮、余姚四县合并，称句章县，县治仍在小溪。唐初废句章县，改称鄮县，治所仍在小溪。唐开元二十六年（738）分鄮县设明州时，州治还在小溪。直到唐长庆元年（821），明州州治才从小溪迁至三江口。

2011年至2014年，宁波市文物考古研究所在鄞江镇对传说中的鄞江古城进行多次考古勘探，结果让人十分意外：方志中记载东晋至唐在今鄞江分别设有句章县治、鄮县县治、明州州治等城邑，但考古过程中未发现与古代城址相关的任何遗址。如果鄞江做过400多年的治所，却没有任何考古遗存，这是绝对不可能的。那么只能说明小溪从未成为县、州治所。

《唐会要》中说"明州北临鄞江"。小溪是有一条鄞江,但早在唐大和九年(835)一碑文中出现的"鄞江""鄞川",并不是专指小溪的鄞江,而是泛称"鄞地之江",即流经鄞地的姚江、奉化江、甬江,都称"鄞江"。由此可见,唐代时的"鄞江""鄞川",正是如今宁波三江的总称。

　　唐《元和郡县图志》是现存最早的古代地理总志,卷二十七明确称:"开元二十六年,采访使齐澣奏分越州之鄮县置明州,以境内四明山为名。句章故城,在州西一里。"当年刘裕将句章故城迁到三江口,正是在今西门口一带。这有力证明,明州州治就在三江口。

　　梳理考辨文献,结合考古发现与地理环境分析,可得出结论,宁波三江口地区古时为一片江涂中的高地,至少在汉代就有了星散的聚居村落。三江口地处要冲,东连大海,西扼群山,有水陆之利,经济上便于货物集散,军事上便于进退扼守。东晋慈城城山渡的句章城被毁后,句章县治移到了三江口。后并四县为大句章县、废大句章县改大鄮县时,治所都在三江口。大鄮县改置明州后,明州州治与从大鄮县分出的鄮县县治,同置一城,共处三江口。鄮县为明州附郭县。州治在城北靠姚江一带,而鄮县县治在今鼓楼区域。大历六年(771),明州州治并不存在迁徙之举。长庆元年(821),明州州治因"城池卑隘",与鄮县县治互换,州治到今鼓楼区域，县治到今海曙区政府一带。

长庆元年（821），州治迁移后，刺史韩察发动民众筑州城。州城为长方形，周长420丈，大致位于今鼓楼步行街一带。中轴线南端建谯楼（今鼓楼址），北端建州衙（今中山公园址）。子城夯土包砖砌石，四周环水。衙署厅库在内，民居城外。子城区域自建成以来，便为历代州、府衙署所在地，一直是宁波政治中心。现在鼓楼区域东首遗存的一段府东河，最初就是子城东侧的护城河。

州城完竣，市政建设随之跟上。明州环郭皆水，三江穿城而过，姚江从西来，奉化江从南来，两条江交汇后成甬江，流向大海。三江口潮汐吞吐，往来交通是个大问题。长庆三年（823），明州刺史应彪想在三江口建一座浮桥，但因江阔水深流急不能成，便决定迁移至三江口南近一里的奉化江口建桥。传说由于江阔水急，桥基总难打牢。正当一筹莫展之际，忽降一场暴风骤雨，眨眼间又云破天开，半空中出现一道虹，七彩辉映，经久不散，桥工们心领神会，当即照着虹的位置下桩，结果桥桩很快打好，桥遂造成。因有此灵异，遂称"灵桥"。也有说始建桥基时，云中出现弯环如虹，众人以为灵异，就在虹下建桥。其实是桥造好时，正好雨后出现彩虹。当时的灵桥长55丈，由16只舟船缆索连接而成，上铺木板。

灵桥虽不是中国最早出现的浮桥，却是中国第一座建于潮汐江上的浮桥。当年，应彪坚持要在江阔流急的潮汐江上建桥，因无法造固定桥，就造浮桥。这反映了明州建城后，人口聚集，经济、生产日趋繁忙，过江交通的需求已经相当旺盛，哪怕沿江再设渡口、再加渡船也满足不了，所以必须克服种种困难建桥。应彪建完浮桥后，大和三年（829）刺史李文孺大修灵桥，大和七年（833）刺史于季友又修桥一次。唐末黄晟又重建。这也说明灵桥的重要性。

灵桥之所以重要，是因为当时年城市经济生活似乎已然到必须向东拓展空间的地步。江东有山间平原，比城南、西、北都要少受咸潮困扰；又有大湖东钱湖，可引湖水灌溉，土壤肥沃，旱涝保收。

但是，新兴的明州城这条东进的城市发展线，在漫长的时光中进展十分缓慢。历千年之久，浮桥仅为维系城厢与江东之间人流、物流的沟通设施——江东是保障城厢居民生活的日用、农副产品物资供应基地。灵桥，在当时只是保证三江口老城区繁荣的通道。

直到1113年之后，灵桥才由浮桥改建为固定桥。随后，这条东进的城市发展线神奇地加速，在灵桥成为固定桥仅仅78年后的2014年，这个城市的政治中心由海曙老城区迁往东部，文化、经济繁荣的东部新城从而崛起，成为城市新的中心。

当年的应彪，胸中当然不会有这样远大的蓝图。他只是坚持造了这个城市第一座桥。

唐末，鄞县姜山人黄晟成为明州刺史。他保境安民，广招文士，让战乱频发中的明州百姓也能一时安居乐业。时明州仅有子城，百姓苦于野居，无城墙保护。乾宁五年（898），黄晟率民筑外围大城——罗城，版筑夯土，砌以砖石，至少建有6座城门，周长18里，开水道穿城通江，"绝外寇窥觊之患，保一州生聚之安"。自黄晟筑罗城后，千余年来，历代沿用位置基本未变。

黄晟治明州18年，为宁波地方的发展做出重要贡献。宋太祖封黄晟谥号"江厦侯"。甬城百姓为纪念黄晟，将三江口最繁华的一条街道命名为"江厦街"。南宋理宗时，黄晟被追封为"欻飞将军忠济侯"。百姓又在桃花渡建了欻飞将军庙。

当年三江口桃花渡有蛟龙出没，吞吃出行百姓。百姓无奈，只好用童子祭神。黄晟得知此情后虎目怒睁。祭神之日，黄晟身裹坚甲，手执宝剑，跃入江中与恶蛟搏斗。只见波涛翻滚，他手提血淋淋的蛟首跃出水面，百姓欢声雷动。黄晟年轻时曾应募当兵，但因身材矮小未被录用。宁波人古为蛮夷，身材普遍不高，但勇气从来不少。

它山堰之水

水,直接决定一个人的生死;水,同样决定一个城市的生死。正如北宋舒亶所说:"明为州,濒海枕江,水难蓄而善泄,岁小旱则池井皆竭。"水利,是明州城生存和发展的命脉。

唐太宗贞观十年(636),鄮县令王君照治理小江湖,首开三江口地区治水先声。北宋舒亶在《西湖引水记》中说,王君照所修的小江湖,在鄞县南二里,俗称细湖头。湖久废,只西隅尚存,称西湖,就是月湖。南宋魏岘著《四明它山水利备览》,引唐地理志"鄮县"注:"南二里有小江湖,开元中令王元暐置。小江湖,即日湖也。"认为王君照修湖之后,年久湖废为平地,溉田八百顷,王元暐重新开浚。但书中"开元"误,应为"太和(大和)"。日湖当年与月湖相通,可为一湖。

史前的月湖,应是一处海迹湖泊,在蛮荒中枯盈。东晋后,月湖周围人口渐聚,农田成片。王君照第一次修湖,便是为了解决居民生活和生产用水问题。明州建州后,尤其是韩察修筑子城后,月湖就在子城近旁,人语可到。虽然还显冷清,但已为一城水源。

明州筑子城12年后,大和七年(833),六品朝议郎王元暐任鄮县县令。他来到明州城西南50里的重镇小溪,考察水利,发现它山边的鄞江上游樟溪江河不分,各个支流的来水都直接注入江中又入海里,导致淡水白白损失。樟溪又因河床较浅,在多雨季节经常泛滥成灾,无雨季节又容易干涸;而下游鄞江通奉化江，潮汐上下，海水倒灌，咸潮可上溯到每条内河中，使得田地无法耕种，人畜无水饮用。这种情况在魏岘《四明它山水利备览》中是这样描述的："溪通大江，潮汐上下，清甘之流酾泄出海，泻卤之水冲接入溪；来则沟浍皆盈，去则河港俱涸，田不可稼，人渴于饮。"

于是王元暐决定修建它山堰。他独具慧眼，将堰体定于樟溪入鄞江口。它山堰在此，可下挡咸潮，上蓄溪水，不但解决了明州西乡千顷农田灌溉问题，还可将溪水引入明州城中，储蓄在日、月二湖，使城中居民生活用水得到保障。这将极大地有利于明州城的发展。

在溪江上筑堰，最怕泥沙冲击淤积，或溃或埋。王元暐怎么办？《四明它山水利备览》中这样描述："堰身中空，擎以巨木，形如屋宇，每遇溪涨湍急，则有沙随实其中，俗谓护堤沙，水平沙去，其空如初。"这种结构相当于一个会呼吸的巨大空腔，可对水流带来的泥沙进行调节，形成护堤沙层，又可带走泥沙，保证堰不溃不淤。

它山堰的设计理念与现代工程学理论有着惊人的相似之处，工程结构相当科学，科技含量很高。堰体筑在拱形的山脚，水流的一部分力便通过两个山脚消耗掉了。堰体叠条石，形成重力坝，通过自重来稳定，又用铁钉加固。条石下面是黏土夹碎石层，用作水平防渗铺盖，可减少堰体下面砂砾石对河床的渗漏，还可防止下游涨潮时咸潮向上游的渗透。这与20世纪20年代奠基的现代土力学理论惊人的一致。堰体采用变厚布置，目的是使沉陷均匀，为增大河床中央堰体的刚度，堰体的消能采用多级护坦的方式。这种布置与近代水力学中所提出的分散消能原理不谋而合。而横跨河床的堰体平面是略带向上游鼓出的弓形，倾角为5°，可增加堰底的水平抗滑稳定性一倍以上。当溢流时，水流将向河床中心集中，能减少河床两岸的冲刷。弓形水坝是现代筑坝的常用形态。外国最早的弓形坝于16世纪在西班牙建造，而它山堰比它早了八百多年。

1993年修筑它山堰下防冲护坦时，发现有两棵根部朝上，树干倒插入水底的大树，一棵树径0.75米，另一棵树径0.8米。这难道是"梅梁"吗？

南宋《宝庆四明志》中说，汉时梅子真隐居鄞县大梅山，山上有大梅树。大树上截成为会稽禹祠的大梁，下截在它山堰。梁朝大画家张僧繇在禹祠梁上画了一条龙，风雨夜这梁就化龙飞入鉴湖与龙打斗。第二天，人们看见梁上水淋淋的，挂满萍藻，就害怕这事怪异，便用铁索将梅梁锁住。而在它山堰的梅梁，魏岘说其"其大逾抱，半没沙中，不知其长短，横枕堰址，潮过则见其脊，偃然如龙卧江沙中，数百年不朽。暴流湍激，俨然不动，有草一丛，生于其上，四时常青。刃或误伤,梁辄流水如血。耆老相传,以为龙物,亦圣物镇堰者耶"。

其实梅梁,是神话了筑堰工程。堰下的大树,可能来自某次洪水。樟溪洪峰可达4米以上,将大树连根拔起整株冲来,沉阻于堰下。也许是因为它山堰的下游有个梅龙潭。当地人就将梅龙潭与梅梁联系在一起,说成神话了。其实梅树长不了这么粗大,看这树木经久不烂,很可能是松木。

鄞江镇素有"四明首镇"之称。周边的四明山层峦叠嶂,山水丰沛。汇集山区354平方千米之来水,经大皎溪、小皎溪等几条溪流在它山汇集。它山一词在当地意为龙舌,这里也被视作龙脉之地。俯瞰水系,这里就如一个龙头,而它山堰仿佛真的镇住了这条巨龙。这似乎印证了当地百姓的传说:"梅梁"保护古堰千年不倒,而古堰则镇住了巨龙,保住了当地的平安。

王元㬙又在它山堰下游,沿南塘河,分别建造了乌金、积渎、行春三座碶闸,作为三大配套工程,进行引流与分沙。民间曾广为流传这样的一个传说:为了找到建造碶闸的准确地点,王元㬙让工匠制作了一些木鹅、木鸭放置溪江中,任其漂流。最后由木鹅、木鸭停留的位置来确定建造碶闸的地点。这个神奇的传说有可能是真实的。木鹅、木鸭是浮子,随樟溪来水漂下去,在什么地方停了,说明这地方水位低了,可以建闸。这三个建碶地点在今洞桥、横涨、石碶。又在西北建有洪水湾、官池墩、回沙闸等,形成了一个以它山堰为总枢纽的具有阻咸、蓄淡、灌溉、泄洪及引流入城等功能的综合性水利系统工程。王元暐堪称水利奇才,它山堰堪称水利建筑史上的奇迹。它与郑国渠、灵渠、都江堰合称中国古代四大水利工程。

南宋时,魏岘盛赞它山堰:"鄞邑之西乡,所仰者惟它山一源……截断江潮,而溪之清甘,始得以贯城市,浇田畴。于是潴为二湖,筑为三堨,疏为百港,化七乡之泻卤而为膏腴。"鄮县在五代后梁开平三年(909)改为鄞县。鄞西本来有唐大历八年(773)鄮县令储仙舟修浚的广德湖,有大和六年(832)明州刺史于季友开凿河渠修筑的仲夏堰。然而到了南宋时,广德湖与仲夏堰皆废,所以鄞县西乡,全靠它山之水了。

正如都江堰之于成都平原,一座伟大的水利工程孕育了一方文化生态。自它山堰建成,一千多年以来,孕育了宁波的生命与精神。王元暐将它山堰之水,经南塘河引流入城,重新开浚日、月二湖,储蓄来水。又由二湖水通向城内各条河道,形成通畅的支渠,如同脉络遍布城市,保证了明州城有充沛的水源。可以说,它山堰之水,是宁波的"第一桶水",给予了这座城市能够持续健康地成长的可能。

它山堰这个今天看来十分神奇的水利工程，在当时并不出名，只是一个偏远地方上的小小工程。而王元㬙，本身是朝廷的贬官，修建了它山堰，不但没有受到褒奖，得到升迁，反而因其清廉得罪了权贵，被诬告造堰有贪污行为而遭贬，不知所终。但是宁波的百姓不会忘记他，南宋乾道四年（1168），应乡人请求，朝廷封王元㬙为善政侯，赐遗德庙额。

王元㬙走了，正史中都没有他的身影，但他给宁波留下两个遗产：一个物质遗产，就是它山堰；一个精神遗产，就是一种为了万民之利、万世之利所具有的科学精神。这两个遗产无比珍贵，泽被宁波千年。

大唐的风帆

显庆四年（659）九月十六日夜半，日本国第四次遣唐使副使津守吉祥所乘使船，意外抵达鄞县的三江口。鄞令按朝廷的规定，护送津守一行到越州府，由越州赴东都洛阳。这是宁波历史上第一次外国人登陆，也可视为宁波开港元年。

唐代明州子城建成之前，三江口地区已经开始热闹起来，居民日多。形成了街坊。三江之上的航运也繁忙起来。在武则天"天册万岁"至"万岁登封"年间（695—696），在今海曙区大沙泥街西端与解放南路交会处，建造了一座佛塔。因建塔年号始末"天""封"，而得名天封塔。

现在看到的天封塔，是20世纪80年代按宋塔风貌重修的。南宋绍兴十四年（1144），毁于兵火的天封塔重建，建成六边形宋塔，塔高18丈，共7级14层。唐塔形制以四边形为主流，所以最初的天封塔应该是四边形，而且较低矮。现坐落在宁波市中山西路上的唐代咸通塔，就是方形砖塔，只有5层，身材矮小。但天封塔应该比咸通塔要高，很可能是当年宁波城中最高的建筑。那时在三江上航行的船只，只要看见天封塔，就知道要到城中了。

天宝三年（744）一月，应日本遣唐使团僧人邀请的鉴真，第二次东渡日本，海上遭遇大风，漂至舟山群岛一小岛，被救后转送明州阿育王寺安顿。鉴真朝拜天台国清寺，应邀去越州、杭州、湖州、宣州等地寺院讲法。结束巡回讲法之后，鉴真回到了阿育王寺，准备从明州再次东渡，但事未成。于是，鉴真决定从福州买船出海，率30余人从阿育王寺出发。刚到温州，又被扬州官府截回扬州。鉴真历尽千辛万苦，终于第六次东渡到达日本。

天宝十一年（752），三江口码头又迎来了日本遣唐使舶4艘约400人，使者们从明州转道去往长安。此为首次抵明州的日本遣唐使舶。

贞元二十年（804），日本国第十三次遣唐使副使石川道益一船127人抵明州。朝廷准许27人入京进贡，其余人留住明州。日僧最澄同舟来，入唐求法。

最澄在鉴真生前弘法的东大寺受具足戒，并学习鉴真带来的天台宗经籍。他随使从明州去长安后，又回明州，准备去参拜天台国清寺。因病在明州滞留多日，后自明州出发，入天台国清寺拜师习法，并在国清寺受具足戒。次年，正使藤原葛野麻吕坐舶转至明州返日本，最澄携大批经疏、佛画、佛具以及王羲之等名家碑帖拓本随船归国。回到日本后，在比睿山创立日本佛教天台宗。

唐会昌元年（841）秋，最澄大师高足慧锷，首次入唐求法，在五台山居住，遍访灵迹，参谒高僧。慧锷又朝礼天台山。次年与弟子会于明州，搭乘唐商李邻德舟返回日本，在日本首传禅宗。会昌四年（844），慧锷再次搭乘新罗舶入唐上五台山。大中元年（847）到明州，于望海镇（今宁波镇海）搭乘张友信、元净等37人商舶回国。得西南风，三个日夜入日本值嘉岛那留浦。唐咸通三年（862），慧锷随头陀亲王第三次入唐。明州船主张友信为迎接亲王入唐，奉命在日本肥前国柏岛打造一艘新船。此船离开日本后，航行四昼夜，到达明州。翌年，慧锷登上会昌法难后方兴的五台山，请得观音像一尊，负至明州开元寺，找到张友信船归国。船过梅岑山（今普陀山），涛怒风飞，舟触礁，众人惧甚，以为观音不肯东去。慧锷于是登陆，诛茅缚室，敬置其像而去。居民张氏请像供奉于宅，呼为"不肯去观音"。是为普陀山供奉观音之始。后梁贞明二年（916），在张氏宅址建"不肯去观音院"。后人尊慧锷为普陀山开山祖师。

乾宁二年（895），宇多天皇正式宣布停派遣唐使。在264年的时间里，日本为了学习中国文化，先后向唐朝派出18次遣唐使团。日本遣唐使来中国的航线，主要有北路、南岛路和南路。北路沿朝鲜半岛、辽东半岛航行，在山东半岛登陆，再经陆路前往洛阳、长安。南岛路向西北横跨中国东海，在长江口附近的扬州、苏州或明州登陆，再顺大运河北上。南路向西南，横渡东海，在长江口的苏州、明州一带登陆，转由大运河北上。

秦代设鄞、句章、鄮三县，鄞、句章乃先秦越地旧名，唯有鄮县是秦所创置。南朝梁《舆地志》说,邑中以其海中物产于山下贸易,因名鄮县。"鄮"字为"贸"加"邑",意为"贸易之邑"。境内有鄮山。鄮山不远的同谷山,谷口可通达海边,为古鄮县城址。唐武周时《十道四蕃志》也说:"以海人持货贸易于此,故名。"海人指海上的渔民,也可能是海外来的外族人。

明州建城后,唐政府在明州设立了专门管理外贸的机构——市舶司。明州港与广州港、扬州港并称唐代三大名港,"海外杂国","贾舶交至"。

唐日贸易最初主要是通过遣唐使朝贡贸易和新罗使与渤海使的中继贸易进行的。9世纪初,唐与新罗(今朝鲜半岛)的海上贸易发达,作为唐日贸易的中继,新罗对日交通频繁,初来乍到的唐商一般会选择乘坐新罗商船前往日本。此后,随着航海的发展,新航路的开拓,特别是遣唐使停派后,在唐、新罗、日本三角贸易圈中起主导地位的已不是官方的朝贡贸易,而是由民间新罗商人和唐商人组成的东亚商帮集团。

唐商团的代表人物是新罗人张保皋。张保皋在山东半岛建有自己在唐的据点,并且在相当长的一段时间内,几乎垄断了唐、日的海外贸易。明州是张保皋商团向东南沿海拓展贸易的主要港口。自新罗灵岩附近或清海镇出发,经黑山岛,横渡东海,可到达唐望海镇。这条航线的开通,使张保皋的贸易船可直接来到明州。当时入唐留学的学问僧大多搭过张保皋的商船。张保皋直接从明州带回懂技术的越窑陶工，与新罗人一起，终于烧制出真正的新罗青瓷。

在张保皋后，明州商团应运而生，其中最著名为李邻德商团、张友信商团和李延孝商团。明州商团以明州为贸易港口，以江浙地区为腹地，积极开展对日贸易。

会昌二年（842）春，李邻德商船自明州港赴日本，此为唐人赴日贸易的最早记载。大中元年（847）六月，明州商人张友信、元净等37人，驾船由望海镇放洋前往日本肥前值嘉岛进行贸易，三日后抵达日本，创中国古代帆船渡日的最快纪录。会昌二年（842）至咸通六年（865），海商李邻德、张友信、李延孝分别率领商帮从望海镇出发，7次赴日本进行商贸活动。每次去的人数少则三十几人，多则六七十人，规模颇为可观。

明州商团货物以青瓷和丝织品为主。越窑青瓷制作精美，丝织品质地优良，做工讲究，尤受日本人喜爱。除了青瓷和丝织品，还有佛像、中药材、香料和其他工艺品。而商团从日本带回来沙金、铜、硫黄、刀剑等产品。

开元五年（717），17岁的阿倍仲麻吕作为留学生随第九次遣唐使入唐。阿倍仲麻吕来到大唐后进入国子监深造，改名晁衡，毕业后在朝廷任职，一路做到秘书监。晁衡和唐朝著名诗人王维、李白、储光羲等交往亲密。几十年过去，晁衡思乡心切。天宝十二年（753），晁衡随日本第十二次遣唐使回国。晁衡所乘船只在途中遭遇风暴，传闻他在海上遇难。李白十分悲痛，写下《哭晁卿衡》："日本晁卿辞帝都，征帆一片绕蓬壶。明月不归沉碧海，白云愁色满苍梧。"后才知晁衡漂流到了今越南南部，又历经艰辛返回长安。

在日本，相传仲麻吕随船回国之时，唐朝友人在明州海边为其饯行。夜幕降临，明月当空，仲麻吕望月咏诗："翘首望东天，神驰奈良边。三笠山顶上，想又皎月圆。"这首题为《明州望月》的诗，收在成书于905年的日本第一部和歌集《古今和歌集》中，诗注中说了仲麻吕在明州的故事。其实，文献明确记载，仲麻吕是在苏州黄泗浦登船回国，而不是在明州。可日本流传的版本却是在明州，大概是因为当时与苏州相比，日本人更熟悉明州，所以仲麻吕望乡咏月之地，自然变成了明州的海边。确切地说，应该是在明州的镇海口吧。

神的一滴

　　慈溪上林湖，依偎于群山怀抱中。湖岸曲折多姿，湖面碧波荡漾。湖的四周山势峻峭，草木丰盛。南畔的栲栳山，又名仙居山，相传曾有仙人居住。丰水时节，瀑布飞泻，犹如白练腾舞，汇入上林湖。

　　上林湖真可谓"神的一滴"。这"一滴"就是青瓷。

　　在枯水期的时候，上林湖沿岸露出成千上万的青瓷碎片。破碎的上釉瓷片在阳光下，映着青山绿水，闪耀出经久不衰的青芒。余秋雨儿时常到上林湖玩耍，发现湖水中有很多瓷片和陶片。他和小伙伴比赛削水片，捏住碎瓷片向水面平甩过去，比瓷片在水面能跳几下。"神秘的碎片在湖面上跳跃奔跑，平静的上林湖犁开了条条波纹，不一会儿，波纹重归平静，碎瓷片、碎陶片和它们所连带着的秘密全都沉入湖底。"在《乡关何处》中，他这样写道。

　　童年余秋雨不明白的上林湖的秘密，正是古老的越窑青瓷。

　　从东汉晚期，经两晋、隋唐直至北宋，千余年之久，上林湖一带的窑火从未间断。这里树木茂盛，瓷土丰富，水源充沛，正是烧瓷的好地方。一群窑工从翠屏山挖出瓷土，用湍流推动的水椎将瓷土捣成洁白细腻的瓷粉，再将瓷粉反复淘洗，过筛，压成一块块瓷土砖。从栲栳山上砍下一捆捆树枝，将瓷土砖和木柴运送到上林湖畔。而另一波窑工，则开始了新的忙碌，他们拉坯制胎，刻画修饰，点涂上釉，然后小心翼翼地将它们放进龙窑的窑床里。随着窑门被封死，"把桩"师傅将从窑神祭坛前取来的火种扔进装满松柴的火膛之中，火焰冲天而起，烟霞蒸腾，映红夜空……

经过半个多世纪的发展，到了唐中期以后，上林湖越窑在"南青北白"的格局中，已成为当时南方青瓷中的杰出代表。朝廷在上林湖设立"贡窑"，并置官监烧。光启元年（885），慈溪上林湖窑户凌倜卒，就葬于贡窑所在地北山。品质日佳的越窑备受文人雅士推崇，有"类玉""类冰"的赞誉，为饮茶之风盛行的唐代，增添了无穷的高雅情趣。尤其到唐晚期至五代，上林湖的瓷业生产进入最为繁盛的时期，窑场数量剧增。烧制工艺上，匣钵的大量使用，使产品胎、釉有了质的飞跃，达到了炉火纯青、精美完善的境界。产品以其丰富的种类、卓越的胎釉质量、优美的造型，独步天下。在制作工艺和艺术特色上都达到了登峰造极的水平，尤以秘色瓷为其极品。

秘色瓷，正如它的名字，一直笼罩在神秘之中。"九秋风露越窑开，夺得千峰翠色来。好向中宵盛沆瀣，共嵇中散斗遗杯。"在这首晚唐陆龟蒙的《秘色越器》中，始见"越窑"之名的同时，始见"秘色"一词。五代徐夤在《贡余秘色茶盏》中更是极尽遣词造句之能："捩翠融青瑞色新，陶成先得贡吾君。巧剜明月染春水，轻旋薄冰盛绿云。"北宋赵令畤《侯鲭录》记载："今之秘色瓷器，世言钱氏有国越州烧进，为供奉之物，臣庶不得用，故云秘色。"一千多年来，后人只能在文字营造的秘色之美中极尽猜想，却始终不得见秘色真容。直到1942年，考古学家赵汝珍所著《古玩指南》还叹道："古名窑如越州秘色，今已不可得见，只空存此一名词，令后人羡煞耳。"

1987年4月，在修复陕西扶风县法门寺佛塔时，考古人员意外发现了唐代佛塔地宫，并在地宫中室发现了一盒丝绸包裹的瓷器，共计13件。随后出土的《衣物帐碑》记载："恩赐……瓷秘色碗七口，内二口银棱，瓷秘色盘子、叠子共六枚。"这批瓷器的真实身份，正是秘色瓷。另一件八棱长净瓶单独存放，故未见于《衣物帐碑》，但也属秘色瓷。其釉比13件秘色器更加青翠明亮，是所有秘色瓷中最精彩也最具典型性的作品，达到了唐代青瓷的最高制作水平。这14件秘色瓷为贡品，从越窑千里迢迢送往帝都长安，献给皇帝。后又被唐懿宗赐给皇家寺院法门寺，以供奉佛指舍利之用。

法门寺地宫秘色瓷的出土，解开了困扰陶瓷界千年的"秘色瓷"之谜。这批"秘色瓷"除两件为青黄色外，其余釉面青碧，晶莹润泽，有如湖面一般清澈碧绿。青绿色调是越窑青瓷中极为罕见的一种颜色，正是陆龟蒙的"千峰翠色"。

据嘉靖《余姚县志》记载："秘色瓷，初出上林湖，唐宋时置官监窑，寻废。"2015年10月开始，在对上林湖中部的后司岙窑址进行的考古发掘中，出土了丰富的晚唐、五代时期越窑瓷器精品，其中相当一部分器物与法门寺出土的秘色瓷相同，更有一件瓷质匣钵上刻有"秘色椀"字样。这意味着，后司岙窑就是秘色瓷的产地之一。

人类古代文明发展史上有一个海上航运和贸易线路体系，那就是著名的海上丝绸之路。由于唐末五代的长年战事，北方丝绸之路阻塞，加上宋政治经济中心的南移和政府对商业的扶持，海上贸易迅速发展，很快取代了北方陆路交通，东南沿海成为进出口商品的集散地，促成了海上丝绸之路的繁荣。

1973年，在宁波和义路唐海运码头遗址，出土了700余件越窑、长沙窑瓷器。出土的青瓷，坯泥淘炼精细，质地坚密，釉色莹润。其中一件"越窑青瓷荷叶带托茶盏"，全器宛若一片风中的荷叶托着一朵盛开的荷花，在清波涟漪的水面上随风漂荡。这件越窑青瓷的荷叶造型，正是唐诗"越瓯荷叶空"的生动写照。其细腻的胎质、均匀的釉层、浑厚莹润的手感，亦充分展示了越窑青瓷"如冰类玉"的特点。瓷质和釉色呈现"姿如圭璧，色如烟岚"这一独特的意境，为越窑青瓷中上品之作。这些越窑青瓷，原都是准备通过海上丝绸之路销往国外的产品。

唐五代上林湖成为越窑的中心产地，产品量巨质高，代表了青瓷生产的最高水平。越窑青瓷，同丝织品一样成为明州港输出的主要商品。从唐代起，明州开辟了通向海外的"陶瓷之路"，北达朝鲜，东至日本，南经广州，通向两条路线：一条是向东南，通向菲律宾、马来西亚、印度尼西亚诸国；另一条是向西南，沿海岸至越南达泰国、缅甸，经孟加拉湾，到印度、巴基斯坦，以至直抵波斯湾和地中海沿岸伊朗、埃及等。现在印度、伊朗、埃及、日本等国的古港口、古城堡遗址，均发现有上林湖所产青瓷遗物。

随着越窑青瓷的大量外销，制瓷技术也随之外传，并影响了他国制瓷业和制瓷技术的发展。正是由于越窑制瓷技术的无保留传播，朝鲜半岛的高丽青瓷在短时间内迅速赶上甚至超越越窑青瓷，并一度向越窑青瓷发源地浙东地区输出。日本的制陶业也模仿越窑青瓷，名古屋东边的猿投窑烧制的器物在造型、釉色、纹饰上都与越窑相似。而在9至10世纪越窑青瓷大量输入的埃及，也制出了仿越州窑瓷。

上林湖越窑遗址，有上林湖、白洋湖、里杜湖、古银锭湖四个片区，上林湖区目前共发现窑址180余处。当年，有多少窑工，在这里献出了一生，创造了如此灿烂的青瓷文化。湖畔龙窑的炉火早已熄灭，这些窑工的灵魂，带着身上的柴火烟味，和那泥土转化成瓷时的香气，在深夜走进湖中，举起一片片美丽的青瓷。这神的一滴，这文明的碎片，反射着皎洁的月光，照亮世界。

鼓楼

它山堰

上林湖

三江口

GANG

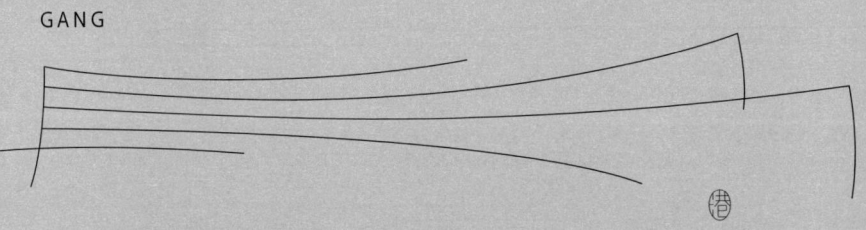

03 从江河到大海

殉海之湖 084
运河上的宁波 090

神奇的保国寺 096
圣地宁波 102
以碑搭脉 107

殉海之湖

政和七年（1117）的一天，汴京的皇宫金殿上，宋徽宗面见了一个明州人，他叫楼异。

楼异刚在家乡丁忧期满，被宰相蔡京派往湖北随州任知州。对这个任命，楼异心中很不愿意，他想去的是明州。于是，他借赴任前向皇帝辞行之机，向徽宗上奏："在明州设置高丽司，造二巨船及画舫百艘，供高丽使者往来所用。明州有广德湖，请垦为田，收岁租足够用度。"

此时的宋徽宗，正在为明州高丽使者一事头痛不已。熙宁七年（1074），朝廷准许原先往返皆自山东登州的高丽贡使改道至明州，在此换船经运河去汴京。自此沿途"将迎馆劳之费"，全由明州地方负担。明州不堪重负，要求朝廷拨银。而到了徽宗朝，朝廷的银子除了供皇室淫侈之用，还要采办"花石纲"，四处搜刮奇花异石用船运至京师，大建宫观。全国的税收都不够用，哪里还有银子管明州的事。

霎时间，明州偌大一个广德湖，来到一个昏庸的皇帝和一个急功近利的大臣之间。

北宋元丰元年（1078），唐宋八大家之一曾巩来明州任知州。10年前大规模浚修了广德湖的鄞县知县张岘，将广德湖图和古代有关的刻石之文交给曾巩，请他为广德湖写一篇记。曾巩欣然命笔，写下《广德湖记》以记其胜。

广德湖位于明州城西十二里，形成于汉晋之际，因湖面形如葫芦状的酒器罂脰,所以旧称"罂脰湖"。唐大历八年(773),鄮县县令储仙舟对湖进行疏浚整治。因其湖面广阔,又惠德于民,正式更名为"广德湖"。

经过唐宋年间的数次修治,到了曾巩任明州知州时,广德湖正值其黄金时期。《广德湖记》中说:"凡鄮之乡十有四,其东七乡之田,钱湖溉之;其西七乡之田,水注之者,则此湖也。舟之通越者,皆由此湖。"西乡的广德湖,与东乡的东钱湖,构成宁波大地上的"双璧"。

就是这样一座大湖,在曾巩写记40年之后,被一个只懂写字画画的皇帝判了"死刑"。宋徽宗一听广德湖可废湖为田,其田租可用来接待高丽使者,心中大悦,立即敕命楼异改任明州知州,办理此事。楼异回到宁波,马上命广德湖开闸放水,湖水尽泄。仅仅一年之后,这座烟波万顷、膏腴鄞西近千年的大湖就此消失了。

广德湖废后,得田800顷,募民佃种,岁得租米36000石。楼异在月湖东岸菊花洲建起一座重檐重楼的高丽使馆。高丽使馆接待了大量的高丽使节、商贾和留学生。此情此景,让楼异十分得意。他又打造了两艘巨船和百只画舫,后世说楼异"造画舫百柁,置海口,专备高丽使臣之用。又造二乘舟,锦帆朱鬃,威耀若神,投铁符于招宝山之海中以镇之"。"海口"就是今宁波镇海口招宝山下。

楼异出身名门，祖父是北宋"庆历五先生"之一的楼郁。他废湖为田，替朝廷解决了眼前的一大困难，甚得宋徽宗龙心，从此加官进爵。北宋末年在湖田上，今宁波城西集士港镇，建了一座丰惠庙，专门祭祀废湖为田的楼异。

楼异废湖不久，利弊之争便不绝于耳。广德湖被废之后，鄞西七乡灌溉马上受到严重影响，"雨则涝，旱则涸"，"自是岁有水旱之患"，"民失水利，所损谷入不可胜计"，"于是西七乡之田，无岁不荒，异时膏腴今为下地，废湖之害也"。从北宋末到南宋，一直有废田复湖之议。但正如《宝庆四明志》所言："湖已变为田，田必不可复为湖。"广德湖被废，给宁波留下几乎是家喻户晓的一句民谚："儿子要亲生，买田买东乡！"

北宋淳化三年（992），两浙市舶司从杭州迁到明州定海（今宁波镇海），专管海商贸易。不久，市舶司搬到明州城，设在灵桥门内。凡日本、高丽、波斯、大食、阇婆、真里富等海外诸国通商，都经镇海口至明州交易。

宋初与高丽建立的朝贡和通商关系，后因辽国夹在两者中间的缘故，"不通中国者四十三年"。直到1073年，高丽通过水路再次派遣使节来宋，两国之间官方使节的往来才日渐频繁。由于走北路登州（今山东蓬莱）线，有较大概率遇见辽国水军，只能改走南路明州（今浙江宁波）线，以明州为出入口岸。

自此，高丽几乎年年都遣岁使来朝贡。明州城内高丽使节纷至沓来，队伍庞大。浩大的接待费用，只能靠明州府自筹资金。所以楼异废湖造田，以这种饮鸩止渴式的行为来筹措费用，维护上朝的面子。

元丰三年（1080），朝廷命申请去日本、高丽者，必须经明州市舶司申报批准，才许派发出海许可证，而南方沿海各州、县船舶，去日本、高丽者也必须在明州签证。明州正式成为两国官方与民间贸易的往返口岸。正如徐兢《宣和奉使高丽图经》所说："自元丰以后，每朝廷遣使，皆由明州定海放洋，绝海而北。"

元丰元年（1078），明州定海（今宁波镇海）招宝山下的甬江入海口，"明州第一码头"利涉道头前船桅林立，人流如潮，大宋第一次大规模出使高丽的船队正是从这里扬帆起航。据《宋史·高丽传》记载，朝廷"造两舰于明州，一曰'凌虚致远安济'，次曰'灵飞顺济'，皆名为神舟"。

海上丝绸之路的开通与发展，取决于造船与航海的发展水平。唐朝时期，宁波在东亚文化圈中造船、航海水平已相当成熟。北宋时，明州成为全国11处官营造船场之一，又是朝廷指定打造专供遣使出国大海船定点造船场，造船技术一度为全国之冠、世界领先。在今宁波镇海招宝山下和宁波城厢战船街址，都有官办船场。战船街船场以造小型船只为主，镇海招宝山船场则可造大型船只。宋神宗与宋徽宗令明州造的4艘"神舟"均造于招宝山，所造"万斛神舟"载重量可达240吨。

宣和四年（1122），宋徽宗下诏，命招宝山船场造两艘更大、更豪华的"万斛神舟"，赐额"循流安逸通济神舟"和"鼎新利涉怀远康济神舟"，遣给事中路允迪出使高丽。2艘神舟与6艘客舟组成远航船队，于次年暮春，由明州城东门口海运码头登舟启碇，经甬江驶至镇海口招宝山出海，驶经沈家门、普陀山，向高丽而去。随船出使的奉议郎徐兢在《宣和奉使高丽图经》中描写神舟时说："巍如山岳，浮动波上，锦帆鹢首，屈服蛟螭"；到达高丽礼成港时，"倾国耸观，而欢呼嘉叹也"。

元丰元年（1078），安焘、陈睦乘坐万斛神舟从镇海出使高丽后，县城东南特建航济亭，作为高丽使者往返迎送赐宴之地。航济亭存世五十多年间，共接待高丽使团十四次、宋使四次。

当时从高丽运来的朝贡货物以银子、人参及其他药材为主，而宋朝皇帝赏赐的货品主要有瓷器、腊茶、经书等。来往物品以明州为中转，安顿于使馆之内，再择顺风之日北上或南下。

南宋初与高丽关系冷淡，高丽使馆"使命遂绝"。然而明州的海商却于北宋大力发展后，在南宋达到了一个高潮。从北宋天禧五年（1021）到南宋绍熙三年（1192）的171年间，宋海商往高丽贸易共117次，其中很多海商是明州商人。明州商人孙忠、朱仁聪等17人多次往返于明州与日本之间。

宋商向高丽输出的商品，除了传统的绫绢、锦罗、白绢、瓷器、茶、书籍等，还有香药、沉香、犀角、象牙等南亚、西亚的特产。当时宋与这些地区的贸易频繁，波斯、大食、三佛齐等国的大批商人经常往来于广州、泉州、明州等地，运来大量特色商品，宋商再把它们转运到高丽出售，从事中转贸易获利。

明州"虽非都会，乃海道辐辏之地。故南可闽、广，东则倭人，北则高句丽，商舶往来，物货丰衍"，因此明州港成为与广州港、泉州港齐名的东南三大贸易港。

为了大宋的港口和海外交往，宁波牺牲了广德湖，代价不可谓不巨大。湖上烟波浩渺，凫雁横飞；湖中鱼跃鳖移，荷绿花红；湖边芳草萋萋，垂柳依依。晨曦中，浮光耀金，客船徐行；晚霞里，落晖满湖，渔舟唱晚；夜深时，湖灵放光，异彩闪现……消失的广德湖啊，至今为宁波人所想念。

运河上的宁波

南宋的一天，陆游从绍兴来到宁波，写下《明州》一诗："丰年满路笑歌声，蚕麦俱收谷价平。村步有船衔尾泊，江桥无柱架空横。海东估客初登岸，云北山僧远入城。风物可人吾欲住，担头莼菜正堪烹。"陆游一下就抓住了宁波风光与绍兴的不同：城中大江上的浮桥，以及江边码头登岸的海外商贾。

天生宁波，江海相连。宁波的地理骨架，自古是"滨海、枕山、臂江"。四明山与天台山是水之源，汇成姚江、奉化江、甬江三条大江，三江交汇，东流入海。宁波建城后，水更成了塑造这个城市的关键因素。如果说三江好似臂膀，支撑起这座城市的基本框架，那么，海洋则无限延长了臂膀，拓展了这座城市的生存空间。

宋淳化三年（992），明州城继唐代之后又设市舶司。明州与泉州、广州成为全国三大外贸口岸。

今天宁波三江口江厦公园的水岸，宋代时是国内外商船停靠的码头区。江上帆樯如林，岸上货物堆积。为了方便外贸，就在罗城的东渡门和灵桥门之间，开了一道市舶司专用的城门，直通城内的市舶司衙署，百姓称之为"市舶门"。在门外建来远亭，为市舶司稽查人员的现场办公点。外国商船都要在这里登记验货签证，办理一应手续后，货物方可入市舶门，运至市舶司的市舶库贮放。

从唐中晚期到北宋，越来越多的波斯、阿拉伯商人来到明州，其中不少人长期居住城中。于是在市舶司西边波斯人聚居地建了波斯馆，专门接待波斯、阿拉伯及西方商人。后来这条街被称为"波斯巷"。隆鼻浓须的波斯人带来了他们的陶器，甚至他们的狗，在宁波城中进行着象牙、檀香等物品的交易。他们造房子的时候，还让工匠在墙基石处刻上波斯人的形象。

"城外千帆海舶风"，这是北宋诗人邵必写明州的诗句。宁波起航的海帆，持续驶向海上丝绸之路，中国的政治制度、文化制度以及服饰、音乐、绘画、科技、宗教等各个方面，更广泛地传播并影响了日本、朝鲜乃至整个东亚地区。北宋末期，这种交流达到一个高峰。

宣和五年（1123），给事中路允迪一行乘明州打造的 2 艘神舟和 6 艘客舟，从明州港出发奉使高丽。归国时突遇狂风巨浪。徐兢在《宣和奉使高丽图经》记载："第二舟至黄水洋中，三椗并折。而臣适在其中，舆同舟之人断发哀恳，祥光示现。然福州演屿神亦前期显灵异，故是日舟虽危，犹能易他椗。既易，复倾摇如故。又五昼夜，方达明州定海。"徐兢所说的演屿神，并不是妈祖。

妈祖原本是北宋兴化军莆田县湄洲屿一个普通女子，名叫"林默"。后来她为了搭救海上遇险船只，不幸遇难失踪。

林默失踪之后，莆田百姓传说她羽化升天，尊称她为神女、妈祖，并在莆田湄洲岛建了最早的妈祖庙。

到了南宋绍兴二十年（1150），进士廖鹏飞撰写《圣墩祖庙重建顺济庙记》云："给事中路公允迪使高丽，道东海。值风浪震荡，舳舻相冲者八，而覆溺者七。独公所乘舟，有女神登樯竿，为旋舞状，俄获安济。因诘于众，时同事者保义郎李振，素奉圣墩之神，具道其祥。还奏诸朝，诏以'顺济'为庙额。"

这是说遇风浪时，有女神显灵。路允迪询问部下是什么神灵显圣相救。船上有一位来自福建莆田的保义郎李振，平时信奉妈祖，就向路允迪报告这是妈祖显灵。路允迪回朝后上奏，宋徽宗下诏，赐妈祖庙额为"顺济"。

虽说徐兢未明确记载妈祖因宣和护使而得御题"顺济"庙额，但至少到南宋初年已盛传此事。民国《镇海县志》记载："宣和五年，给事中路允迪以八舟使高丽。风溺其七，独允迪舟见神女，降于樯而免事。闻于朝，赐庙额曰顺济。"这显然是出自廖鹏飞的《圣墩祖庙重建顺济庙记》。这是妈祖第一次受到皇帝册封，妈祖从民间信仰升格为官方信仰。自宋徽宗敕封后，历代皇帝对妈祖的褒封逐步升级。从"夫人""天妃""天后"到"天上圣母"。而宁波，成了妈祖的首封地。

南宋绍熙年间（1190—1194），福建莆田船主沈法询在宁波经商，一次在南海遇险，因祈求妈祖而化险为夷。回到宁波后，他把自己位于东渡路的住宅捐出，建造了一座妈祖庙。庙中的妈祖神像，是从莆田湄洲祖庙分炉而来。这是宁波第一座妈祖庙，也是浙东地区第一座妈祖庙，后称"天妃宫"。宁波又成为最早接纳和传承妈祖信仰的重要地区之一。

宁波，既在江河之上，又在海洋之上，更在运河之上。

中国大运河由隋唐大运河、京杭大运河和浙东运河组成。浙东运河最初开凿于春秋时期。西晋时开挖西兴运河。此后与曹娥江以东运河形成完整运河，西起钱塘江，跨曹娥江，过绍兴，东至宁波甬江入海口。

宁波是中国大运河的最南端出口，将大运河与海洋连接到一起。因为运河，唐、宋明州港通江达海。港口不是孤立的，它是一个港区体系，形成一张巨大的交通运输网。海船入镇海口驶经甬江抵达三江口，或就地登陆贸易，或换成内河船，进入运河，继续向内陆腹地行进。内陆腹地的人员、货物反向由运河到达宁波出海。正是这种海船与内河船的转换、外海与内河的对接，大大推动了宁波这座城市的发展。

浙东运河在宁波有"两段一点"，一段是虞余运河的余姚段，一段是慈江——刹子港的宁波段，一点是宁波三江口。因为潮汐江的影响，宁波的运河产生了与众不同的特点，就是利用自然的江河、湖泊等水网，据地形设计运河线路。每一条自然江河，都有一条或多条、一段或多段人工塘河与之相配。自然江河与人工塘河结合，复线运行，因势取舍。

南宋宝祐元年（1253），郡守吴潜重建大西坝，又在姚江与慈江之间开挖一条直河刹子港，建小西坝。大西坝北枕姚江，隔江相望慈城的小西坝。姚江潮水平稳时，船舶从此过坝北上。如潮水湍急，便可渡到对面，翻过小西坝经刹子港进入慈江北上。宋代，官方出钱雇民工，买牛畜，置索缆，管理过坝。大西坝"舳舻相衔，上下堰无虚日"。

始建于唐宋的高桥，是宁波运河上著名的一座桥。南宋袁商在《重建高桥记》里说：高桥横跨西塘河，北通大西坝，自古为进出宁波之要道。高桥以桥高、孔大著称，"航舶过往，风帆不落"。南宋初，赵构逃难到宁波，金兵铁骑追赶。宋兵在高桥设伏阻击，把本地产的蔺草席铺在道上。金兵所骑之马一踩上席子就滑倒，人仰马翻，宋军趁势冲上掩杀。"高桥之战"是南宋抗金史上第一场胜仗。至今宁波人仍管席子叫"滑子"。

中国大运河一头连着北京，一头连着宁波。宁波具有运河城市与海港城市的双重特征，成为中国大运河与海上丝绸之路连接的纽带，使大运河具备对外开放的特征，从而成为中国大运河连接世界大通道的南端国门。中国大运河上的宁波，"东出大洋，西连江淮，转运南北，港通天下"。

2014年6月22日，中国大运河成功入选世界文化遗产名录，宁波也成为世界文化遗产城市之一。三江口甬江东岸，矗立着一座清代的精美建筑——天后宫，又称庆安会馆。它作为中国大运河（宁波段）的重要遗产，成为世界文化遗产点。一个属于海洋的天后宫，又属于大运河。这就是独一无二的宁波。

北宋庆历年间（1041—1048）的一天，王安石船行于姚江之上。他写道："轧轧橹声急，苍苍江日低。吾行有定止，潮汐自东西。"他从这条江来到宁波，又从这条江离开宁波。他关注时代潮汐的变化，立志变法改革，强国富民。在他改革失败893年之后，中国有了一场真正成功的改革。中国的大江大河，中国的海洋，终于和全世界的海洋连成了命运共同体。包括他身下的这条姚江，包括他面前的这座城市。

神奇的保国寺

南宋庆元年间（1195—1200），淳熙四先生之一袁燮，因反对庆元党禁被罢官，回到家乡宁波。袁燮写有《游灵山》一诗："湖山秀美冠东南，况此山椒枕碧潭。眼界宽平无限景，个中好处不容参。"后世有人说，这是他写宁波城北洪塘的灵山。

时光飞逝，转眼过了750多年。1954年暑假，南京中国建筑研究室的三位学生——戚德耀、窦学智、方长源组成实习小组，调查杭州、绍兴、宁波一带的民居及古建筑。7月30日他们来到慈城，听文教科的一个科长说，离城5千米的洪塘灵山，有一个古建筑，是唐代的"无梁殿"。他们非常惊奇，如果这是真的，那建筑史就要重写了。于是他们赶过去探查。

他们兴冲冲地向灵山上走去。这时天阴将雨，雾气蒙蒙，像一幅氤氲的国画。不久，雨越下越大，他们径直奔入一座荒废的寺庙——保国寺。在大雨中推开大殿殿门，三人顿时被眼前的景象惊呆了：

白色硕大的斗拱，像宋朝的遗存。四根柱子是瓜棱柱，这种柱子只有宋代有。然后看到藻井，他们第一次看到这么漂亮的藻井。

他们马上对大殿进行绘图、拍照。细心的窦学智在大殿须弥石座背面发现了几排模糊的石刻字迹。清理表面的灰尘后，一篇《造石佛座记》出现在他们面前。石刻说到一位"夏十一娘",这是只有北宋年间才有的对女子的称谓;石刻尾部日期赫然刻着"崇宁元年",这是宋徽宗的年号。这真的是北宋建筑吗?三人不敢轻易下结论,决定带着所有资料返回南京。

回南京后,他们把照片拿给老师刘郭桢教授看。刘先生是著名的古建筑学家,一看非常兴奋,说你们马上走,把它测绘下来,我看这至少是元代的。

几天以后,戚德耀一行三人返回保国寺,开始对保国寺大殿作详细的测绘。随后,他们发现了镶嵌在寺院东墙上的保国寺寺志碑,明确记载大殿建造于北宋大中祥符六年,也就是1013年。

唐代的无梁殿自然没有找到,却无意间撞见了一座宋殿。它是我国长江以南最古老、保存最完整的唯一的木构佛教建筑。1961年,保国寺被列为第一批全国重点文物保护单位。

宁波向称"东南佛国",寺庙林立,名刹众多。藏于山腹的保国寺寂寂无闻,千年之后却因一座宋殿而蜚声海内外。

保国寺位于灵山。相传在东汉世祖时,骠骑将军张意之子中书郎张齐芳隐居此山,因此,此山又名骠骑山。后舍宅为寺,名灵山寺。

唐武宗会昌五年(845),诏毁天下佛寺,史称"会昌法难"。灵山寺被废。广明元年(880),宁波国宁寺僧可恭受信众所托,前往长安上书朝廷,请求复寺。此时黄巢起义军逼近长安,唐僖宗李儇正祈求一种神奇的护国力量,于是下旨复寺,并赐额"保国寺"。

唐时的保国寺,规模不大,后渐渐毁弃。宋真宗大中祥符四年(1011),僧德贤"复过灵山,见寺已毁,抚手长叹,结茅不忍去"。两年后,德贤"来主寺事,弟德诚与徒众……鸠工庀材,山门大殿,悉鼎新之"。

德贤尊者这个设计和建造者,给后人留下这件杰作的同时,无意中也留下了一个千古之谜。

保国寺背靠郯山,左边是象鼻峰,右边是狮子岩,面对太白山,坐落在一个狭窄的山岙里。宁波地区台风较多,保国寺三面山峰虽不高大也不奇异,但正好能挡住台风侵袭,大殿吃不到风,是一个绝佳的位置。

寺庙建在三层台地之上,古木掩映,溪水潺潺。沿中轴线拾级而上,宋代的大雄宝殿是寺内主建筑,其结构独特,气势恢宏。殿内厅堂式构架,每一处建筑构件都蕴含了丰富的历史信息。抬头细看大殿的天花板,复杂程度令人惊叹。阑额两肩有卷杀,额下采用蝉肚绰幕构件,额枋上有七朱八白彩绘。这些独特的设计使得大殿结构极为科学。整个大殿没有使用一枚铁钉,仅靠斗拱之间的巧妙衔接和精确的榫卯技术,就将各个构件牢固地结合在一起,承托起整个殿堂屋顶

50余吨的重量。

大殿里的柱子,尤其是前内柱,都不是笔直的,而是有明显的侧脚,与地面保持一定角度,由四周向中心倾斜。这是出于建筑稳固的力学支撑需要,使其能更好地承重。这些柱子的外观形同南瓜,因而被称为"瓜棱柱"。这种瓜形并不是整柱雕刻出来的,而是由木材拼合包镶形成的。因大殿承重需要,如果选用整柱,必须是直径超大的坚固木材才行。但一根大木头外面包上8根小木头,或者4根大木头包镶4段拼合木,作用便能等同整柱。这种以小拼大的四段合瓜棱柱既省材又牢固美观,为中国建筑中最早的实例。

大殿还被称为"无梁殿"。其实原来大殿因供无量寿佛,叫"无量殿"。当地百姓只见大殿上有个天花板,看不到梁,就叫它"无梁殿"。外表看起来像没有大梁支撑的大殿,其实在前槽天花板上,巧妙地安排了三个与整体结构有机衔接的镂空藻井,用天花板和藻井遮住了大殿的梁架。如此巧妙的设计,让人实在难以发现梁架所在,也难怪会误传为"无梁殿"。

神奇的保国寺还留下了四大未解之谜:"鸟不栖,虫不入,蜘蛛不结网,梁上无灰尘。"

在这样结构繁复的木结构建筑,历经千年却很难见到鸟窝、灰尘、蜘蛛网,着实令人费解。有人猜测,大殿顶部的建筑构成非常巧妙,有许多镂空的设计,透气性极佳;而灵山一带极高的森林覆盖率大大降低了灰尘量。这两大因素或许就是大殿极难积尘的原因。

1975年在维修保国寺大殿时，锯开换下来的梁柱时发出一股清香。经化验证明，这种木材叫"黄桧"，它含有一种飞禽、昆虫不愿闻的芳香油。有人认为，这就是"鸟不栖，虫不入，蜘蛛不结网"的原因。但是，也有人质疑：历经千年，黄桧木的芳香气味早该消失殆尽。对此，有人猜测，奥妙或许在大殿建筑结构。除了门窗，大殿顶部有许多的通风口和采光口，还有如鱼鳞般层层相贴的斗拱结构里，也形成了形态不同的通风道。这样的构造，使得大殿中形成一种对流，空气振动，从而产生一种超声波，让虫鸟不敢接近。

北宋崇宁二年（1103），官方颁布刊行《营造法式》，这是我国最早的一部关于建筑设计、施工的规范书。保国寺的建成比《营造法式》早九十年。宋将作监李诫奉敕编修《营造法式》，主要参考了两浙工匠喻皓的《木经》。浙东的保国寺大殿不仅较好地保留了其建造时代的建筑形制和构件，不少作法都接近或吻合于宋《营造法式》。保国寺为全面研究古代建筑史、深入探讨《营造法式》提供了难得的实物例证。

两宋时期，宁波成为海上丝绸之路上中日、中韩贸易的枢纽港。宋代宁波地区的佛寺建筑也随海上丝绸之路，对日本及韩国的佛教建筑技艺的发展产生了重要影响。保国寺大殿作为该时期唯一的实物遗存，对比同时期的日本木构建筑，特别是禅宗建筑，在建筑式样、梁架结构、细部装饰等方面存在较大的相似性。保国寺的寺院建筑布局，完整地保留了对日本佛教建筑影响深远的"山门—佛殿—法堂—方丈"这一传统格局。对比保国寺大殿同时期的韩国木构建筑，尤其是柱心包建筑式样，其斗拱布置方式也有诸多共同点。因此，保国寺大殿堪称苏浙地区木构建筑文化影响日韩的实物例证，是11世纪东亚建筑文化交流圈建筑营造技艺的杰出典范。

从袁燮《游灵山》中"湖山秀美冠东南"句看，似乎这灵山并非保国寺之灵山。虽说当时保国寺灵山附近，西边有花屿湖，东边有荪湖，但两湖并不是很大，要说"湖山秀美冠东南"，好像太夸张了。但他说"眼界宽平无限景，个中好处不容参"，又禅意郁然，恰似在说山上保国寺的意境。袁燮没说清楚这灵山到底在何处，竟也像保国寺一般，留下了一个谜。

圣地宁波

南宋淳熙八年（1181），波涛茫茫的东海之上，信风吹荡。一艘从明州港出发的大船，正劈波斩浪，驶向东南方向的日本国。船上乘载的，有7名明州的工匠。

从唐朝开始，宁波作为海上丝绸之路的始发港之一，海商们就开辟了这条从大唐通往日本的远洋航线，称之为"大洋路"。从唐至宋，这条航线上中日船只往来不绝，商贸文化交流蔚为大观。大量的青瓷、茶叶、丝绸等商品源源不断地输入日本，同时一批工匠和僧人也把宁波的建筑、书画等技艺传到日本。南宋期间，明州成为中日文化交流，人员、物资往来的最大窗口。

1180年，日本两大武士集团平氏和源氏内战，建造于唐天宝年间（742—756）、号称"国寺"的奈良东大寺毁于兵火。日本举国上下无不痛心。仅隔7个月，天皇就颁布了重建东大寺的诏书，并且任命东大寺重源和尚负责重建工程。重源见日本工匠无力修复，便想到大宋的明州。重源曾三度入宋，参谒过明州的天童寺和阿育王寺。当时的阿育王寺破损严重，重源曾两次从日本运送木材给阿育王寺修庙。翌年，他找到在阿育王寺结识的明州铸造师陈和卿。陈和卿往来中日做生意，不料这次所乘大船破裂，不能及时回国，正好被重源找到。陈和卿可以说是全能工匠，不但懂铸造，还懂建筑。于是，陈和卿在明州召集了石匠伊行末等7人到奈良，重建东大寺。

南宋时期，宁波成了首都临安的外港，建筑事业发达，从事石工和木工的人很多。南宋形成"五山十刹"之制，宁波有两山一刹，即天童寺、阿育王寺和雪窦寺，造佛事业相当发达。这也是为什么重源重建东大寺会用明州工匠。

陈和卿从"铸师"到"铸物大工"，最后为"总大工"，成为东大寺重建的总工程师，指挥两国匠人重建东大寺，一干就是近20年。陈和卿不但冶炼铸造金铜大佛，还采运木材，负责建造了佛殿、回廊、中门、南大门、开山堂等佛寺建筑。

伊行末等4人主攻石作。日本本地石料粗陋，难以刻像。重源就从明州购买梅园石，当作压舱石随船而来。伊行末等人用梅园石雕造了一对石狮，分东、西方雌雄两座，矗立于重建的东大寺南大门。东方像高1.8米，西方像高1.6米，两具座狮胸佩腰带和流苏，分别被安置在高约1.4米的华丽台座上。台座四周雕有含苞欲放的牡丹、开花莲、飞天及双狮戏球等精美图案。还在其下配上莲瓣，底座基台雕有复杂的云纹图样，足见工匠的精湛技艺。伊行末等又建造了佛堂内的石造胁侍菩萨和四天王像，刻造的石材还是用梅园石。在东大寺重建过程中，伊行末修筑石狮、佛像、大佛殿石坛、四面回廊等，功劳卓著，日本政府特授其"权守"（官位）一职。许多年后，伊行末特地布施石灯笼一座，安置在东大寺法华堂门前。

梅园石属火山凝灰岩，产于四明山口鄞江镇的梅园村。梅园石易采整体大石料，石质细腻，硬度适中，色泽淡红或淡棕，素雅美观，极适宜作大型工艺雕刻之用。唐代以来，梅园石在明州就是石雕的上好材料。现在保国寺天王殿前，有两座从别处移来的唐代经幢。一座建于开成四年（839），原为慈城普济寺旧物；另一座建于大中八年（854），原属鄞县永寿庵。这两尊石经幢雕刻精美，正是由梅园石所雕。到了南宋，"一门三宰相，四世两封王"的史氏家族，死后多安葬于家乡东钱湖畔，墓前置宏大精美的墓道石刻。于是在东钱湖等地，以史氏家族的墓道石刻为代表，形成南宋石刻群。这些石刻的文臣武将，高大精美，栩栩如生。而这些堪称艺术瑰宝的墓道石刻，多是用梅园石雕成。当梅园石在东大寺大放光彩后，日本就从明州大量购买梅园石，用于建筑和雕刻。

1196年，奈良东大寺重建工程结束，陈和卿就留在日本，几十年间致力于铸造、建筑、造船和佛教传播等事业。在东京南70千米的镰仓小镇，有一座建于1252年的青铜大佛，从佛像背后进入中空的佛像内部，佛身上"谭贤、邓社、邱容"三个人名清晰可见，据传这是当时宁波工匠所留，他们的师傅就是陈和卿。

而用梅园石雕刻了南大门那对石狮的伊行末，也定居于日本，继续从事雕刻工作并带徒传艺。1253年，在奈良般若寺，伊行末与其子伊行吉共同雕造了高14米的十三重石塔，四面重檐无纹饰。后在伊行末去世周年忌日上，伊行吉为纪念父亲，在十三重石塔旁，另造一座高4.46米的石塔。塔上铭文刻有"大唐铭州伊行末"等字，这里的"铭州"即"明州"。

留在日本的明州宋代匠师，以精湛的技艺，传承后裔达八代，在日本关东、箱根、镰仓一带形成赫赫有名的"伊派石匠集团"，成为另一石工名流"大藏派石工"的鼻祖。他们用从宁波买来的梅园石，雕刻了大量精美的石雕艺术珍品，其中许多成为日本国宝。"伊派"石刻艺术也成为日本传统文化的一部分。宁波地区是日本中世纪石刻技术的源头之一。

南宋时，明州由于佛教的兴盛，不但出了陈和卿这样铸造金铜佛像的铸造师和伊行末这样雕刻佛像佛塔的石匠，还出了佛教绘画的画师。当时明州城内的车轿街、石板巷一带，有许多民间职业画家开设的画坊、画肆，他们所绘的"十六罗汉""五百罗汉""地藏十王图"等佛教绘画，大受国内外商旅、僧人和百姓的欢迎。著名的佛画家有周季常、林庭珪、金大受、陆信忠、赵琼、普悦等。明州画家所作佛画具有较高的艺术造诣，与"南宋四大家"相比也不逊色。尤其是罗汉像，生动传神，个性鲜明，与李公麟的罗汉风格相似。

南宋时，明州的佛画源源不断地通过商旅和僧人输往日本，珍藏于日本各地的寺院中。目前，周季常、林庭珪绘的

《五百罗汉图》共一百幅，分藏于日本大德寺等地；金大受绘的《十六罗汉图》分藏于日本东京国立博物馆等处；陆信忠绘的《佛涅槃图》《十王图》，藏于日本相国寺；普悦绘的《阿弥陀三尊像》，藏于日本满愿寺。

2009年10月，日本奈良举办了一个展览，展出一批宁波与日本文化交流的珍贵历史文物，如同一次大型寻根活动。这个展览名为"圣地·宁波"。宁波实在担得起"圣地"之赞。

今天，仍然镇守在日本东大寺南门的两座梅园石石狮，已经和东大寺一起成为世界文化遗产。宁波工匠和宁波的梅园石，已然到达人类文明的巅峰之处。

以碑搭脉

北宋元丰六年（1083），御史中丞舒亶被罢官，租客舟东归，回到家乡明州。四年前，湖州知州苏轼上谢表并上诗三卷，讥讽朝政。身为御史的舒亶和御史中丞李定等弹劾苏轼。苏轼以诽谤新政的罪名被捕，押入御史台审问。因御史台内遍植柏树，又称"柏台"。柏树上常有乌鸦栖息筑巢，乃称"乌台"，所以此案又称为"乌台诗案"。苏轼文名太高，后被特赦开释，贬黄州团练副使。舒亶没想到，四年后自己也被罢官回乡。

舒亶，字信道，号懒堂，明州慈溪人。年轻时求学于庆历五先生之一的楼郁。他生而魁梧，性格刚直，博学能辩，甚至有些执拗。熙宁三年（1070），宰相王安石变法，重用舒亶，舒亶成为变法集团的青年中坚。在新旧党激烈的变法之争中，他坚定维护变法。他与苏轼并无个人恩怨，弹劾苏轼主要是因为政见与观念不同导致的矛盾。以他执拗甚至有些好走极端的性格看来，苏轼虽才高天下，但反对变法、诋毁皇帝就是大罪。

舒亶在月湖边安家，居乡里18年，生活贫寒，靠教书为生。他的诗文清新空灵，多描摹家乡的山水。"巷陌随桥曲，闾阎占水穷。郡楼孤岭对，市港两潮通。"这首诗写尽了明州城的特色。

宁波早年的水域，城外三面大江通海潮，城内日、月两湖环作岛，城里城外河网密布。这样的水文特点，"流"出了宁波城一街一河、桥船相连的独特街景，形成了前小河后花园的宜居环境。"郡楼孤岭对"，这岭称"镇明岭"，是天禧年间（1017—1021）明州郡守李夷庚在府署前堆土而成，为府治前案山，而三江口的明州港，潮汐涨落，通往大海。

1195年宋宁宗即位，年号"庆元"。以明州为龙藩，升为庆元府。这一年，吴潜出生。

吴潜生于大儒之家，高中状元，平步青云，历官至右丞相，不久却被弹劾罢相。宝祐四年（1256）九月，罢相四年的吴潜，以观文殿大学士授沿海制置大使，判庆元府。

《开庆四明续志》云，吴潜出镇庆元，大笔题下"庆元府"三字匾额："八法端严，九鼎镇重。自是郡境清谧，无复曩岁非时之警。邦人朝莫瞻戴，殆与四明山川辉映无极云。"这绝非阿谀谬夸之词。吴潜在庆元主政三年，兴办学校，培养人才；立永丰仓，开惠民药局，创广惠院，救济灾民，赡养孤寡老人，改善民间医疗卫生条件；收留无家可归的流浪者；为贫苦百姓交纳赋税；纠正了乡民哄抢的风气，鼓励游手好闲者改业务农；采取措施，使地方财政大幅增加。原本民生凋敝的庆元府，在吴潜治理下，从捉襟见肘的落后面貌中走出。

吴潜在宁波，最为重视的还是水利建设。他深知，宁波城处三江平原，水系发达，"三江六塘河，一湖居城中"，又有运河与海港，居民生活、农业生产及船运交通，一切离不开水，水利就是命脉。于是，水文观测尤为重要，如同搭脉。

宁波春天阴雨绵绵，夏天暴雨如注，河水忽涨忽落。控制宁波各地水闸的开启和关闭非常重要。提前放闸就会浪费水资源，而延迟泄放又可能造成水灾。吴潜坐船到城外视察水情，忽然灵机一动：城外的河流与城内的河流沟通，城内外的水面应该处在同一平面上，这样在子城边上的月湖，就能方便察看平原各处的水位。于是，他在月湖北平桥下设水则碑。石碑立水中，上刻一个"平"字。视"平"字之出没，为鄞西和城内河道各碶闸启闭标准。水涨淹没"平"字，要开闸放水；水落露出"平"字，要关闸蓄水。这座水则碑是我国城市古水利遗存中仅有的水文观测设施，代表着古代宁波的水文科学高度，是中国水利科技史上的重要发明，堪称中国最早的水文观测站。

吴潜是中国水利工程史上的奇才，修建水利工程的数量和规模历代无人能及。他在宁波，不但建造了水则碑，还主持修建了6座碶闸、6条堰坝，治理了46条河道，对全郡的水道、碶闸、湖库进行大规模的整修与联通。在鄞江它山堰附近，修筑三座"洪水湾塘"，又修砌"吴公塘"，在南乡陈婆渡建杨木碶，城北筑北郭碶，在府城南门奉化江北岸重建澄浪堰。尤其是修建了鄞县高桥的大西坝，在慈城开挖慈江中段的管山河，又在慈江与姚江之间挖通一条直河刹子港，建成过船坝小西坝，使小西坝与江对面的大西坝对接。这样来去宁波的船只，可以不走水流湍急的潮汐江姚江，而走平稳的慈江。慈江刹子港、小西坝等吴潜兴建的水利设施，今天已经和中国大运河一起被列入世界文化遗产。

唐秘书监贺知章晚年自号"四明狂客"。南宋绍兴年间（1131—1162），郡守莫将在月湖柳汀贺知章读书处建"逸老堂"，祀贺知章。开庆元年（1259），吴潜重修"逸老堂"，刻李白像与贺知章同祀，并撰写《重建逸老堂记》，由大书法家张即之书，刻碑立之。修完逸老堂，这年秋天，吴潜就要任满离开宁波。离开的前一天，他坐船来到逸老堂。"倚舵秋江浒，明日片帆轻"，他凝望秋光中的月湖，回想自己的一生，曾高中状元，又贵为宰辅，衣锦荣光，可以归耕田园了。但愿天下干戈永息，岁岁丰登，自己也老来安乐，不要疾病缠身。

吴潜愿望美好，现实很残酷。刚宁波任满，开庆元年（1259）十月，蒙古军进攻武汉。危难之际，宋理宗起用吴潜为左丞相兼枢密使。吴潜忧心如焚，上计上策，力保南宋半壁江山，不料得罪了右丞相贾似道，又在立太子的问题上得罪了理宗。贾似道屡进谗言加害吴潜，再相半年的吴潜被罢相，贬谪到循州（今广东惠阳），两年后终被贾似道派心腹下毒害死。

在一个中秋的月夜,吴潜和同僚曾会于月湖的碧沚。他赋诗道:"细阅人生幻泡影,了知世事雀螳蝉。"世事难料,就如螳螂捕蝉,黄雀在后。他似乎隐隐预感到自己的命运。

吴潜也为南宋的知名诗人。他与姜夔、吴文英等颇多交往,词风有繁复绮丽的婉约,也有辛弃疾的豪旷,多抒发济时忧国的抱负与报国无门的悲愤,格调沉郁。奇怪的是,他在宁波写的诗词,却多婉约,让人感觉他在宁波的日子忙并快乐着。

浙东运河

月湖畔水则碑

保国寺

庆安会馆

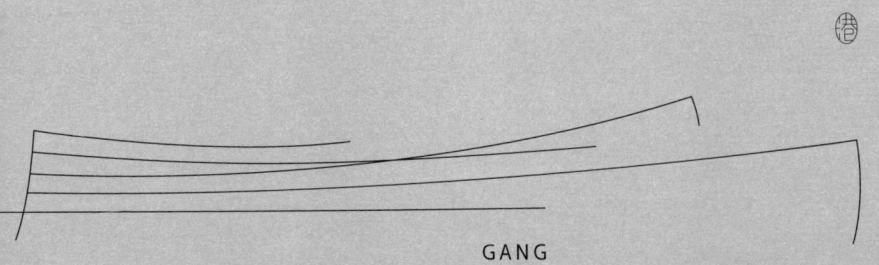

04
战争与和平

发现永丰库	124
海定波宁	130
东海怒涛吸长鲸	136
以雪为舟	142

发现永丰库

2001年，宁波一家房地产公司要对紧邻鼓楼东侧的一块"黄金宝地"进行开发。这个地块在宁波古代子城范围里，是宁波市九大考古区之一。9月，宁波文物考古研究所开始对鼓楼东侧地块进行考古发掘，想挖出子城的城墙。

唐长庆元年（821），明州刺史韩察筑子城。鼓楼即为子城南城门。子城区域自建成以来，便为历代州、府衙署所在地，一直是宁波的政治中心。

元代初年，蒙古统治者拆除天下城池；宁波时称庆元，子城（内城）与罗城（外城）都被拆除。此后70年时间里，庆元一直是一座没有城墙的城市。直到元顺帝至元五年（1339），在旧子城的南门处重建明远楼，即鼓楼。

至正八年（1348），浙东燃起烽火。台州方国珍聚众起事，劫夺海运漕粮，不断攻掠温州、台州等地。元廷命江浙行省发兵征讨，驻军庆元。元兵屡战屡败。至正十二年（1352），为防方国珍攻打庆元，时任江浙行省元帅府都事刘基提议在庆元原有墙基上重新筑造城墙。在都元帅纳麟哈剌指挥下，庆元城墙很快重筑，刘基特地写了一篇《复筑庆元城记》。

从刘基的记载看，当时筑城的速度极快，仅用6个多月时间就筑起了庆元城墙。城墙与原唐宋城墙大体相当，周长仍是18里。城上设置了雉堞，安放机弓弩和火炮等防守兵器。

并设有灵桥门、东渡门、和义门、永丰门、望京门、长春门6个城门，比宋代时减少4个。

三年后的至正十五年（1355），方国珍舟师围攻庆元城。守城的纳麟哈剌见大势已去，很快献城投降。于是，方国珍住进庆元城，称霸浙东十余年。

2004年在和义路一次考古发掘中，考古人员发现了元代和义门瓮城遗址。遗址里竟有牌坊柱子当材料。这充分证明元城墙因为在短时间里建起，石料征集的困难。

如果对鼓楼东侧区域进行考古发掘能发现古子城城墙遗迹，也是一个重要收获。然而，随着考古发掘深入，竟然出现了让人意想不到的景象：

在建筑基础底下，发现了整排排列的长方形方孔基石。这到底是干什么用的？考古人员请教中国考古学会会长徐苹芳，他是宋元时期建筑研究方面的权威，竟然之前也没见过。接着考古人员陆续勘探出一些重要遗迹，如一段砖砌的规整的甬道，路中间还砌出精美的"方胜"纹，以及用块石整齐叠筑的保存完好的河道。随后，经过一段时间的大规模清理，在单体建筑基址的东、南、西边，相继发现了东西长62米、南北宽21米以上的墙基遗迹。遗址内局部地层几乎都是成堆的残破瓷片。

出土的瓷器有宋代的，有元代的。按考古学定年代，证明它是一个元代的建筑。这意外发现的不同寻常的元代大型建筑遗址，究竟是什么建筑？

毛昭晰、傅熹年等著名的专家、学者来到考古现场考察后，认为这是一个宋、元、明叠压的政府仓库遗址，其中最重要就是元朝这一层。这个建筑，形式非常特别，从建筑类型来讲是中国古代文献上有记载而没有实物的。它又是长江以南非常稀少的元文化遗址。

宁波市政府果断决定停止房地产开发项目，并出资6000万元回购了该地块，对遗址进行全面发掘。经过135天的仔细清理，考古队共发掘3500多平方米，以两处单体建筑基址为核心，与砖砌道路、庭院地坪、排水设施、水井、河道等相互联系、布局相对完整的宋、元、明三朝上下叠压的建筑遗址，并出土完整或可复原文物800余件。

根据大量文献记载和实地遗迹相映证，鼓楼东侧子城遗址考古发掘，终于找到了答案。这处遗址，就是元代庆元的永丰库。

1323年前后，一艘满载货物的国际贸易商船，从庆元港出发，前往日本，途中遭受台风袭击，沉没在高丽的新安海域。1975年，韩国渔民在新安海域发现了这艘元代沉船。整船打捞后，考古队员从沉船里发掘出了2万多件青瓷和白瓷，还有重达28吨的中国铜钱。沉船上还发现一个铜秤砣，其上赫然刻着"庆元路"。

元世祖至元十四年（1277），庆元府升为路，设总管府。总管府所在地，就在今天鼓楼东北面。数十年后，庆元路总管府新修，时任江浙行省元帅府都事刘基，为新修总管府写了一篇《庆元路总管府题名记》。其中记录了前后两位总管阿殷图和李思敬的对话，说庆元为浙东大府，跨海为治，责任重大。

在从辽阔草原杀过来的蒙古人的统治下，两宋以来温文尔雅的宁波城，在元初发生了三件大事。第一件，诏毁天下城池。宁波建于唐代，又经过两宋修缮的古城墙全部被拆毁。第二件，元朝的大军从宁波起航，攻打日本，结果遇到风暴，大败而归。第三件，庆元港对外开放，互市贸易。

至元十八年（1281），忽必烈第二次东征日本，派左丞相阿剌罕统帅征日元军，驻扎庆元。阿剌罕在军中得病去世。便由右丞相范文虎率兵10万、战舰4400艘，从庆元定海（今宁波镇海）等处，渡海攻打日本。舰队在海上遭遇台风，舰船大都被摧毁。残余的舰船退回庆元，留军镇守庆元海口。

雄心勃勃的忽必烈想用武力征服日本，但彻底失败了。两国的民间商贸活动，却活跃起来。至元十六年（1279），4艘日本商船到达庆元，庆元官府同意与其交易。后来，日本商船多次来庆元互市，元政府便开放庆元港，在庆元设市舶司。

庆元港仍如宋代,是我国一个主要的海运和外贸口岸。

元代的海运码头有两处:一处位置与宋代来远亭基本相同,在江厦一带,设有元来远亭。另一处叫下番滩,在江东,与江厦码头隔江相对。游历宁波的诗人张翥,对庆元港海外贸易的兴盛赞叹不止。他写道:"是邦控岛夷,走集聚商舸。珠香杂犀象,税入何其多!"

庆元路的官方仓库就是永丰库。库里云集当时中国南北各大窑系12个窑口的瓷器,包括河北磁州窑、河南钧窑、景德镇影青瓷以及龙泉窑青瓷。全国各窑口的瓷器通过海路或运河运集宁波,然后出口。外销互市过程中,部分瓷器作为实物税抽取堆放入库,元朝政府或拍卖,或通过运河送到杭州省城,作为政府的收入。永丰库遗址出土的这些贸易陶瓷,充分说明当时宁波是陶瓷的集散地,是对外贸易中心,是我国古代"海上丝绸之路"的重要港口。

定都大都(今北京)后,元朝采用海上漕运,开辟了东南沿海到大直沽(今天津)的漕运路线,而宁波成为当时南方漕粮北运的重要转输港之一。延祐元年(1314),温州、台州及福建等地运粮客舟改在庆元停泊,再由海船装粮,从烈港入海北运。烈港即今天舟山沥港,当年隶属庆元路。

宁波天一阁中有两块元代碑文。一块是大学者程端学撰写的《庆元绍兴海运达鲁花赤千户所记》。碑中记载:"取东南并海诸郡积粟，以实京畿……明、越当海道要冲，舟航繁夥甲他郡，而治所在明。"说明元初漕运，因宁波地处海上要道，航运发达，就在宁波设置专门的漕粮海运的管理机构。另一块是《移建海道都漕运万户府记》。碑中记载："至正十四年，漕弗克达……遂令迁署于鄞……乃辟庆绍所为都漕运府。"这是说元末漕运阻断，朝廷诏令漕运机构迁往宁波，在宁波设都漕运府。

元代宁波以漕运为中心，以陶瓷为特色，成为集内运与外销于一体的重要港口城市。可以说，元代宁波的海洋气质，一点不比两宋逊色。

永丰库遗址是我国首次发现的古代地方城市的大型仓库遗址，也是江南首次发现的大规模元代遗址。其单体建筑规模之大、布局之完整、功能之多样，不愧为中国古代城市仓储第一库。永丰库遗址被评为"2002年度全国十大考古新发现"。2006年6月，该遗址被列为全国重点文物保护单位。

永丰库遗址一期发掘后，为了保护好这处珍贵的历史遗存，原址进行回填。在回填后的遗址上，采用旧石料和砖块，复制考古发掘出的永丰库遗址初始状态，建成一个遗址公园。今天，来永丰库遗址公园游玩的人们，可能并不清楚，在自己所踩的土地下两米处，才是真正的永丰库遗址。那里有一个朝代还待揭开的许多秘密。

海定波宁

大明王朝的宁波，海浪激岸，风云变幻。汹涌的浪潮描绘出宁波十分纠结的双面形象，一面是战争，一面是和平。

元末明初，岛国日本封建诸侯割据，互相攻伐。在战争中失败的封建主，就组织武士、商人、浪人到中国沿海地区进行武装走私和抢掠骚扰。同时，中国原本割据江浙一带的张士诚、方国珍部失败后，其残余力量流窜到海上，许多不法商人也夹杂其中。这样，几股势力互相勾结，形成庞大的海盗集团，造成"倭患"。

元至正二十七年（1367），方国珍投降朱元璋，浙东平定。庆元路改为明州府，恢复唐代名称。洪武十四年（1381），国子助教鄞县人单仲友上奏，明州同国号，乞改名。朱元璋以郡有定海县，"海定则波宁"，将明州府改为宁波府。因为祈求海上的安宁，由山而得名的明州，终于让给了由海而得名的宁波。

洪武十七年（1384），太祖朱元璋十分忧虑海上倭患，召来信国公汤和。汤和曾率军攻入庆元，平定了方国珍盘踞的浙东，对东南沿海十分熟悉。朱元璋对汤和说："你虽已年迈，还是请你辛苦替朕走一趟吧！"汤和就前往巡视海防，定策在海岸筑卫所。卫所制是明代最主要的军事制度，卫所兵为军户。卫所军户采取世袭模式，世居一地，世代当兵。汤和在浙江沿海筑卫所城59处，宁波现境内有4卫9所。洪武二十二年（1389），诸城终于筑成，在明州、台州、温州等地屯兵戍守。

洪武五年（1372），朱元璋派明州天宁寺高僧祖阐等，往使日本。日本幕府也命各寺僧人带特产物品来明朝进行朝贡贸易。但是因为倭寇不断劫掠东南沿海，朱元璋秉承中国轻商抑商的传统，又缺乏对开放与海外贸易的认识，不善经营海上，一旦有风吹草动，为了维护国内稳定，就只会实施严厉的海禁制度，"片板不许入海"。

但这只是严禁中外民间私人海外贸易，官方的朝贡贸易并未禁止。中国传统的海外贸易主要有两种形式：一种是由王朝政府经营的朝贡贸易，一种是由民间经营的私人海外贸易。朝贡贸易是指海外国家派遣使团到中国朝见王朝皇帝，"进贡"方物，中国王朝则予以官方接待，并根据"怀柔荒远""薄来厚往"的原则，回赠进贡国以"赏赐"。"赏赐"物品的总价值往往大于"进贡"物品总价值的数倍甚至数十倍。

洪武三年（1370），明朝政府于明州、泉州、广州设市舶司。明州的浙江市舶司专为管理日本进贡贸易而设，这机构曾一度撤销。1399年朱元璋去世后，朱允炆即位，是为建文帝。统一日本的室町幕府足利义满将军决心恢复对明邦交，于是下令消灭倭寇。1401年，室町幕府向南京派出遣明使，携带日本国书和厚礼称臣朝贡，此外还送还被倭寇所虏的百姓若干人。翌年，建文帝颁赐大统历并派遣使僧与日本遣明使一同返回日本，足利义满隆重接诏。

1403年，朱棣登基，足利义满派遣高僧坚中圭密携带国书和贡物前往庆贺。次年,明朝派遣赵居仁等送遣明使归国,受到足利义满的隆重接待。幕府歼灭对马、台岐诸岛的倭寇，将捕获的20个倭寇头子献给明朝，并派使者到宁波将20个倭酋处以"蒸杀"的极刑。朱棣赞赏日本的诚意，与之签订了《勘合贸易条约》，规定十年一贡，限船2艘，每船人数限200。所用之船称遣明船，又称勘合贸易船。给予日方勘合符一百道，并指定宁波为日本遣明使的唯一进出港。

所谓勘合，是由明朝官方发行的木制贸易凭证，又称"勘合符"，上面写有文字和签章，居中分割成两半，中日各执一半，每次日方来航，双方按编号进行对合，验明正身后日船才能入港登岸。

勘合贸易对日方十分有利。明政府对此种贸易减免关税,部分贸易品是以日方向明帝贡献方物、明帝回赠"颁赐物"的方式进行交易的，回赠品的价值往往大大超过贡献方物的价值。绝大部分贸易品交易采取明政府给价和自由交易方式。日方所获利润巨大。室町幕府除了收取出口税，更有极为可观的进口关税。巨额利益吸引日本频繁派遣商船前来勘合贸易。虽说明朝对日本的贡期、船艘及人员都有严格规定，但日方往往突破条规，从1401年室町幕府第一次向明朝派遣使节算起，一直到1547年大内义隆派出最后一次遣明使为止，近一个半世纪期间几乎每年都有日本的商船前来勘合贸易。此间，日本官方总共向明朝派遣19次使团。最初，勘合贸易只由幕府经营，之后日本有势力的守护大名（封建领主）和大商人也加入了。

日本勘合贸易船先泊在定海（今镇海）口外海，由定海巡检司船检验证件、人员，如无国书则不准许入港。因为明初倭寇严重时，"九州海滨以贼为业者，五船十船，号日本使而入大明，剽掠沿海郡县。是以不持日本书（指国书）及勘合者，则坚防不入"。定海巡检司的检查结束后，再呈报宁波市舶司，市舶司再派船问明勘合文件、人员姓名、进贡货物等。按勘合底簿验证比对后，方准驶入宁波港。将军、官员等率船迎接，吹号打鼓，赠送礼物。然后船到达镇海城南门外的定海关登岸，受浙江市舶司、定海卫、宁波卫、宁波府等衙门官员同时接见后，才能前往宁波府城。

日本使团在宁波府登岸后，由提举司官员引导至安远驿嘉宾馆休息。接着提举司官员按勘合所填贡品、货物、武器等逐一检查后，收藏于提举司东库。最后，提举司逐级上报明政府，等候批准进京人员及时间。进京人员初期可300多人，后被限定在50人之内。除了一部分遣明使沿着大运河北上朝贡，大部分遣明使留在宁波从事贸易。日本带来的商品为刀剑、硫黄、铜、扇、苏木、屏风、漆器工艺品、砚等，带走的商品有生丝、布、药材、砂糖、瓷器、书籍、字画、铜器、漆器、金缕、府香、铜钱等。

在等待礼部进京通知到来之前，提举司设宴招待使团两次。礼部批准进京的回复到达后，使团立即按规定的人员数量进京。进贡方物中的马匹、金银器皿、珍宝之类的贵重品，装车运送至京。苏木、胡椒、硫黄、铜等大宗货物，造册呈报后，运送至南京库内。此外，一部分附载物品也随车运至北京贸易，其余留在宁波等地贸易。通常由宁波府官、千户、百户、市舶司通事等组成护送团同路前往。宁波在月湖柳汀设有四明驿，作为日本贡船北上和回国的淡水等物资的补给站。使团从四明驿乘船，自钱塘江入杭州，经运河北上。沿途由各驿站供应粮、菜、役夫、车、船、驴、马等脚力和工具。需四五十日方能抵达北京。

到北京后，朝见天子，在礼部商谈贡物给价和贸易问题，进行附载物的贸易和购买货物。贸易完毕即行起程，按原路返回宁波。日本贸易使团在北京购买的货物，大多数量巨大。在回宁波的路上，沿途可随时进行交易获利。

日本贸易使团至宁波后，提举司再次举行宴会招待，稍事休息，市舶司便拨下足够海上航行三十日的"关米"，使团随即上船。

　　日本贸易使团自入宁波起至回国时止，使节及其众多随员全部食宿费用，不仅口粮、菜金等，甚至往返一应脚力，全由明政府供应，还发给衣服，甚至回国途中的口粮也免费拨给。明政府不时的馈赠还不算入其中。明政府对日本勘合贸易使团的款待如此慷慨、周到，可谓赚足大国面子。宣德年间（1426—1435）曾作为遣明使商人两次入明的楠叶西忍感慨道，明朝真乃"罕有之善政国也"。

东海怒涛吸长鲸

明太祖开始的海禁政策，堵绝了沿海地区人民的正常谋生之路。如顾炎武所说："海滨民众，生理无路，兼以饥馑荐臻，穷民往往入海从盗，啸集亡命"，"东南诸岛夷多我逃人佐寇"。从事海上贸易获利甚巨，仅允许勘合贸易的做法刺激了民间走私和海盗活动。自建文帝开始，一面是明、日官方的勘合贸易船不断出入宁波港，一面是倭寇不断进犯宁波沿海，攻破卫所，杀死官吏，劫掠百姓。

足利义满死后，明、日关系中断，倭寇劫掠明沿海的活动更加猖獗。宣德八年（1433）恢复明、日邦交，在北京签订《宣德贸易条约》，规定十年一贡，贡船不超过3艘，人员不超过300。

嘉靖二年（1523），日本大名大内氏和细川氏各派遣使团来华贸易。宗设率大内氏船先抵达宁波，而后到的细川氏贡使瑞佐和宋素卿，贿赂市舶太监赖恩，船后至而先为验发。双方又因勘合真伪引发冲突。宴会时，瑞佐和宋素卿坐在宗设之上。宗设终于大怒，斗杀瑞佐，焚其舟，追杀宋素卿至绍兴城下，且沿途烧杀劫掠。回到宁波后大掠市区，焚毁嘉宾馆，劫指挥袁琎，夺船出海。追击的备倭都指挥刘锦、千户张镗等官兵战死。浙中大震，史称"争贡之役"。

官方的勘合贸易竟也引发倭患。这一事件导致明朝统治者认为"倭患起于市舶"，于是废除闽、浙市舶司，仅留广东一处，并对日本"闭绝贡路"，导致明朝与日本的贸易途径断绝。这为后来的"东南倭祸"大起埋下了伏笔。

争贡之乱后，海禁更加严厉。走私贸易活动却在宁波近海的双屿港愈演愈烈。双屿港在舟山六横岛，明朝时属宁波。嘉靖年间（1522—1566），葡萄牙人擅自占领为居留地。双屿成为16世纪亚洲最大的海上走私贸易基地，是中国与东亚、东南亚、欧洲交易的中转站。岛上葡萄牙人、中国商人、日本人约有3000人，常驻的葡萄牙人就有1200多人。港口、仓库、营房、教堂一应俱全，还云集了数以百计的海船。双屿港繁荣了20多年，被日本学者藤田丰八称为"十六世纪之上海"。

一个黑夜，余姚城中，曾为弘治朝宰相谢迁的老家，竟然被人趁夜杀入，男女老少数十口被灭门。此案震动朝廷，作案者原来是葡萄牙海盗。谢家一直与这些葡萄牙人有交易，却长期拖着货款不付。葡萄牙人便铤而走险，趁夜灭了谢家，以此来警告赖账不给的买家。

嘉靖皇帝大怒，下决心剿灭双屿倭匪。嘉靖二十七年（1548），浙江巡抚朱纨遣都指挥卢镗、海道副使魏一恭等，率战船380艘、兵6000余，在一个风雨夜进击双屿港，焚艇舰77艘，消灭大量海盗，葡萄牙人死亡达800人。擒海商头目李光头、许栋等，毁所建营房，尔后以木石填塞双屿港。

双屿剿平后，走私商人汪直等收余众逃走。走私海商失去了直接的交易渠道和场所，便占据沿海诸岛屿，铤而走险，频频上岸骚扰沿海各地，出现了一批海上武装走私集团，势力最大的便是汪直，拥众数十万，成为公认的首领，"三十六岛之夷，皆听指挥"。嘉靖三十一年（1552），汪直率舰船百余，攻入定海关，被打退后又泊据烈港（今舟山沥港）。参将俞大猷、汤克宽等围剿，汪直率精锐突围。

汪直是安徽歙县人。嘉靖十九年（1540）就率众入海，大船成队，载硝磺、丝绵等违禁货物，往来互市于日本、暹罗、西洋各国，获利甚巨，称五峰舶主。鄞县人毛海峰是他的养子和得力助手。汪直原名王直，毛海峰成为他养子后，改名王滶。汪直袭倭服饰、旗号，称雄海上。

汪直一方面非法走私、劫掠，一方面又念念不忘与朝廷进行正常互市贸易，为此不惜掩杀其他海盗。但是朝廷始终不允许与他进行贸易。汪直怨恨，居日本萨摩洲松浦津，自称"徽王"。

嘉靖三十三年（1554），曾任余姚知县的胡宗宪从西北边关回到浙江，擢升浙直总督，总制七省军务。胡宗宪想招安汪直，派宁波生员蒋洲等到日本劝说汪直。汪直心动，说如果赦免罪行，允许通商互市，他就归顺。汪直为了互市，不但让各岛倭寇不要为患，还派王滶去剿灭舟山等地倭寇。王激还告诉胡宗宪徐海要来进犯。不久，徐海果然率岛倭数万人围桐乡，陈东、麻叶为同伙。胡宗宪就让王激写信劝徐海投降。胡宗宪又设计离间徐海与陈东、麻叶。徐海就擒陈东、麻叶，尽歼其党。但没多久，徐海也被杀了。

嘉靖三十六年（1557）四月，汪直从日本松浦发海船数十只，泊定海关。又抵舟山，占据岑港。胡宗宪与汪直是歙县同乡，他见汪直归顺是真，只是要求互市，就百般劝说汪直来归，答应互市并授予官职，又派指挥夏正和王激一同去他营中。汪直相信了，来见胡宗宪。胡宗宪好言慰藉，让他去杭州见巡按王本固。王本固却将汪直关进监狱。胡宗宪请饶恕汪直死罪，流放沿海当兵。王本固坚决不许。有流言说胡宗宪受贿数十万为汪直脱死，还有人弹劾他勾引倭寇。胡宗宪大惧，改口说诱捕汪直是秘计，汪直罪不可赦。于是朝廷下诏诛杀汪直。如此枭雄，竟死得如此窝囊。

汪直被杀后，王激等大恨，残杀夏正，焚舟登山，据岑港坚守。嘉靖三十七年（1558）二月，胡宗宪移师宁波，调兵遣将，水陆并进，五路攻剿岑港。参将戚继光等由右路上，总兵俞大猷等司策应。倭寇列寨作垒，塞道堵港，居高临下，据险死守。明军苦于仰攻，前锋多死，"蹂尸而进"，久攻不克。

胡宗宪亲临镇海指挥，限期大举进击。戚继光、俞大猷等诸将率部奋不顾身，冒死挺进。众寇大乱，死者无算。历时半年,终于攻克了岑港倭寇的巢穴。倭寇残部从岑港逃至柯梅山,造船从海上逃去福建。

嘉靖四十年(1561)九月,胡宗宪奏言:贼屡犯宁、台、温,我师前后俘斩一千四百有奇。贼悉荡平。

嘉靖倭乱,宁波全境镇海、慈溪、象山、奉化、鄞县以及余姚备受惨祸。在宁波抗倭,战斗最多、战功最大的,要数俞大猷和卢镗。而戚继光在宁波的战绩虽不出众,却对后世影响最大。

胡宗宪调到浙江的第二年,戚继光从山东登州调浙江。胡宗宪慧眼识英雄,发现了他的军事才能,推荐他任参将。戚继光来到慈溪临山卫屯兵抗倭。嘉靖三十五年(1556)秋,倭寇登陆慈溪龙山,大掠乡民。戚继光先后与卢镗、俞大猷等协同作战。戚继光身先士卒,"三箭射三酋",威退倭兵。龙山三战三捷,戚继光崭露头角,威名三军。嘉靖年间(1522—1566),由于军队腐败,卫所的军户制度几近崩溃,军士大量逃亡,战斗力低下。戚继光就向胡宗宪提出练兵,招募戚家军,得到胡宗宪大力支持。戚家军从此成为一支百战百胜的抗倭精锐。

戚继光的抗倭故事传遍宁波:他受观海卫街弄布阵启发,创造了著名的阵法"鸳鸯阵";他在北仑山上扎营驻防,留下戚家山山名;他行军打仗时吃的干粮,宁波人叫"光饼";

他到鄞县大嵩所，见乡人在球山开采大嵩石危及山顶烽火台，便命以羊代牛祭山，因此采不出优质大嵩石，便不再破山取石，保全了山顶的烽堠。

戚继光率领戚家军转战浙闽，每战必捷。嘉靖四十一年（1562），戚家军在福建打了一场胜仗后，回浙江休整。胡宗宪设宴为戚家军庆功。胡宗宪的幕僚、宁波人沈明臣，在酒席上赋诗十章，其一《凯歌》曰："衔枚夜度五千兵，密领军符号令明。狭巷短兵相接处，杀人如草不闻声。"胡宗宪听到"狭巷短兵"二句，立即站起来，手抒胡须赞扬说："何物沈郎，雄快乃尔！"

嘉靖四十四年（1565）三月，在朝廷党争中被罢官回乡的胡宗宪，又被人上疏告假拟圣旨。嘉靖大怒，对胡宗宪降旨问罪。这年十一月初三日，胡宗宪自杀，留下遗诗："宝剑埋冤狱，忠魂绕白云。"

总督胡宗宪转战浙江时，多次来到余姚坐镇指挥，屯兵胜归山。嘉靖三十四年（1555），余姚知县李伯生题字"胡公岩"，并将其刻凿在胜归山上，以纪念胡宗宪任令余姚的政绩和抗击倭寇的战功。胡宗宪在天之灵应开怀一笑。无论他冤情似海，无论他悲愤如山，天地间有这么一处胡公岩，他也不枉为人一生。

以雪为舟

明成化三年（1467），日本画僧雪舟等杨47岁。这一年，室町幕府、大内、细川联手筹备了三艘贸易船，打算出发到明国。这三艘船正是《宣德贸易条约》期间的第四次勘合贸易船。大内的船以幕府副使桂庵玄树为首，桂庵是雪舟友人，雪舟便搭上了大内的船。

三月，遣明船浩浩荡荡地自博多港出发，一路朝明国前进。三艘船内都装载了众多日本盔甲、日本刀、扇、漆器、马匹、屏风、铜、硫黄、砂金等。不过，这些都与雪舟无关。

一个月后，雪舟所搭的船，平安抵达宁波港。在滞留宁波、等候入京朝贡的时光中，雪舟走进昼思夜想的天童寺参拜。雪舟在天童深受僧众的敬重，住持无传嗣禅师赠予雪舟"天童山禅班第一座"称号。因此他后来在画上常常落款"四明天童第一座雪舟笔"。天童寺在宁波府东七十里，雪舟来往于天童寺与宁波府时，都走水路。在宁波府逗留时，他大多投宿于境清寺与天宁寺。宁波的市舶司还专派了精通日语的宁波文士徐琏为陪贡，担任雪舟的向导和翻译。

雪舟在宁波寻山访水，结识文人雅士，与城内书画大家金湜成为至交。他临摹绘画，四处写生。于是，定海关的风帆、三江口的城楼、东钱湖的渔舟、雪窦山的飞瀑、育王山的三塔，一一收录于他的笔下。

1468年初夏，雪舟在徐琏的陪同下，从浙东运河入京杭大运河，一路北上。抵达北京后，明宪宗金殿赐宴接风，赐号"天童第一座"。在北京，雪舟访师会友，向宫廷画院名家学画。礼部尚书姚夔见到他的画作，称赞说："今外藩入贡者几至三十余国，未见如公所描。"便请雪舟为礼部中堂绘制壁画。雪舟泼墨运笔，祥龙飞腾。姚尚书大喜，请当时的诗人、书法家詹僖题上褒词。詹僖号铁冠道人，是宁波鄞县人，为雪舟至交。

某天，众多文人请求雪舟画出"日本最美的景色"。雪舟沉思良久，终于画下自三保松原仰望的白雪皑皑的富士山，并向大家分享天女羽衣传说。天女因迷恋三保松原的景色，脱下羽衣挂在松树上，不料被一渔夫窃走。为了取回羽衣，天女只得婆娑起舞。在场的詹僖听毕传说，当场在画上题了一首诗，有"乘风吾欲东游去，特到松原窃羽衣"之句。

雪舟于1469年回到日本九州，完成了这次历时三年的伟大旅行。雪舟在中国学习中国水墨技法，吸取宋元山水画精华，创出日式水墨山水，开日本一代画风，被日本尊为"画圣"。

明弘治元年（1488），朝鲜弘文馆副校理崔溥在济州岛执行公务时，得知父亲去世的消息。他渡海奔丧，一船43人从济州岛出发，谁知途中遭遇狂风暴雨，在海上漂流了14天，终于在浙江台州府的三门湾登岸。当地百姓屡遭倭寇侵扰，见这群人奇装异服，语言也不通，怕是海盗来袭，就一路追打。

后来官员终于弄清了崔溥一行的身份和遭遇，便先将他们送往宁波府。崔溥一行经过宁海、奉化，在鄞县北渡坐船到了宁波城。他们从长春门的水门"棹入城中"，经月湖的尚书桥，又过惠政桥、社稷坛等，"城中所过大桥，亦不止十余处"。天色已晚，雨下得又大，他们从望京门的水门出城后，宿泊于"江中"。

崔溥一行经望春桥，到达石将军庙。"自府城至此十余里间，江之两岸，市肆、舸舰，垒集如云。过此后，松篁橙橘夹岸成林"。之后，"至西镇桥，桥高大"，即高桥，"至西坝厅"，即大西坝。他写道："坝之两岸筑堤，以石断流为堰，使与外江不得相通，两傍设机械，以竹绚为缆，挽舟而过。"从大西坝翻入姚江，又到对岸的小西坝"挽舟而过"，进入刹子港。但是崔溥并没有向西直接进入慈江，而是向北由半浦"棹入慈溪县"，即今慈城镇，从东水门进入城内，穿县城而过，由西水门出城，再进入慈江，又连夜溯江而上，由慈江入姚江过丈亭，天明"至车厩驿也"。然后继续"溯西北而上"，过姚江驿、通济桥至余姚县，过余姚城到曹墅桥，半夜时分到达余姚云楼乡的下新坝。船翻越下新坝走运河内河，进入上虞境内，连夜到达绍兴府。绍兴府审议后，崔溥一行坐官船到达杭州。又经审理后，由官差从京杭大运河护送到北京。

崔溥等人在中国135天，旅程4000多千米。返朝鲜后，崔溥将途中经历与见闻用汉文记述成书，名为《漂海录》。此书流传多国，影响甚大，有"东方的《马可·波罗游记》"之喻。书中详尽描述浙东运河宁波段，一个桥埠林立、舟舸云集、商贸繁华的明朝宁波跃然纸上。

永乐年间（1403—1424），明朝和日本建立朝贡关系。勘合贸易使日本获利丰厚，一直被幕府和有实力的大名视作重要经济来源。嘉靖年间（1522—1566），勘合贸易被日本周防国大名大内氏掌控。嘉靖二十六年（1547），大内氏委托日本高僧策彦周良担任正使，提前两年赴明国进贡。

策彦周良曾在嘉靖十八年（1539）以遣明副使的身份到过中国。这次是他第二次入明。然而当策彦周良带着4艘贡船、637名随从到达镇海洋面后，因日本使团未到规定日期，无勘合表文，人、船数又超额，定海县、宁波府、浙江海道司、浙江市舶提举司等在宁波的各级官府不断发文阻拦。

现藏于日本内阁文库的《宁波府谕日本使臣周良》，便是当时的一份公文。宁波知府魏良贵不敢让策彦周良进入镇海，在嘉靖二十六年（1547）六月五日，给周良发了一道谕文，要求他暂时回国，到达日期后再来进贡，否则会违背皇帝"圣意"及明朝法令。

直到次年十月，策彦周良才在浙江巡抚朱纨的帮助下，获得了明朝的许可，准许他带50人由宁波北上，于第三年的四月抵达京师，完成了朝贡使命。这次入明，日本贡舶滞留海上长达一年之久。

策彦周良两次来中国，把在宁波与京师的所见所闻写成日记，分别取名《初渡集》和《再渡集》，合称《入明记》。因为遣明使要在宁波等候准许觐见皇帝的诏书，返回前也要在这里等候合适的季风条件才能回国，因此宁波是遣明使在中国停留时间最长的城市。策彦周良在宁波的时间总计两年多，他把当时宁波的风土人情记录得非常翔实。如《初渡集》中记载了嘉靖年间（1522—1566）镇海港繁华的场面，"（船舶）三千艘有之"，还记载了使团在嘉靖十八年（1539）五月十六到达镇海后，定海县尉、县令先后赠予饮食，盛情招待。其中县令赐予"猪一边、米三包、酒二樽、鲞一篓、鹅四掌、鸡一翼、肉一方、鱼一盘、果四盘、柴六担"。

策彦周良两次到宁波，贡船都是从盐仓门出发，直接走姚江去京城。没有像崔溥走西塘河—慈江一线。策彦周良第一次入明从京城返回宁波时，住在嘉宾堂，写下《驿程录》，记载了从大运河进京的驿站里程。

明代的大运河不但是漕粮及商品的输送线，而且是南北之间公私往返最重要的交通干线。明朝沿着运河建立了一套完整的驿站体系。《驿程录》是明代最为完整的大运河驿站里程录。它从"浙江宁波府鄞县城里"的安远驿、四明驿记起，记载了大运河起点宁波（镇海）、终点北京之间的驿站及里程情况。"四明驿"条记载："本府西门外有西坝。自北门坝舟行四十里。此次有慈溪县。自西坝至车厩四十里。"西坝即今海曙区高桥镇大西坝，旧时是官船进出的必经之处。车厩驿在明代属慈溪县，今在余姚市。《驿程录》的终点是北京故宫皇城的南门大明门。作者在到达终点后对里程作了概括，"自宁波至北京路程四千五百七十五里"。

《驿程录》全文的收笔是"大明嘉靖十九庚子年小春初五，书于宁波嘉宾堂。"嘉宾堂是遣明使北上以及回国前夕，在宁波的居住地。嘉宾堂又名嘉宾馆，乃境清兴法寺旧地，位于今海曙区君子街。境清寺曾是日本遣明使的招待之所。嘉靖二年（1523），因发生日本争贡火并事件，寺毁。嘉靖六年（1527），知府高第在原址建嘉宾馆。

雪舟将要登船归国，好友徐琏来送他，赠诗惜别："家住蓬莱弱水湾，丰姿潇洒出尘寰。久闻词赋超方外，剩有丹青落世间。鹫岭千层飞锡去，鲸波万里踏杯还。悬知别后相思处，月在中天云在山。"这时的宁波港，充满诗情禅意，一片美好。

永丰库遗址公园

江夏公园来远亭遗址

天童寺

招宝山甬江口

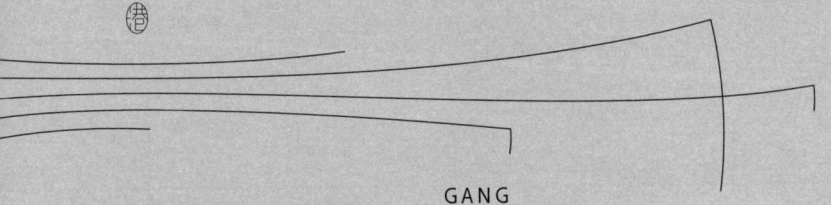

05 潮起东方

坚硬的港口 160
洋务运动开场锣鼓 166

遨游商海的鲲鹏 172

坚硬的港口

1792年,英国政府正式任命乔治·马戛尔尼为正使,乔治·斯当东为副使,以贺乾隆帝八十大寿为名出使中国。这是西欧国家首次向中国派出正式使节。使团携带了大量礼品和货物,有天文仪器、战舰模型、纺织用品、先进枪炮、画和图书等,以显示英国先进的科学技术和文明。

18世纪60年代,英国发生工业革命。伴随着商品经济的发展,英国迫切需要开辟新的市场和广阔的原料产地。英国派遣使节团到中国访问,就是期望与中国建立外交关系,打破清朝在对外贸易中的种种限制和禁令,打开中国门户,从而开拓中国市场。

马戛尔尼使团从英国的朴次茅斯港出发,大半年之后到达中国,泊在宁波、舟山洋面。使团船队中"狮子"号军舰锚泊在象山北部的海域,马戛尔尼和大部分使团成员都在这艘军舰上。供应船"豺狼"号停在"狮子"号附近。载货品的"印度斯坦"大货船,在舟山群岛的六横岛南部海域停泊。

马戛尔尼派人乘供应船"克拉伦斯"号去定海,寻找能让船到达天津的领航员。定海镇总兵马瑀盛宴招待"克拉伦斯"号一行人,并请他们看戏。马瑀和宁波知府克什纳还邀请马戛尔尼等上岸,但马戛尔尼以急着要进京为由婉言谢绝。

"克拉伦斯"号一行人在定海县城观光,吸引了好奇群众的围观,英国人只好到庙宇躲避群众。出庙后他们坐轿子回船时遇到大雨，就到一个寺庙躲雨，寺庙里的和尚以香茶、水果、点心热情地招待英国客人。随团画家威廉·亚历山大在定海的几天里，画了《舟山的士兵》《舟山港的南门》《定海塔》等作品。

总兵马瑀终于找到两个曾经航海到天津的人当领航员。马戛尔尼船队起锚北行，抵达天津后，从大沽赴北京。

清政府把西方各国仍然视为"海夷"，要求英国使臣按照各国贡使觐见皇帝的一贯礼仪，行三跪九叩之礼。英使认为这是一种屈辱而坚决拒绝。中英双方都不肯迁就让步，会面几近破裂。最后，双方终于达成协议，英国使节行英式单膝下跪礼，不必叩头。

在热河避暑山庄灯火辉煌的宫殿里，马戛尔尼一行正式谒见乾隆帝。谒见结束后，马戛尔尼代表英国政府提出了允许英国商船在舟山、宁波、天津等处登岸经商、于舟山附近划一小岛归英国商人使用等六个请求，要求谈判，签订正式条约。

乾隆帝见马戛尔尼只行一膝一跪之礼，坚持不肯行三跪九叩之礼，已经大为不快。及见到国书，知英使之来并非专为贺寿，而是想通商，更是引起他的紧张，感到英国的威胁。他给英王回信说这些要求"与天朝体制不合，断不可行"。于是，清政府将英国的六项要求全部斥为"非分干求"，一概严厉拒绝。

马戛尔尼的出使彻底失败,铩羽而归。送走了马戛尔尼,用当代学者朱学勤的话说,就是"中国则与当时正处于雏形的'WTO'失之交臂"。中国丧失了一次与近代工业文明接触,认识世界,改变封闭状态的良好机遇。"天朝物产丰盈,无所不有,原不藉外夷货物以通有无",这种盲目自大的落后观念,使清王朝实行闭关政策,缺乏对海洋的认识,对外面已经天翻地覆的世界充耳不闻,对世界发展的趋势一无所知。在马戛尔尼的眼里,"清政府好比是一艘破烂不堪的头等战舰"。

"中国听不懂自由贸易的语言,只听得懂炮舰的语言。"1840年,英国发动鸦片战争。他们要用炮舰撬开中国坚硬的港口。

1841年10月1日,英军第二次攻占定海,三总兵力战殉国。10月10日,英舰炮轰镇海口。守卫招宝山的提督余步云弃炮台而逃。在镇海督战的钦差大臣、两江总督裕谦,见官兵溃散,英军已攻入城中,悲愤不已,投入镇海学宫的泮池,以死尽忠。

宁波城文武官员弃城而逃,英舰驶入三江口靠泊灵桥门下。英军登岸,城门洞开,直入无人之境。一个英兵爬上天封塔,在顶上刻下"P.Anstruther,自由和主人,1841年10

月 13 日"。好像英军占领宁波城的第一天，就给士兵放假了。

鸦片战争中国战败后，"五口通商"以及一系列条约的内容，大都是半个世纪前马戛尔尼来华提出的要求。1844 年 1 月 1 日，宁波正式对外开埠。英国领事馆设在宁波江北岸，江北岸成为"外人居留地"。外人居留地与租界一样，外国享有领事裁判权等特权，设立法院、警察局、市场管理和税收机关。英国领事召集会议，设立工厂、商店、船埠，向居民收税，修建码头、道路、房屋，挖排水沟等，实行公共市政管理。

1854 年 8 月，19 岁的北爱尔兰人赫德来到宁波，在英国驻宁波领事馆担任翻译。赫德只在香港培训了 3 个月汉语。他在宁波出钱请人来教自己汉语，汉语水平提高很快。赫德在宁波工作了 4 年，甚至还尝试学习宁波方言。后来，赫德成为清朝海关总税务司，掌握大清国的经济命脉长达 48 年。

1866 年，一个安徽人来到宁波的英国领事馆当翻译兼中文老师，他就是戈鲲化。戈鲲化住在月湖，在宁波文化圈中颇有名气。他的《甬上竹枝词》描画了一幅宁波市井图："灵桥门近甬江隈，早把严城锁钥开。为贩鱼鲜趋晓市，小民辛苦五更来。"

1879 年，戈鲲化由他的中文学生、在宁波口岸任税务司的美国人杜德维推荐，去美国哈佛大学任教，成为第一个登上哈佛讲台的中国人。至今在哈佛大学燕京图书馆，还悬挂着一幅戈鲲化身着清朝官服的大照片。

1862年，太平军攻占了浙东重地宁波。清军联合英、法海军大举反攻。在短暂占领宁波5个月后，太平军终于挡不住坚船利炮的猛烈轰击，撤出了宁波城。就在这一年，英国商人台佛逊，在江北岸和郡城海曙之间的姚江上造了一座浮桥，叫新江桥。

姚江、奉化江、甬江三江，将宁波城分割为海曙、江东和江北三块区域。唐代在奉化江上造了一座东津浮桥，连通海曙和江东。江北岸和海曙之间一直靠摇船摆渡，两地交通和生意往来十分不便。台佛逊出资造的这座桥，成为沟通江北和海曙的交通大动脉。

新江桥落成后，英国领事馆派巡捕把守，过桥者每人都要付四文钱的过桥费。正是这四文钱，酿成了一起大惨案。

1869年农历四月十三日，这天是"五都神"的生日，宁波郡城要举行"都神会"。彤云社最出名的彩阁人也会参加赛会。市民抬都神菩萨出殿，绕城游行。游行队伍要过新江桥，守桥巡捕拦住要收过桥费，而群众不肯付钱，在桥上争执不休，人越聚越多，桥缆崩断，400多人落水，被湍急的江潮卷走。

正是建造新江桥这一年，美商旗昌洋行开始在江北岸建造趸船式浮码头，孔子号客轮首航沪甬线。自此之后的数十年间，江北岸先后建成了"华顺码头""江天码头""北京码头""永川码头""宁绍码头"等一大批现代化码头，形成了新的江北港区。

宁波港的港区，自唐宋以来一直在奉化江东、西两岸一带，俗称江厦码头。五口通商后，宁波的大码头向江北岸转移。江北岸新的港口给宁波带来了新的繁荣，围绕江北港区一带，形成了繁华的商业区，即后来的"宁波外滩"。

19世纪60年代后，宁波对外贸易快速发展，旗昌、太古、怡和、永兴、宝隆等著名洋行都在宁波开设办事机构。洋行在宁波从经营棉织品等传统业务，发展为经营轮船、金融、保险、西药等新兴行业。宁波也由此出现了早期的资本主义商业。宁波的棉布店开始进口、经销洋布，杂货店开始按资本主义商业模式发展为百货业。

宁波因商业的繁荣，形成了许多商业区。尤其是江厦商业区，有钱庄、现兑店数十家，南北货、粮油、鲜咸水产商号林立，自此民间流传"走遍天下，不及宁波江厦"的谚语。

新江桥惨祸，让宁波民间流传着一首歌谣："好看彤云社，翻落江桥下。余到下白沙，撩（捞）起豆腐渣。"惨案8年之后，宁波士绅陈政钥等人四处奔走，募集了16000银圆，从英国人手中赎回新江桥，取消了行人过桥费。

宁波的港口被迫打开，在屈辱的痛苦中，向着希望艰难地转型。

洋务运动开场锣鼓

1855年盛夏的一天，山东芝罘岛海面上，突然出现一股浓浓的黑烟。黑烟之下，一艘从未见过的大船行驶速度奇快。三桅之间，高矗着一根粗粗的圆筒，黑烟正是从那里冒出来的。更让人恐慌的是，这艘大船上还安放了多门锃亮的西洋大炮。

这时距第一次鸦片战争才十几年，虽已五口通商，但通商口岸全在东南沿海，洋船不准到北洋。现在居然气势昂昂来了一艘，难道又要生出什么战祸不成？

山东巡抚崇恩命令火速查明这艘船的来历。报告很快上来，原来这确是西洋船，但非西洋人所有，而属于浙江宁波府，是宁波商人集资从西洋购买的，为宁波商船队的武装护航船，名字叫"宝顺"号。

崇恩立马上奏朝廷。咸丰帝大怒，下谕诘问浙江巡抚何桂清，厉令查明是谁发执照给宝顺轮，允许它开到北洋，经办人必须治罪。

圣旨到了宁波府，知府段光清马上召集与此事相干的商绅们，商议如何回复。董沛从容说道："商人拿自己的钱购买轮船以保护商船，官府不能禁止。船是西洋船，但它卖给了商人，就是一条商船。官府发给商船护运执照，是按律例的，不管这船是谁造的，来自何处。"段光清就照此话回报何桂清。何桂清照此上奏朝廷，咸丰帝朱批三字："知道了。"

咸丰显然是一个不太走运的皇帝。他刚坐上龙椅，广西穷秀才洪秀全，竟然揭竿而起。太平军攻城略地，不久南京被攻陷，成了太平天国的都城天京。南方的战乱，加之黄河的决堤，使得关乎国家生存命脉的漕运完全阻断，朝廷怕是要断粮了。

19世纪50年代，浙江漕运的粮食，占全国漕粮的四分之一。以前，漕粮都是通过大运河转运的，现在运河阻断，于是朝廷想到了元朝的办法——海运漕粮。

"户部仿元人成法，以漕粮归海运，沙船、卫船咸出应命，而以宁波船为大宗。"清代，宁波形成了海上运输的两大船帮——"南号"和"北号"。当时由镇海出口，由定海南下南洋，为南号；由定海北上北洋，则为北号。浙江漕运改为海运，天降良机到宁波船商头上。海运漕粮"由商自派，以三股之二当差，以一股自留运货"，利润巨大。宁波商人们迅速建造船只，扩大船队。1853年，浙东首次海运漕米入津。宁波300多艘沙船、卫船中的180艘被雇运送漕粮。当年，鄞县、镇海、慈溪三邑9户北号船商捐银10万两，在宁波江东木行路建起了甬东天后宫，也就是庆安会馆。建筑"辉煌煊赫，为一邑建筑之冠"。

正当宁波漕运船商兴奋不已时，一头狰狞的拦路虎出现了——海盗。

《定海厅志》记载，海盗"自咸丰初年，即游弈巨洋，行劫商旅，官兵莫能制"。段光清在《镜湖自撰年谱》中说了一件事，当时洋面海盗猖獗，上面命令水师护送商船出洋，驻在镇海口的清军水师畏惧不出。提军叶绍春赴镇海催促，水师仍不出。段光清亲自前往，厉声责骂水师将官们："你们平时捕盗不敢去，现在护粮又不肯去，朝廷白花了这么多银子，水师真是可以废了！"

海盗中最厉害的，是广东帮。广东艇形如蚱蜢，海边人称"蚱蜢艇"。这种艇船面多涂绿油，所以也叫它"绿壳"。以至于宁波人后来便将强盗土匪这一类人称为"绿壳"。这些绿壳在宁波外海横行无忌，其势力范围一直漫延到整条北洋航线。他们杀人越货，劫船后索取巨额赎金，派同党大摇大摆进宁波城，公然高坐大堂，和被劫商船船主或家人就赎金讨价还价。

1854年冬季，庆安会馆中，激动的北号船商们聚集一堂。与会的董沛看到："慈溪费纶鋕、盛植琯，镇海李容倡于众，议购夷船为平盗计。"此议一出，大家纷纷叫好。这三个人，在北号船商中很有威信，尤其是李容。李容，字也亭，小港李家人，在上海经营沙船业非常成功。1853年改漕运为海运时，是李也亭的船队率先北进，使浙江漕米首次海运至天津，开转漕于海之业。

当时中国没有一艘蒸汽机动力的西洋轮船，这群宁波商人就偏要去弄一艘。购船需巨额资金，官商各出一半，宁波府所垫的那一半资金，由每年抽商船的部分收入陆续归还。他们又找到几位宁波同乡去具体操作购船事务。董沛《书宝顺轮船始末》写道："鄞县杨坊、慈溪张斯臧、镇海俞斌久客上海，与洋人习，遂向粤东夷商购买火轮船一艘，定价银七万饼，名曰'宝顺'。"

杨坊是宁波城里人，是当时上海最大的洋行——英国怡和洋行的买办。同治《上海县志》说他"多智术，贾上海，与西方通市交易，不数年明习各国事"。没有熟悉对外贸易、善于跟洋人打交道的杨坊等人，未必能买成这条船。

段光清记载，宝顺轮"管船驾船，皆中国之人，只照管轮盘，非中国人所知，必用洋人。然自商人给予工食，亦雇工等尔"。宝顺轮雇用了洋人，来操作中国人还不懂的蒸汽机。早期的轮船，都是明轮，由蒸汽机驱动船体两侧或船尾的轮盘激水前进。由于蒸汽机烧煤，火生气腾，中国人也称其为"火轮船"。到1836年前后，由水下螺旋桨推动的暗轮轮船出现了，宝顺轮很可能就是一艘先进的暗轮轮船。据《浙东筹防录》的记录，宝顺轮的排水量在440吨左右。

北号专门设立了庆成局，聘请鄞县卢以瑛主持管理宝顺轮事务。宝顺轮被改装成一只载兵架炮的武装护航船，并聘慈溪张斯桂"督船勇"，聘镇海贝锦泉"司炮舵"，还招募了

79名广东和福建籍的水手,并严格训练之。这些水手都是"习流之士""得力水手",甚至"死士",他们配备火枪,作战勇猛,还上岸追杀海盗,简直就是一支早期的海军陆战队。

1855年夏,广东30余只海盗船在福建、浙江海面上肆意抢掠,又窜到北洋,和其他海盗会合。北运漕粮的航线被阻断了。农历六月,张斯桂和贝锦泉紧急驾驶宝顺轮出洋。七月七日,宝顺轮在复州洋与海盗船展开激战,几十艘海盗船围攻宝顺轮,"炮声震地,火光烛天",宝顺轮击沉5艘,击毁10艘,首战大捷。从1855年7月到11月,短短三四个月时间里,宝顺轮先后在山东黄县洋、蓬莱洋、石岛洋,宁波石浦洋,舟山岑港洋、烈港洋与海盗大战,击沉和俘获海盗船68艘,生擒和杀死海盗2000余人,救出被劫船只300余艘,基本肃清了南、北洋的海盗。

看到火轮船的巨大威力,第二年上海商人也购买了一艘,取名"天平轮",并和宁波商人约好,一艘巡北洋,一艘巡浙海。

1862年,曾国藩购买轮船一艘,名"威林密号"。次年,李鸿章也购置一艘,名"飞来福号"。1867年,清政府终于颁布了《华商买用洋商火轮夹板等项船只章程》,允许华商在章程范围内置办洋式船只,这已经比宁波商人购买宝顺轮晚了13年。

在洋务运动帷幕拉开的过程中,宝顺轮是一个开场的锣鼓。

这个开场锣鼓，不是官员敲的，也不是中国的读书人敲的，是中国的商人，具体地讲，是宁波的商人敲响的。宝顺轮宣告了中国帆船时代的终结，机器轮船时代的开始。

因指挥宝顺轮作战而声名远扬的贝锦泉，被左宗棠召入他创办的近代中国最大的造船企业——福州船政局。左宗棠向洋商购买轮船"华福宝号"为座舰，委任贝锦泉为管带。同治八年（1869），福建船政第一艘排水量达到1370吨的轮船"万年青号"下水。这艘堪称"中华第一舰"的舰长（管带），正是贝锦泉。张斯桂"工于制造洋器之法"，先入曾国藩军营，又被船政大臣沈葆桢聘为幕僚，造出中国最早的水雷和电线，后因"通晓洋务"，出任驻日副使。

在剿灭海盗之后，宝顺轮参加了守卫长江、救援上海等许多战事。咸丰十一年（1861），杭州被太平军围困。宝顺轮装满军火粮饷去支援省城。可是刚驶出吴淞口，忽遇大雾狂风，船搁浅，船工们将货物尽数抛入泥中，船才脱险。

现在北京大学图书馆藏有一张绘制于清光绪年间（1875—1908）的中法战争镇海口布防图。在这张图上，竟看到了宝顺轮。为防止法舰进入镇海口，当局要在镇海口打桩和沉船封堵。因此，宝顺轮被政府买下，停在镇海口，准备装满石头、沉下海口封堵航道。已老朽的宝顺轮，最后留给那个时代悲壮的一瞥。

遨游商海的鲲鹏

咸丰年间（1851—1861），宁波鼓楼前的恒兴钱铺，有一个小学徒，叫严信厚。他是慈溪即今天的慈城人。父亲工诗词，善画芦雁。耳濡目染之下，严信厚亦善诗书，尤擅画芦雁。恒兴钱铺歇业后，严信厚去杭州信源银楼做文书。

差不多时间，一个17岁的少年摇着舢板穿梭在黄浦江上，向外轮水手贩卖所需杂货，他是宁波镇海庄市人，叫叶澄衷。

信源银楼的老板正是杭州巨商胡雪岩。严信厚曾精心制作一幅芦雁扇画赠予胡，上题："暂依秋水宿汀州，终共鲲鹏变化游。衔得一枝输作税，不教关吏苦羁留。"胡大喜，赞其"品格风雅，非市伶比也"，便写信把他推荐给直隶总督李鸿章。

一天，一个洋人乘叶澄衷的舢板过渡到十六铺，在船上遗落了一只小皮包。叶澄衷发现后，就一直等洋人来取，最终将皮包完好奉还。这个洋人原来是英国火油公司驻中国部经理，他看这个中国少年诚实，就请他去管理火油仓库。

严信厚入李鸿章幕府，随淮军转战南北，襄办转运饷械，筹办赈抚。1885年，严信厚任天津盐务帮办。次年，在天津东门里设同德盐号，自营盐业。后又创设天津最大的金店——物华楼金店，生意十分红火，由此积聚大量资财。

叶澄衷五年之后就在上海虹口开设顺记五金洋杂货店，承办外轮所需船舶五金,又进口英国配件,营业大盛。没过几年,总号移设百老汇路,扩大规模。当时,美孚石油公司以优惠条件委他经销美孚火油,他的资本益厚,相继在上海及江浙、华中、华北各大商埠开设分号18所,遂成巨富,时称"五金大王"。

随着宁波口岸的开放,浙东手工棉纺织业受洋货冲击严重,严信厚觉此商机无限。1887年3月,他集银5万两,在宁波北郊湾头创办通久源轧花厂。这是宁波第一家近代工厂,也是近代中国第一家机器轧花厂。1894年,严信厚联合沪甬巨商富贾集资45万两,创立浙江省最早的纱厂——通久源纺纱织布局,极大地提高了与洋货的竞争力,获利丰厚。

受李鸿章器重,任上海道库惠通官银号经理的严信厚,借机创办源丰润票号,资本高达白银100万两。1897年,得盛宣怀力助,严信厚和同乡叶澄衷、朱葆三等创办了中国第一家民族资本银行——中国通商银行,并任总经理、总董。中国通商银行大大推进了中国金融业的近代化进程。

叶澄衷投资钱庄业、地产业、沙船业等多种行业。他经营了上海第一家华商钢铁煤炭商号,又在上海相继创办鸿安轮船公司、燮昌火柴厂、纶华缫丝厂。他参与创办中国通商银行,后继任总董。

1902年2月,在盛宣怀的授意下,严信厚在上海筹组成立我国第一个商会组织——上海商业会议公所,并为首任总理。1904年,严信厚将上海商业会议公所改为上海商务总会,并担任第一任总理。

严信厚通过数十年在天津、上海、宁波等地的金融及工商业活动,声名鹊起,吸引了大批宁波籍人士,在金融及工商界形成了一个很有影响、很有势力的宁波商帮。为宁波商帮从一个传统商帮转型成一个近代企业家群体起到了"领头羊"的作用,被公认为"宁波帮"第一人。

至19世纪末,叶澄衷拥资达白银800万两,成为宁波商帮早期的实业巨子。他热心社会公益与慈善事业,一直有着"兴天下之利,莫大于兴学"的心愿。他因家贫幼小失学,深感痛苦,于是回家乡镇海庄市,出资3万两白银兴建叶氏义庄,在义庄内建叶氏义塾。后来叶氏义塾发展为中兴学堂,在20世纪二三十年代,培育出了包玉刚、邵逸夫等一大批优秀学子。

1899年9月,已经病重的叶澄衷,决定捐出上海虹口张家湾地30亩、现银10万两,兴建中国第一所私立新式学校,取名澄衷蒙学堂。当学堂正式开学时,光绪皇帝御笔"启蒙种德"以勉。蔡元培任澄衷蒙学堂总教习,后又代理校长。澄衷蒙学堂后为澄衷中学,培养了如李四光、胡适、竺可桢、李达三、钱君匋等一大批著名人士。

宁波自古是一座商埠，有深厚的商贸传统。明朝万历到天启间（1573—1627），鄞县商人就在北京创设"鄞县会馆"。清初，在京的慈溪商人创立了"浙慈会馆"。乾嘉年间（1736—1820），宁波商人在汉口建立了"浙宁会馆"。嘉庆二年（1797），宁波在沪商人成立了"四明公所"，把在上海的宁波人集合起来，形成了一股强大的势力。

五口通商后，上海成为中国最重要的经济中心，宁波人以甬沪交通仅一水之隔的优势，大批涌入上海。他们中的佼佼者，受到西方工商业文明的强烈冲击，以乡谊为纽带，抓住商机，在上海大显身手。他们在上海经营南北洋的埠际贸易及五金、机械、颜料等十余种行业，并迅速介入新兴的对外贸易领域，经销洋货。上海最早受外商雇用的洋行和银行的买办多数是宁波人。宁波商人注重投资航运业、金融业、贸易业、制造业等新兴领域，形成实力雄厚的金融资本和工业资本，确立了在上海的霸主地位。1909年，上海宁波旅沪同乡会成立，这标志着中国近代最大、最有影响的工商集团——"宁波帮"形成了。

宁波商帮不仅在上海，在其他大城市也有很大影响。慈溪罗氏、钱氏、方氏、冯氏合股在北京东四大街开设四恒银号，历久不衰。1900年庚子事变，入北京的义和团火烧洋货铺，造成火灾。时任顺天府尹陈夔龙在其《梦蕉亭杂记》写道：

"市既被毁,炉房失业,京城内外大小钱庄、银号汇划不灵,大受影响。越日,东四牌楼著名钱铺四恒首先歇业。四恒者,恒兴、恒利、恒和、恒源,均系甬商经纪,开设京都已两百余年,信用最著,流通亦最广。一旦停业,关系京城数十万人财产生计,举国惶惶。"慈禧也受惊动,令接济四恒。朝廷拨官款100万两借给四恒救急。

宁波商人善于开拓冒险。宁波小港的李也亭承运漕粮,发了财。他独资开设久大沙船号,又在黄浦江边买下一处滩地建起"久大码头",成为沙船业巨头。后又开设"余"字号钱庄近十家,成为上海钱庄业巨擘之一。他又将久大码头周围地皮买下,投资地产业,还自辟两条马路,即"地丰路"(今乌鲁木齐北路)、"李诵清堂路"(今陕西北路)。

鸦片战争后,轮船兴起,宁波商帮迅速转型发展轮船业。虞洽卿、朱葆三等集资创办宁绍、三北、鸿安、长和、永利、永安、舟山等轮船公司。三北轮船公司为当时我国三大民营轮船公司之一。上海的钱庄业中,宁波帮势力最大,9个主要钱业资本家家族集团,宁波帮就占6个。因不愿钱庄久居外资银行的附庸地位,严信厚、叶澄衷发起创办了中国第一家民族资本银行——中国通商银行。虞洽卿、李云书等筹办了四明银行。后来实力较强的中国银行、交通银行、浙江兴业银行、浙江实业银行以及垦业银行等都由宁波帮掌握。

宁波商人重乡情乡谊,同乡扶助观念特别强。清朝末年,宁波商人创办的宁绍轮船公司,与英商太古公司竞争十分激烈,宁绍轮在船上挂牌"立永洋5角",以示永不涨价。这样一来,大家争着去乘宁绍轮,太古轮乘客锐减,有时甚至放空。资本实力雄厚的太古公司,把票价从1元降到3角,以图压垮宁绍轮船公司。紧急关头,宁波商帮的方樵岑、朱葆三、秦润卿等组织了航运史上罕有的"航业维持会",集资10余万元,给宁绍公司每票补贴2角,使宁绍公司也能以每票3角的低廉价格与太古公司竞争。在这场"宁绍斗太古"的商战中,宁波人最终取得了胜利。

19世纪,德国地质学家李希霍芬先后7次到中国内地考察,走遍了大半个中国。他得出结论:"宁波人的勤奋、奋斗努力、对大事业的热心和大企业家精神方面较为优秀。宁波人在上海的势力很大,船夫、水手的大部分都是宁波苦力。势力更大的是买卖人,尤其是商业中的宁波人,完全可以和犹太人媲美。"

叶澄衷在上海逝世后,归葬庄市。墓碑为清末状元张謇所题,墓志铭为蔡元培所写。后严信厚在天津逝世,灵回镇海风光秀丽的九龙湖畔。在中国近代的商海风云中华丽翱翔的鲲鹏,终于安息在故乡的土地中。

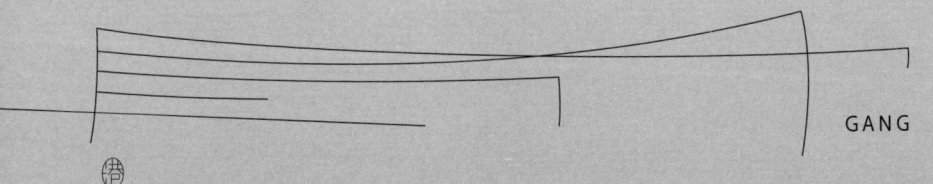

06
东方大港的梦想

先生之望 182

赫尔墨斯的星星 188
低潮拍打着宁波 194

先生之望

1911年11月5日中午,宁波城突然出现一匹白马,骑在马上的,是一个穿黑西装的年轻人。他的身后跟着许多学生,学生全都臂缠白布,手握"保商安民"旗子,沿途高喊"革命军来了!"城中民团马上与之会合,也参加游行。市民仓促间搞不清状况,都纷纷缠扎白布,竖起白旗表示响应,一时间,全城白旗林立。

牧作霖牧师在《光复中的宁波》中这样描述:"中午12点整,一位身穿黑西装的年轻中国先生,带领着几名武装人员,冲向电报局以'中华共和'的名义占领了它,拉下了大清帝国的龙旗,升起了白色的旗帜。接着前往政府衙门、警署、官办银行和所有重要的公共机关。在两个小时内,这些地方都投降了。全市自发地、不约而同地展现了新旗。绝对没有任何抵抗,维持了良好的秩序。临时管理城市的新政府马上成立了。"

"九月望日好音传,街衢遍处白旗悬。鸡犬不惊大事定,人人始得高枕眠。"目睹此事,诗人陈炳翰这样愉快地写道。

轰轰烈烈的辛亥革命中,宁波光复竟如此和平。这个穿黑西装的年轻人,就是卢成章。

武昌起义的消息传来后,宁波城骚动不安。宁波同盟会支部策划响应起事。陈训正、范贤方、魏炯、林端辅、章述筹、赵家荪等筹谋,用"保地方治安名义",成立民团,借此掌握武装。

宁绍道台文溥多次指使宁波知府江畚经逮捕范贤方、魏炯等人，但江畚经倾向革命，他对文溥说："现在满城都是革命党人，怎么抓？您还是为自己考虑吧！"文溥见势不妙，连夜逃往上海。

范贤方邀集驻军军官和各界代表，成立保安会。1911年11月5日上午，保安会举办第一次会议。范贤方主张当日宣布独立，赵家荪则坚持要等上海的消息，双方争执不下，最终"不决而散"。这时，武昌起义后回国参加光复大业的英国留学生卢成章，果断行动。他来到父亲卢洪昶创办在西城的育德农工学堂，振臂一呼，顿时应者云集。卢成章召集学生，自己骑一匹白马为先导，进入城中。民间从此流传"卢成章单骑克宁波"一说。

第二天，革命党人在小校场召开誓师大会，正式宣布宁波独立。12月26日，宁波军政分府举办新年招待会，邀请在宁波的各国领事官员和教会、医、商等各界人士参加。军政分府外交部部长卢成章在招待会上讲话。他说明革命党人是要"去砸碎旧的枷锁，为自由和美好的政府而斗争"。

1912年1月13日至15日，宁波各界群众共同举办了盛大的提灯会，庆祝中华民国成立暨孙中山就职临时大总统。光复后的宁波人民聚集在小校场，"欣喜欲狂"，会场"发出巨大的欢呼声"。

辛亥革命成功后，孙中山辞去民国临时大总统一职，由袁世凯接任。袁世凯冒天下之大不韪，复辟帝制。在全国的讨伐下，当了83天皇帝的袁世凯被迫下台，羞愤而死。袁世凯死后，黎元洪继任总统，政局暂时安定。寓居沪上的孙中山，开始从民权、实业等方面思考建国方略。1916年8月，孙中山先生从上海出发至杭州视察。这时，省立第四中学堂校长励建侯电邀先生来甬。

8月22日11时，孙中山先生乘甬曹铁路火车到达宁波。下午2时，先生在四中讲堂向宁波各界人士发表演说，对宁波提出了莫大的期望：宁波风气之开，在各省之先。宁波人富有经营工商业经验和才能，但宁波发达的实业多在外埠，而在本地发展实业更为重要。宁波有优良港口，地理位置不亚于上海，商贸繁盛本不至在上海之下。宁波要振兴实业，讲求水利，整顿市政。将来整顿有方，自可为各省之模范。

后来先生在《建国方略》中规划的"东方大港"，是位于杭州湾大喇叭口北侧的嘉兴乍浦，并不是在南面的宁波。五口通商后，上海港迅速崛起，导致近邻的宁波港地位逐渐下降，由国际贸易港趋于内向化。这也导致孙中山先生虽知道宁波有优良港口，却难以真正认识宁波港的价值。

演讲结束后，先生为励建侯校长题写了条幅："天下为公"，并和与会的社会各界以及学校师生分别合影。当晚，先生下榻四中讲堂东北边的"花楼"。

第二天上午,孙中山先生在赵家艺等人陪同下,参观了位于月湖的竹洲女子师范,又兴致勃勃登上天封塔,眺望甬城。中午,先生来到后乐园,参加了宁波各界代表欢迎公宴。

赵家艺是赵家荪弟,宁波城北洪塘人。其父亲赵立诚与结义兄弟小港李家的李也亭一起创业,成为上海滩的钱庄业领袖之一。赵家艺与兄赵家蕃在孙中山最困难时提供大量革命经费。他组织同盟会宁波支部,并被推任支部会长。辛亥革命期间,赵家艺负责宁波与上海总部的联系协调。宁波光复时,赵家艺任参谋部长。孙中山先生在甬期间,他亦随行陪同。孙中山还专程到访赵家,赵家艺请来宁波江北岸鸿仪照相馆的技师,为孙中山先生拍摄了一张全身坐像。

1924年的一天,在省立第四中学堂任教的朱自清,来到后乐园,参加一些青年的文学聚会。这些青年多为四中的进步学生,其中就有后来成为著名作家的王任叔。朱自清颇为欣赏后乐园,他在日记中说它:"占地不多,而小亭错落,池水一方,满蔽浮萍,颇有雅致,就中所谓螺髻亭者尤佳!"

后乐园建于1887年,为时任宁绍台道薛福成筹建。薛福成在《后乐园记》中说道,宁绍台道署西有独秀山,山上有螺髻亭,亭下有清凉洞。他便以此为核心,构筑了一处景色秀美的园林,并取范仲淹"先天下之忧而忧,后天下之乐而乐"

之意，名曰"后乐园"。

后乐园在道署内衙，是一处官署的私家花园，一般百姓是进不去的。辛亥革命时，伟大的民主革命先驱孙中山提出"天下为公"的口号。共和民主的思想在古老的中国开始传播。昔日达官贵人才能悠然游览的后乐园，也随时代潮流向社会开放了。

中国经过几千年封建统治，皇权观念根深蒂固，而缺少体现民主平等的公共思想。中国历来没有广场、公园等可供公共活动的场所。直到民国初期，作为重要商业港口城市的宁波，市内还没有一所公园。孙中山先生的逝世，改变了这一切。

1925年3月12日，孙中山在北京病逝。全国人民为了纪念这位被称为"国父"的伟大革命者，纷纷筹建以他名字命名的公园——中山公园。

1927年6月1日，甬城召开建设中山公园筹备大会，与会的社会各界人士达132人。会上选出严康懋、俞佐庭、金臻庠等35人为筹备委员；计划募集建设经费20万元；公园地址选定在旧道署、后乐园、府后山一带，占地约60亩。《时事公报》创办人金臻庠等人主持工作。

1929年的春意中，中山公园快竣工了。整日在伏跗室读书、校书的藏书家冯孟颛，兴致勃勃地领着两个小女儿走出小院，来到中山公园九曲长廊前的假山处。他把一个女儿放在石上,让另一个女儿倚在石旁,留下了一张温馨的合影。

这年秋天,宁波中山公园落成。公园入口的西式门厅高大雄伟,"中山公园"四个大字高悬在门额上,为当时宁波名流、清末会元何锡冕所题。中山公园主轴线上,首立孙中山总理遗嘱亭,内勒石碑一块,上镌总理遗嘱,是沙孟海青年时期手迹。过一小桥,有"景行"牌楼,始建于清道光十七年(1837)。向前行,进入八角铁亭,称"闲乐亭"。西侧濒水处有书楼,其屋系府学文昌阁旧料移建。

中山公园三山鼎立,一水环绕。除独秀山外,尚有前山和后山。前山是故有的,称"府后山",位处公园进门东侧,为泥石堆垒之假山,登高可一览公园全景。后山位于公园北端,是建公园时,挖河泥土堆造起来的,经垒置巨石后,巉岩嶙峋,怪石峥嵘,拾阶回旋,可登山顶。

中山公园建成后,正如当年《时事公报》上所说,是"甬上空前伟大之建筑物,为甬人增光,为民众造福"。从此,中山公园真正成为市民游乐休闲的一处公共活动场所,一代代宁波人与之结下了不解之缘。

中山先生"天下为公"的思想,就这样被一座公园凝固了下来,让每一位普通百姓身历其中。中山公园蕴涵了一个非常重要的文化精神,或者说中山精神:自由,博爱,天下为公。

赫尔墨斯的星星

山雨欲来风满楼，辛亥革命前夕，中国最大的商埠上海滩形势紧张。在公共租界云南路上的宁商总会，朱葆三、虞洽卿等宁波帮的头面人物常在里面打牌，约人会谈。这里成了一个掩护革命党人和秘密集会的地点。朱葆三还与陆维镛、虞芗山等宁波帮人士，共同发起组织"商界共和团"。商团拥有武器，接受军事训练，是一个准军事性质的武装团体。

武昌起义爆发后，上海革命党起事，商团起义。城内文武官吏纷纷出逃。上海城未经战斗即被商团占领，宣告光复。

上海光复不久，年逾花甲的朱葆三出任上海都督府财政总长。那时，沪上商业凋敝，金融动荡，而战事频频，各省以及北伐诸军都取道上海，军费开支甚大。朱葆三上任之后，竭尽全力支持革命党人。正如他在《朱葆三呈孙大总统沪军都督文》中所述："兢兢业业，夙夜旁皇，力效驰驱，勉尽天职。"

朱葆三是定海人，14岁到上海当学徒，后得同乡叶澄衷的支持帮助，成为上海五金行业大亨。他创办、投资的银行、保险公司、轮船公司、电车公司、自来水公司、绢丝厂、水泥公司、面粉厂等企业，星罗棋布。他历任宁波旅沪同乡会会长、上海商务总会协理等职，成为上海工商界显赫一时的领袖人物。

辛亥革命后，趁兴办民族工业的热潮，他又先后投资数十家企业，成为全国闻名的商业巨子，并历任上海总商会会长、全国商会联合会副会长、上海慈善救济协会会长等职。晚年仍致力于社会公益事业,先后创办和投资20多项社会慈善和教育事业。

1926年夏季,上海时疫流行,朱葆三创办于大世界附近的时疫医院病人骤增。他为此冒暑前往察看,顺道劝募捐款,终因劳累中暑,一病不起,于9月2日与世长辞。宁波旅沪同乡会为会长朱葆三下半旗志哀三天。为表彰朱葆三在社会公益和市政建设上的功绩,上海法租界当局将租界内的一条马路命名为"朱葆三路"(今溪口路)。这是上海第一条以中国人命名的马路。

虞洽卿和朱葆三一样,积极支持辛亥革命,曾腾出房子供同盟会秘密活动,派人保护同盟会上海支部负责人陈其美。上海光复后,虞任都督府顾问官、外交次长等职。

虞洽卿是慈溪龙山人,14岁到上海做学徒。从十六铺码头下船后,恰逢天下大雨,他怕母亲做的新布鞋被浸湿,便赤脚前往瑞康颜料行,老板一见说"赤脚财神"上门了。他后来当上多家洋行买办,独资开设通惠银号,发起组织四明银行。虞洽卿曾先后创办宁绍、三北、鸿安轮船公司,3家公司有船30余艘,总吨位9.1万余吨,约占全国民族航运业总吨位的七分之一,为当时国内民营航运业之冠。

辛亥革命后,虞洽卿与人合伙创办上海证券物品交易所，任理事长。为反对日本提出的"二十一条"，他在上海组织了救国储金团，借此来扩充实力，维护民族工业，打击日货。后当选为全国工商协会会长、上海总商会会长，任工部局董事会华董。宁波旅沪同乡会会长朱葆三去世后，虞洽卿由副会长接任会长。

虞洽卿平素奉尚俭约，捐输赞助家乡公益事业却十分大方，辟公园、办学校、设轮埠、造小铁路，所费极多。照"八一三"事变前物价计算，他用于龙山一带的公益经费，几乎超过其当时的全部财产。

1936年虞洽卿七十大寿，在工部局华董们建议下，工部局将公共租界内的西藏路命名为"虞洽卿路"，以祝贺虞洽卿先生七十寿辰和表彰他致力公共事业55周年。当年10月1日举行命名仪式，上海如逢盛会，全城庆祝。

1937年淞沪会战中，虞洽卿任上海市反日救国会会长。他号召爱国商人，将一艘艘装满石头的商船自沉在江阴江面，封锁日舰沿长江西进南京的通道。淞沪会战后又主持"上海节约救难委员会"。他断然拒绝出任上海伪政府市长。日军占领租界后他离开上海，转道香港赴重庆，组织了三民运输公司，到大后方经营滇缅公路运输，支持抗战。

1945年4月26日，虞洽卿在重庆病逝。同年11月，灵柩由专轮送来三北，安葬在家乡伏龙山上。

上海滩有一位大亨叫李征五，宁波镇海小港人。李征五的爷爷，就是李也亭。李征五少有抱负，急公好义，对清廷腐败深恶痛绝，向往孙中山倡导的革命。清末，他秘密加入同盟会，与陈其美一起工作。他和兄李薇庄、弟李鸿祥开设了一家木柴公司，作为革命党人的秘密集会之所。李家是著名富户，不为租界当局所注意。辛亥革命时组织沪军光复军，孙中山委以少将衔，参加光复上海之役。李征五资助革命经费高达百万。上海光复后，曾任市政厅厅长。

上海滩在黄金荣、杜月笙、张啸林之前，最早的大亨就是李征五。李征五是青帮大字辈，袁克文在《旧上海的帮会》一书中说："辛亥年上海举义时，我们青洪两帮都有贡献，青帮是李征五，洪帮是徐朗西。"

李也亭独子李梅塘，李梅塘长子李云书民国初曾任上海总商会会长，是当时上海商界领袖之一。孙中山当临时大总统时，财政困难，李云书联络宁波帮商界大佬，组织军事募捐团支持他。李梅塘四子李薇庄辛亥革命后首任上海闸北民政长，曾暗中拿出清朝官府库存银10万两支持上海革命党。李征五是李梅塘的五子。

李也亭承运漕粮，发了财，人称"发财太公"。他从一个宁波穷小子一变成为海上巨富，留给上海滩一个著名的家族——小港李家。其子侄孙辈在沪甬等地涉足航运、工商、金融业，使小港李家成为上海风光百年的金融工商业家族集团。

清末民初，在上海的商人有十三帮，其中以宁波帮为第一。宁波帮人数之多、历史之远、势力之大，实可谓上海各商领袖。宁波人来上海经商在开港之初，故上海者，可曰宁波人之上海。

经过晚清的发展，到了民国时期，宁波帮达到鼎盛。宁波商人几乎遍履天下，以"无宁不成市"闻名遐迩。宁波人所到之处，那里的商业活动就会繁荣起来。宁波人还在各地经营了许多名店、大店，如北京、天津、上海等地的同仁堂、童涵春、蔡同德等著名药铺，亨得利、亨达利钟表店等。

中国四大商帮，"晋商、徽商、浙商、粤商"中，只有宁波商帮完成了从传统商业到现代商业的转型，极大地促进了近代中国民族工业的发展。

1912年，方液仙在上海创办我国第一家日用化工厂，被称为中国日用化工奠基人。1922年，董杏生开创了上海第一条公共汽车线。1923年，周祥生在上海创办祥生出租汽车行，发展至上海出租车业之首。1930年，煤炭大王刘鸿生创办大中华火柴公司，是当时中国最大的火柴厂，他也因此被称为"火柴大王"，以后在全国各地兴办几十家企业，又被称为"企业大王"。

从晚清至民国，宁波帮创造了第一艘商业轮船、第一家机器轧花厂、第一家商业银行、第一家机器制造厂、第一家西服店、第一家日用化工厂、第一家保险公司、第一家由华人开设的证交所、第一家信托公司、第一家味精厂、第一家灯泡厂等百余个"中国第一"。

1916年孙中山在宁波演说时，对宁波帮企业家做出高度评价："宁波人对于工商业之经营，经验丰富，凡吾国各埠，莫不有甬人事业，即欧洲各国，亦多甬人足迹，其能力与影响之大，固可首屈一指者也。"

抗战前后，许多宁波帮商人迁往香港发展，出现了董浩云、邵逸夫、包玉刚、王宽诚、安子介、李达三等世界级的工商巨子，为香港的繁荣发展贡献了巨大的力量。今天，有70多万宁波籍人士分布在103个国家和地区，其中不乏工商巨子、科技精英、社团领袖等。在香港十大富豪中，宁波帮曾占有3席。在为数不多的世界船王中，宁波帮就有2位。

古希腊神话中，赫尔墨斯是商业和市场之神。今天，在宇宙的繁星中，有4颗是以香港宁波人命名的：王宽诚星、邵逸夫星、曹光彪星、李达三星。这4人都是宁波帮的杰出代表。数百年来，勤劳智慧的宁波商人们，从翱翔商海的鲲鹏，变成天空中永恒的赫尔墨斯之星。

低潮拍打着宁波

　　1931年秋，一个中年人循走在宁波刚被拆除的古城墙的颓垣废墟间，不时弯腰捡起一块城砖装入麻袋。他名叫马廉，鄞县人。时在北京大学任教，因儿子生病而回家乡照顾，家宅就在宁波西南城墙下的马衙街。他到宁波时，宁波城墙拆除已接近尾声。颓垣废墟中，汉晋以来的古墓砖俯拾即是。如冯孟颛所述："汉晋砖有武帝太始、元帝竟宁，皆在西历之前，弥足珍也。"

　　马廉朝夕背负装砖的麻袋在各处寻觅。短短两年内，获铭文砖近千块。1933年天一阁重修时，他把所藏古砖悉数捐献给了天一阁。天一阁特辟一室陈列，因其中有不少珍贵的晋砖，所以命名为"千晋斋"。

　　马廉15岁时就读于宁波府中学堂，一次闹学潮带头罢课而被学校开除。后来他竟当上了北京大学教授，继鲁迅之后在北大讲授中国小说史。鄞县"五马"蜚声京城，马裕藻、马衡、马鉴、马准和马廉五位亲兄弟，都是北京大学和燕京大学教授。马衡还曾任故宫博物院院长。

　　宁波唐代建子城和罗城，经宋元明清，到民国初年，城墙和六座城门基本保存完整。1916年8月下旬，孙中山应邀来宁波视察。他从江北火车站下车，经过浮桥新江桥，从东渡门进城，一路目睹了宁波城道路狭窄、环境脏乱的状况。在随后对宁波各界人士的演说中，他深切期望宁波人办好三件大事,其中一件就是"整顿市政"。孙中山先生的期望对宁波触动很大。

整顿市政,道路交通是首要之事。于是,这堵挡在眼前的千年古城墙,终于被推上了时代的祭坛。

1920年春,鄞县成立宁波市政筹备处,提出了拆城造路的议案。从1928年至1931年,雄踞三江口千年的宁波古城墙,除留下破旧的鼓楼和庆云楼外,被全部拆除。

有意思的是,拆东渡门时,在泥土下出土了一个长有两角、如斗大的头颅,轰动全城。诗人陈炳翰写下《东渡门蛟首》一诗记述其事:"余年七十岁戌辰,吾邑拆城月季春。东渡门下有怪物,举镢出之众工人。大逾于斗角崎二,众工一见皆诧异。识者指此乃蛟首,爰为诸人谈往事……"

陈炳翰说的往事,正是唐末修筑罗城的明州刺史黄晟,在三江口桃花渡斩杀恶蛟之事。当时百姓将蛟首就近埋葬。这次挖出的头骨,就是当年埋下的蛟首。当然,蛟龙是不存在的,但是不是类似扬子鳄或鲸鲨之类,就不得而知了。

拆除城墙后,在坚实的城基上修建了环城马路。宁波古城墙消失了,而六座城门的名字却作为路名留存至今。它们是灵桥路、长春路、望京路、永丰路、和义路、东渡路。1930年,曾是子城南门的鼓楼,在三层飞檐砖木结构建筑顶上,建造了水泥钢骨方形瞭望台及警钟台。而破损严重的庆云楼，在1958年的一场大台风中被刮塌后拆除。中西合璧、身姿独特的鼓楼，至今仍矗立在宁波市中心，成为宁波古城唯一的标志。

1912年，废宁波府。1927年7月16日，宁波市政府成立，划鄞县城厢及"郊区"六七里地为市区。1931年1月，宁波市裁撤，并归于鄞县县政府。在民国37年的时光里，宁波大多数时间叫"鄞县"。

1919年五四运动爆发以后，洋人被迫交出宁波港的部分权力，民族航运业得以较快发展。到1936年，宁波的轮船和汽船企业，已由1911年的11家增加到48家，其中经营外海航线的就有20家。但时局不利，宁波港虽发展成一个独立的工商贸易港，但港口地位却进一步下降，最终沦为上海港的支线港。宁波港的低潮，使得宁波城市的发展也显得缓慢。宁波本土的制造业仅有"三支半烟囱"。有民谣云："和丰纱厂锭子响，太丰面粉灰尘扬，永耀发电灯泡亮，通利源榨油放炮仗，三支半烟囱可怜相。"

民国宁波的城市建设中，影响最大的，除了拆城墙，就是建造灵桥。

唐长庆三年（823），明州刺史应彪在城东奉化江口架设了一座浮桥"灵桥"。后称老江桥。灵桥位处闹市，为交通要道。历代官府和地方均甚重视，屡坏屡修。但浮桥桥身随潮汐涨落上下起伏，人过车驰，极不稳固，一遇台风暴雨、大潮汛期，上游山洪暴发，江水流势汹涌，更是险象环生，时有断链折索、舟排漂散、行人落水的情况发生。1926年的一次山洪暴发，灵桥被冲断，落水者达五十余人，最后仅三人获救。

1931年3月，宁波旅沪同乡会第三次提议改建灵桥。8月沪甬两地同时成立"改建老江桥筹备委员会"。乐振葆、张继光偕同技术人员多次来甬勘察测量桥址，作出经费预算，共需70万元，沪负担七成，甬负担三成。

70万元，这在当时简直就是一个天文数字。张继光，这位上海近代建筑业的奠基人之一，勇于任事，他自己先带头捐了一万银洋，然后拿一本募捐簿，一个一个上门去募捐。张继光找到虞洽卿家。虞洽卿捐五千，张继光讲洽老再多捐点。当时杜月笙在旁边，就说他也来五千吧。

慈溪半浦人孙衡甫，任四明银行董事长兼总经理并兼任四明保险公司董事长，是当时上海大富豪之一，他慷慨捐出五万银洋。慈溪同乡徐庆云是上海纱业大王，听说孙衡甫捐五万，就说那他也五万。

宁波的筹款比上海更为困难。当时的鄞县县政府没有汽车，仅一辆人力黄包车，县长陈宝麟下乡常常只能步行。为了方便工作出入，陈宝麟就学骑自行车。显然，政府是拿不出一分钱的。宁波筹委会想方设法向个人募集，还增收了从东门至西门沿街各业商号三个月房租。

1934年3月12日下午3点,上海筹委会主任乐振葆代表改建老江桥筹备委员会,与德国西门子洋行在上海正式签订了建造合同。

灵桥采用上海工部局英籍工程师詹姆生的设计方案,为单孔钢梁环形桥。由德商西门子洋行总承包。打桩和混凝土工程分包给为钱塘江大桥打桩的丹麦康益洋行,钢梁等所用钢材从德国孟阿恩桥梁公司进口,工程主体则是由当时国内知名的上海新仁记营造厂承担建设。

1934年5月1日,新灵桥开工典礼隆重举行。宁波人那个艰难的梦想,落地变成了隆隆的打桩声。

沪上的宁波帮人士,坚持要在家乡造一座像上海外白渡桥那样的现代化桥梁。灵桥采用欧洲最先进的造桥技术,材料与工艺严格管理,确保质量。当时灵桥钢梁的铆接工艺,堪称绝技。铆接技工一人在下用煤火煨红铆钉,随即上抛给梁上的那位,上面那位师傅立即将刚变色的铆钉嵌入铆眼,顺势铆定,此时铆钉软硬正好,才可牢固如天成。

灵桥成为中国现代史上民办大型公共工程最成功的典范。当年的鄞县县长陈宝麟在《重建灵桥碑记》中由衷地感慨道:"斯邦之人,类多弘毅,县有大建筑,若公园,若马路,若监狱,靡勿举者。邦人之急公好义,实非他乡所能及。"

1936年6月27清晨，宁波市区三江口灵桥路及江厦街一带已是人山人海，水泄不通，宁波城中几乎万人空巷。人们纷纷涌向即将举行通桥典礼的灵桥。

上午8点，改建灵桥筹委会委员和参加典礼的中外官员、各地嘉宾在平政祠参加祭祀后，全体抵达灵桥。乐振葆、金廷荪、张继光和鄞县县长陈宝麟为建桥纪念塔揭幕。在礼炮声和悠扬的音乐中，上海商会杜月笙带领沪方委员由西至东走过大桥；浙江省主席代表、杭州市市长周象贤带甬方委员由东至西走过大桥。典礼一过，宁波百姓涌上灵桥，抱子领孙"走头桥"。

灵桥横空出世，气势如虹。桥全长132米，跨度97.5米，宽20米，为当时中国最大的独洞大环桥。桥体银灰色，直柱林立，拱梁飞架，线条简明流畅，造型壮丽挺拔，颗颗铆钉犹如点点繁星。

曾任北京大学教授的慈溪才子洪允祥，在《登楼远眺》一诗中说："潋滟鄞江落日时，灵桥东锁去波迟。"他登的楼，可能就是鼓楼。而那时的灵桥仍是浮桥，奉化江的夕照里，锁住的排船挡住了潮波，拖迟了时光。这一景象，在他去世后三年，彻底改变。奉化江水，畅快地流过一座钢铁之躯，流过这个城市独一无二的标志，流过一个宁波人的精神象征，充满希望地奔向大海。

宁波老外滩

宁波中山公园

宁波帮博物馆

宁波中国港口博物馆

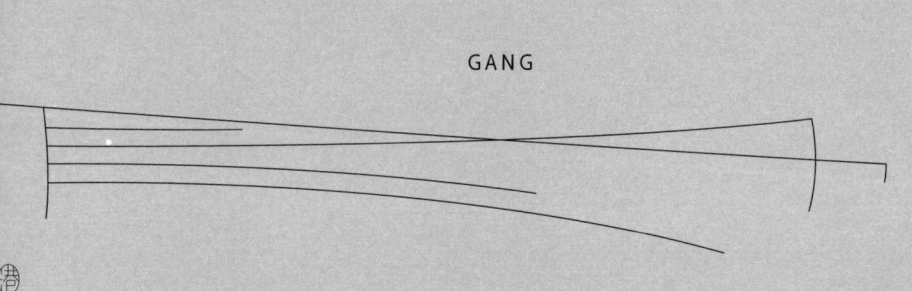

07

打开彩虹之门

开放的崛起	212
革命，建设，爱情	217
闪亮的单项冠军	222

| 飞越彩虹 | 228 |

开放的崛起

1979年新年伊始，寒意中隐隐有着"春天还会远吗"的期盼。在宁波北仑，长满芦苇的海涂荒滩上，机声轰隆，人声鼎沸。在欢腾的鞭炮声中，第一根钢柱被气锤"嘭嘭"打入海底，宣告一座10万吨级铁矿石中转码头开工建设了！这是中国第一个现代化卸矿码头，实现了中国现代化港口建设历史性跨越。宁波港从此揭开了一个全新的历史篇章。

伟大的革命者孙中山，在推翻了两千年封建帝制后，就描绘了国家建设的宏伟蓝图。港口是经济发展的摇篮，是国家富强的基础。在他的《建国方略》中，规划在中国沿海北部、中部及南部各修建一个"如纽约港"的东方大港。海岸线中部的东方大港选址在杭州湾北端的乍浦。在那个时代，孙中山宏大而超前的规划无法实现。

半个多世纪后，中华民族迎来了一个崭新的历史时期，改革开放拉开帷幕，经济建设大潮蓄势待发。仿佛一声希望的春雷，在杭州湾的东端，北仑港横空出世！沉寂许久的海港古城宁波，再一次矗立起一座惊艳世界的东方大港。这足以告慰中山先生！

北仑港位于甬江口门东侧金塘水道南岸，25万吨级重载海轮可自由进出，30万吨级海轮可候潮出入。水域广阔，可供锚泊作业水面有34平方千米，约可容300艘万吨以上船只同时锚泊。金塘、大榭、大黄蟒等岛屿环列东、西、南三面，构成天然屏障。可利用深水岸线 17.5 千米，可建造万吨级以上深水泊位约 50 座。港区位于南北航线与长江干线交汇处附近，距长江口仅 70 海里，紧邻上海，与天津、神户、大阪、高雄、香港、武汉等地共同构成近乎等距离水运网络。北仑港已发展成拥有由多座深水泊位组成的大型泊位群体的综合性深水大港。30 万吨级"大凤凰"轮、44 万吨级"泰欧"轮等巨轮一艘接一艘靠泊北仑港区接卸作业，填补了中国乃至亚洲海港靠泊特大型船舶的空白。

宁波港与舟山港共享同一片海域，历史上长久为一家。舟山群岛拥有全球罕有的建港条件，水深 20 米以上的岸线超 100 千米，穿越港区的航道能通行 30 万吨级以上巨轮。2015 年 9 月，宁波市、舟山市境内的港口合并重组，宁波舟山港实现实质性一体化后。这是我国港口史上浓墨重彩的一笔，开创了宁波舟山港飞速发展的新时代。宁波舟山港实质性一体化后，在共建"一带一路"、长江经济带发展、长三角一体化发展等国家战略中占有重要地位。这将大大提升宁波的城市能级、港口能级、产业能级和开放能级，助力宁波打造成为更高水平的现代化港口城市。

宁波舟山港由镇海、北仑、大榭、穿山、梅山、金塘、衢山、六横、岑港、洋山等 19 个港区组成，是中国超大型巨轮进出最多的港口，也是世界上少有的深水良港。

宁波舟山港成为中国对外开放一类口岸，中国沿海主要港口和中国国家综合运输体系的重要枢纽，中国国内重要的铁矿石中转基地、原油转运基地、液体化工储运基地和华东地区重要的煤炭、粮食储运基地。

2016年12月19日，随着停泊在北仑第二集装箱码头的"中海釜山"轮完成2500标准箱装卸作业，宁波舟山港年货物吞吐量一举突破9亿吨，成为全球首个9亿吨大港，并连续8年成为全球货物吞吐量第一大港。

2021年，宁波舟山港全年完成货物吞吐量12.24亿吨，连续13年位居全球第一，也是唯一的10亿吨级港口；完成集装箱吞吐量3108万标准箱，继续位居全球第三。

2021年底，宁波舟山港航线数量创下287条历史新高，较2020年末新增航线27条，其中"一带一路"航线达117条；海铁联运班列增至21条，业务辐射全国16个省（自治区、直辖市）61个地级市。2021年，宁波外贸进出口总额破万亿，排名全国第六。

2022年1月13日，宁波最大的大宗散货码头——中宅矿石码头整体建成，同时宣告宁波港域亿吨级铁矿石大宗散货泊位群全面建成。总投资15.1亿元的中宅矿石码头二期项目位于宁波舟山港穿山港区，现建有1座30万吨级卸船泊位、1座5万吨级装船泊位和1座3.5万吨级装船泊位。中宅矿石码头是"十三五"以来宁波最大的大宗散货码头，也是整个长三角外海大型矿石码头中少有的具备海铁联运条件的矿石码头。

站在今天的宁波舟山港，极目海天，波浪翻腾，来自全球各大港口的集装箱轮、矿石轮和油轮，靠泊锚地，宛若一群彩色巨鲸静卧蓝天白云与大海之间。身旁码头上，一艘靠泊作业的外轮正在卸载集装箱，大吊车升降起落，大卡车来回奔忙，一派繁忙景象。回望身后，辽阔堆场上，成千上万写着中外文的集装箱，正由火车有序地运往全国各地。

民国时曾当选南京立法院立法委员的毛翼虎，看到从北仑港开始的宁波的巨变，兴奋不已，赋诗道："巍巍双塔立西东，古迹千年造化工。溯本追源思甬地，三江相汇五洲通。"毛老知道，宁波的本源，还是港口，是对外开放。宁波的灵魂，就是大海。

宁波天生海边，祖先们选择近海的余姚江边的井头山和河姆渡，作为他们向江海索取生活资源和扩大生存空间的据点，并由此孕育出各个港点的雏形。以河姆渡原始河埠头为起点，逐渐向下游、河口、海岸线、海岛洋推进。春秋战国时至姚江岸的句章港，唐代至三江口的江厦，宋元明时三江口的江厦与镇海口并存，清代至江北岸的外滩，新中国由江北岸的外滩至镇海口，改革开放后由镇海口至北仑港，由北仑港至宁波舟山港。虽然其间有盛有衰，但持续发展历史之久，影响之大，在中国沿海港口发展史上，绝无仅有。

宁波港是古代海上丝绸之路的始发港之一，书写了古代海上丝绸之路的辉煌，是海上丝绸之路的活化石。宁波港随着明清时期的海禁停滞不前、逐步衰落，又在清末"五口通商"中艰难走向现代化。终于在改革开放的大潮中，随着北仑港激动人心的打桩声，迎来了复兴。几十年发展，宁波海洋经济突飞猛进。宁波以从未有过的开放面向世界，一条先人们无法想象的"21世纪海上丝绸之路"在这里铺开！

只有开放，才能崛起，这是颠扑不破的真理。

革命，建设，爱情

陈凯歌来到宁波，为他导演的电影《搜索》取景。影片中出现了琴桥、天一广场、宁波博物馆、月湖共青路等场景。取景时间最长的是杭州湾。高圆圆饰演的叶蓝秋与赵又廷饰演的杨守诚来到杭州湾国家湿地公园，身患绝症的叶蓝秋要在这里最后看一次日出。她穿行在秋天萧瑟的芦苇丛间，芦花如雪。在长长的木栈桥上，她与杨守诚争吵，终于说出真相，一个吻别压抑着不能表达的爱情。杭州湾湿地公园成为见证这一场凄美爱情的圣地。

杭州湾千年潮汐涨落，唐涂宋田，冲积出三北这块土地。当年庵东所在的杭州湾南端，只有滩涂上的棉花田和盐场，以及一些贫穷的村落。有着移民历史的三北人民，纯朴、勇敢，富有冒险精神。当年新四军南渡杭州湾，浙东抗日根据地从这里拉开序幕。如今，这条红色通道上，架起了举世闻名的杭州湾跨海大桥。一座现代化新城仿佛一夜之间在这里拔地而起，它便是国家级经济技术开发区——宁波杭州湾新区。

杭州湾跨海大桥建成时为世界第一跨海大桥，于 2008 年 5 月 1 日通车，全长 36 千米，是宁波连接嘉兴的跨海大桥，使宁波通往上海的距离大大缩短。宁波大学教授、宁波诗社社长李亮伟欣然写下《杭州湾跨海大桥赋》，赞曰："一朝玉虹飞跨，百代天堑通途。"这座世纪飞虹，使当年抗日的海上门户，成为中国沿海经济大动脉的重要节点，成为中国经济最具活力的长三角地区的重要动脉。

杭州湾跨海大桥中部建有一座海中平台——"海天一洲"。海天一洲外观造型似"大鹏擎珠",寓意杭州湾地区的发展如大鹏展翅,越飞越高。旅客可在观光塔俯视大桥的气势恢宏和杭州湾的波澜壮阔,"目睹洪涛卷雪浪,心知海若舞冯夷"。2009年6月18日,中国邮政局发行《杭州湾跨海大桥》特种邮票,共1套2枚,所印的图案分别为大桥雄姿和海中平台。

宁波杭州湾新区是因桥而谋、与桥同兴的发展大平台。2001年11月,随着杭州湾跨海大桥立项开工,慈溪经济开发区由慈溪市城区迁入杭州湾新区,正式启动区域开发建设。

宁波杭州湾新区发展成为国家级产城融合示范区、国家级出口加工区、沪甬合作示范区、浙沪合作示范区、环杭州湾大湾区高水平示范区,是"一带一路"、长江经济带、长江三角洲区域一体化三大国家战略叠加的交汇点。新区拥有汽车及其关键零部件产业、通用航空产业、智能电视和智能终端产业、高性能新材料产业、生命健康产业、高端装备制造业六大先进制造业,以及旅游休闲业、体育产业、专业服务业、新型金融业四大现代服务业。随着德国大众、吉利汽车、德国博世、美国伟世通、中信集团、联合利华等企业项目入驻,这里落户的世界500强企业达到13家。

杭州湾新区的杭州湾国家湿地公园,位于杭州湾跨海大桥西侧，属于典型的海岸湿地生态系统，是东南亚最大的咸水海滩湿地之一、中国八大盐碱湿地之一。湿地类型丰富，包括沿海滩涂、离岸沙洲和塘内围垦湿地，其中沿海庵东滩涂被列入中国重要湿地名录。它是澳大利亚至西伯利亚候鸟迁徙线上重要的"中转站"，每年有上百种、几十万只候鸟在迁徙途中经过此地，是世界级观鸟胜地。

2019年7月，宁波前湾新区成立，宁波杭州湾新区全域划入。前湾新区是宁波杭州湾新区、余姚市中意宁波生态园、慈溪市高新区和环湾创新经济区等区块围合而成的滨海连片空间，总面积约604平方千米。

前湾新区，是21世纪宁波最大的IP。宁波的转型发展由"甬江时代"全面跨入"湾区时代"。

前湾新区地处沪、杭、甬三大城市的几何中心，是上海"南下临海"、杭州"东进向湾"、宁波"北上拥湾"三大区域战略的融合交汇之地；是浙江省大湾区、大花园、大通道建设的重点区域；是《浙江省大湾区建设行动计划》布局的"四大新区"之一，是唯一一个被赋予代表浙江建设沪浙高水平合作示范区使命的新区；是宁波融入长三角一体化进程的"桥头堡"，成为浙江和宁波新一轮对外开放的重要引擎。

前湾新区将高效发挥宁波杭州湾经济技术开发区等国家级平台的带动作用，坚持生态优先、创新引领、产城融合、集约高效发展，着力打造世界级先进制造业基地、长三角一体化发展标志性战略大平台、沪浙高水平合作引领区、杭州湾产城融合发展未来之城。以吉利、上汽大众为代表的"万亩千亿"智能汽车产业平台动能强劲，自动化生产线运转如飞；以基建互联互通推进一体化发展，一系列"超级工程"争分夺秒，加紧落地建设；聚焦产城融合发展，智慧城市、品质文旅项目加速谋划推进；改革引领人才工作先行先试，沪甬人才合作先锋区人才团队蜂拥而来……如今，前湾新区已聚集一大批龙头企业，引进23家世界500强企业的投资项目45个，大批高端人才涌入，吸引了上海、杭州、温州等大量投资者的目光。2021年，宁波前湾新区位列城市新区"五新"潜力50强第3名。到2035年，宁波前湾新区将基本建成世界级先进制造业基地、沪浙高水平合作引领区和杭州湾产城融合发展未来之城。

宁波正以前湾新区、梅山新区为南北两轮，进一步驱动"一带一路"港航物流中心等一批开放区、示范区的建设。宁波，这一"丝绸之路经济带"和"21世纪海上丝绸之路"国家战略的重要节点城市，正站在一个新的起飞高地。

陈凯歌说："宁波是个有文化底蕴的城市，人文荟萃，而它作为港口城市，不仅和整个世界关联，而且在高速发展，所以选在宁波拍摄最适合。"改革开放以来，宁波不断书写着一部部经济建设的史诗；在港口与商业的传奇大片中，她需要一场情深意长的爱情。

闪亮的单项冠军

宁波三江口，矗立着一组"三江送别"的雕像。祖祖辈辈出去闯世界的宁波人背着行囊，从这里起航。向东是大海，凭着敢闯敢拼的优秀基因，几百年间，宁波人终于闯出了一个风云天下的宁波帮。

那时，家乡的码头太小，容不下他们的梦想。他们只能背井离乡，到外地打天下。时间到了1984年，改革开放的大潮将宁波推到时代的前沿。邓小平发出"把全世界的'宁波帮'都动员起来，建设宁波"的号召，沉寂已久的宁波帮再次为世人瞩目。而这一次，一大批宁波帮真正回归宁波本土。

改革开放的春风，最早吹起了宁波的霓裳。1997年，宁波举办首届国际服装节。这个华丽的盛会，呼唤着蜚声中外的"红帮裁缝"，展示着他们在一个崭新时代的时尚蝶变。"红帮裁缝"曾是近现代中国服装史的主体。"红帮裁缝"缝制了中国第一套西装、第一套中山装，开设了第一家西服店，撰写了第一部西服理论专著，创办了第一家西服工艺学校。当年漂泊在上海、天津、横滨、东京等各大城市的"红帮裁缝"们，在一个新的时代，终于在家乡宁波有了传人。

创建于1979年的雅戈尔，已经成为中国服装产业中最响亮的名字之一。杉杉、罗蒙、太平鸟、步云、洛兹、爱伊美、博洋、申洲等一大批宁波纺织服装企业，正将宁波打造成中国的时尚之城。

今天，宁波的码头越来越大，成为浙江"双城记"和"一体两翼"中的"一城一翼"，是浙江港口经济圈和宁波都市圈的核心区，是浙江对外开放的主门户和先进制造业的战略高地。

2011年首届世界浙商大会以来，广大浙商大力实施产业回归、资本回归、总部回归，东华能源、海越新材料、华强中华复兴园、银泰城等一批超百亿重大项目落户宁波。当代甬商，正将宁波帮先辈们造福桑梓、富民强国的浓厚情怀，敢为人先、敢争一流的自信与担当，带回宁波，扎根宁波，并发扬光大。

2016年8月18日，工信部、中国工程院、新华社和宁波市政府联合召开新闻发布会，宣布宁波成为全国首个"中国制造2025"试点示范城市。宁波从此扛起国家制造强国战略赋予的探路先行的重大使命。

曾经"三支半烟囱"可怜相的宁波工业，发生了翻天覆地的变化，崛起了世界级的大企业。海天集团从一家成立于1966年的老工厂，发展成为世界最大的注塑机生产和中高端数控机床研发与制造的国家级高新技术企业。奥克斯从7个人、负债20万元起步，一跃成为年营收超720亿元，全球拥有11大制造基地、5大研发中心的企业集团。

全球第一大车载镜头供应商舜宇集团；中国厨电行业领导品牌方太厨具；中国民营外贸500强第11位的中基宁波集

团；通过海外并购提前实现全球化和转型升级的均胜电子；超高纯度金属材料及溅射靶材打破美、日跨国公司垄断的江丰电子；荣获"国家级企业技术中心"的博威集团；自主研发的医学体外诊断试剂领先国内的美康生物；国家授予"贝发中国制笔城"的贝发集团……多少甬商在宁波，以他们宽阔的视野、超前的意识，扎根实业，开拓创新，创造着一个又一个奇迹。

拥有较大经济体量的宁波，直接融资连续5年保持千亿以上，2020年首次突破2000亿元大关。至2021年5月，宁波国内外上市公司已达117家，其中A股上市公司98家，全国排名第七。

宁波51家国家级单项冠军企业中，上市公司及其子公司达30家，市值总和占宁波上市公司总市值三分之一。一大批代表新动能、新经济、新业态的上市公司迅速崛起，成为新材料、新能源、现代服务业等板块的龙头翘楚。

"制造大国，却称不上制造强国"，这一问题困扰了我国制造业发展很长时间。要实现制造业从大到强，不仅需要培育出世界级别的大型龙头企业，还要培育出专注制造业细分行业领域、具备核心竞争力的单项冠军企业，尤其要重视"单项冠军"中"隐形冠军"。它们规模不大却拥有独门秘籍，平时默默无闻，关键时刻却在各自领域一飞冲天，是无可比拟的引领制造业高质量发展的硬核力量。

2021年9月22日,舜宇光学宣布与以色列芯片巨头霍德夏沙隆合作研发新一代车载相机模组,这是这家宁波的国家级制造业单项冠军企业迈上的又一高峰。舜宇光学安卓手机镜头市场占有率达到33%,相当于每3部安卓手机中就有1部用到舜宇的镜头。杜亚机电专注智能窗帘电机生产,年销售额10亿元以上,市场占有率全球第一,每6秒钟,全世界就有1台杜亚电机被安装。大丰实业的高端舞台市场占有率达到70%,从"春晚"舞台到雅加达亚运会"杭州时间"表演装置,再到G20杭州峰会水上舞台……

海天集团创制的超大型精密注塑机、东方电缆研制的大长度海洋脐带缆,助力中国航空航天、深海油气勘采等领域相关技术突破长期国外垄断。

宁波天生密封件有限公司完成核电站反应堆主密封环的研制,为华龙一号等中国自主知识产权的第三代大型核电站项目提供了宁波力量。

宁波路宝科技实业集团有限公司自主研发的RB单元式多向变位桥梁伸缩装置、ECO改性聚氨酯桥面铺装系统等技术国际领先,先后托起了杭州湾跨海大桥、港珠澳大桥、南沙大桥、莫桑比克马普托大桥等一个个世纪工程。

神舟十二号飞船出征和返回地面的任务中,单项冠军培育企业伏尔肯研制的高性能特种陶瓷材料及部件，被应用于深空探测装备的关键系统中。

我国第一台单机容量10兆瓦的海上风电机组——福建兴化湾二期海上风电场的关键装备之一变桨电机由宁波菲仕电机提供。

至2021年，宁波拥有国家级制造业单项冠军63家，稳居全国城市第一位；国家级专精特新"小巨人"企业182家，居全国城市第三位。宁波拥有制造业单项冠军及培育企业384家，主导产品市场占有率位居全球第一的企业有110家，主导产品市场占有率位居全国第一的企业有262家，单项冠军的实力令人惊叹。宁波力争到2025年，国家级制造业单项冠军企业数量达到100家，专精特新"小巨人"企业数量达到600家，成为全国制造业单项冠军第一城。

2021年，宁波有规上工业8000余家，全市完成规上工业总产值2.21万亿元，与上一年相比增长21.8%；完成规上工业增加值5865亿元，净增超800亿元，与上一年相比增长11.9%，创"十三五"以来新高。随着镇海炼化120万吨乙烯、吉利极氪工厂、东方电缆高端海洋能源装备等一批项目的竣工投产，宁波市工业投资规模居全省首位。全年500万元以上在建项目达3124个，其中亿元以上项目715个。

宁波这个自古以来的商埠，已经成为中国制造业的强市之一。宁波人会经商,也会生产制造,而制造业打下了宁波立于不败之地的基石。百年前中山先生期望宁波"母地实业,既日臻发达",这百年之望终于彻底实现了!

"不畏浮云遮望眼,自缘身在最高层",当年鄞县县令王安石离任宁波时写下的名句,正是今天宁波的写照。今天的宁波,站在"一带一路"的战略支点,站在长江经济带龙头龙眼,站在一个全新的历史起点,正扇动港口与制造的双翼,向着世界的巅峰奋力腾飞!

飞越彩虹

1954年，北京，中央歌舞团徐杰、资华筠首演舞蹈《飞天》，引起轰动。舞蹈家戴爱莲从飞天壁画中得到灵感，创作了这支舞蹈。

千年敦煌，满是飞天壁画。天女肩臂上披着长长的彩绸带，绸带飘动飞卷，神采遄逸，表现出一种欢乐的动感和生命的活力。唐代大诗人李白咏叹："素手把芙蓉，虚步蹑太空。霓裳曳广带，飘浮升天行。"

有谁能想到，这飞天的彩带，在60年之后，会以一种奇妙的形式，飘落在宁波。

1958年，红旗飘飘中，一大批风华正茂的年轻人，从宁波的四面八方、各行各业汇聚到梅山岛。他们呼喊"青年用武在梅山岛"的口号，筚路蓝缕，艰苦创业，在荒岛滩涂上流汗流血，建起了一座梅山盐场。梅山盐场，成为宁波一个难忘的共和国记忆。

进入21世纪，新一轮的对外开放持续深入，中国要布局新的对外开放的战略重点。宁波梅山又一次站在时代前列。

2007年，梅山岛开发建设宣告正式启动。短短10年后，梅山开发建设面积从7平方千米拓展到333平方千米，集国家级保税港区、省级国际物流产业集聚区和宁波国际海洋生态科技城于一体。一座国际化滨海新城奇迹般崛起。

2017年，梅山又被推到中国新一轮开放的最前沿，被赋予新的战略定位,成为宁波"一带一路"建设综合试验区的核心载体。梅山将围绕国际港航物流、国际贸易、国际产能合作、新金融服务、人文科教交流等"五大战略枢纽"建设,重点打造国际供应链创新试验区、中国新金融创新试验区、"一带一路"人文交流试验区、海洋经济与科技合作试验区、国际近零碳排放试验区。梅山成为省市乃至全国对外开放、先行先试、功能创新的重点区域之一。

从梅山盐场到梅山新区,创业的梦想已不可同日而语。梅山盐场早已成为宁波的一个工业遗产,而梅山新区,却正在成为宁波未来之城的热土。

宁波自唐代建城,千年来城市中心就在三江口区域。世纪之交,宁波开始建设未来的政治、经济、文化和商业中心——东部新城。如今,一座"中国的高度、世界的标准、未来的眼光"的城市新中心已经拔地而起。它与以三江口为核心的老城区一起,构成"一城二心"的总体空间格局。

"十三五"期间,东部新城完成总投资814.79亿元,年度总投资已经连续12年超百亿元。东部新城15.85平方千米的总体规划中,水系、绿地以及开放空间建设面积占53%,开发建设用地占47%,这样的占比在国内城市中心区建设中是少见的。如今,在东部新城,融合在都市肌理中的绿色生态廊道,营造了滨水空间、绿色水岸,凸显出现代化新城的江南水乡特色。

宁波城市具有独特的自然空间。向东是大海，余姚江、奉化江、甬江穿城交汇，形成了"三江六塘河，一湖居其中"的江城风貌。三江六岸是宁波城市得天独厚的资源，是宁波城市生态的核心空间，是展现宁波城市特色、城市品质和历史文化的重要平台，承载着宁波经济社会和自然风貌的历史变迁，镌刻着这座城市挥之不去的乡愁与记忆。

宁波市"三江六岸"滨江休闲带工程，规划以三江口地区为核心，溯余姚江、奉化江而上至绕城高速，顺甬江而下至镇海入海口，岸线全长约136千米。滨江连段成带，融休闲、观景、娱乐和生态于一体，形成可走、可跑、可骑的慢行系统，建设成为一个连续的充满活力的公共水岸开放空间。

经过多年的建设，伴随着宁波城市规模的迅速扩大、宁波中心城区品质的不断提升、整个城市的转型升级，"三江六岸"滨江空间用地的功能布局不断完善，滨江景观的品质档次不断提升，成为"城市功能的拓展，城市品质的提升，城市特色的塑造"的主轴。三江六岸已成为中心城区一道亮丽的风景，成为宁波这座名城的绿色名片。

改革开放40多年，宁波从内河小港到国际大港，从商埠小城到现代化国际港城，实现了伟大跨越与华丽蜕变。人均国内生产总值从1978年的437元激增到2021年的15.52

万元。财政总收入从1978年的4.97亿元增加到2021年的3264.4亿元。2021年,宁波国内生产总值达14594.92亿元,稳居全国城市第12位。

"十四五"千帆竞发,城市升级超车的战略机遇大幕拉开。宁波铆足干劲,以大视野、大格局、高起点谋划,努力打造"7座城"——高水平创新型城市、制造业高质量发展先行城市、国内国际双循环枢纽城市、全国文明城市典范城市、全域美丽宜居品质城市、市域治理现代化示范城市、民生幸福标杆城市。宁波正在创建国家"一带一路"建设综合试验区,积极申报自贸区和自由贸易港。目标2025年生产总值达1.7万亿元,全面建设高水平国际港口名城、高品质东方文明之都,加快打造现代化滨海大都市。到2035年,在高水平全面建成小康社会的基础上,再奋斗15年,到21世纪中期成为具有较高国际知名度的"名城名都"。

2021年新年伊始,一幅酷似大鹏展翅的宁波都市区建设区域图展现在世人面前。宁波都市区以宁波中心城为核心,一个箭头向北,建设宁波北部副城,一个箭头向南,建设台州副中心;宁波中心城的两翼为:向东建设舟山花园城、东部海洋海岛发展带,向西建设义甬舟开放发展带。宁波都市区功能定位为:建设以开放创新为特色的国际港口名城,重点打造义甬舟开放大通道、北翼产业制造大走廊、甬江科创大走廊、环象山港—三门港—台州湾海洋经济平台等功能平台。宁波都市区将努力建设成为长三角世界级城市群一体化发展金南翼。

  中国汉代便逐渐兴起彩带舞，用简单的动作将彩带挥舞出游龙一般复杂的形式。敦煌飞天的彩绸带，也许正是从这里得到灵感。赵青受老师戴爱莲的启发，编排了《长绸舞》，她舞动绸带腾空而起，仿佛仙女下凡，妙不可言。而在50多年后，两位异域的建筑师Playze与Schmidhuber，竟又从彩带舞中得到灵感，设计了宁波城市展览馆。

  宁波城市展览馆位于东部新城，在建造时已红到国外，入选《世界建筑》。整个展览馆的表面、空间以及结构交织在一起，其外立面从地平面开始，环绕而上包裹着建筑。建筑整体造型自由流动，远观如同空中飞扬的绸带，寓意宁波是海上丝绸之路起碇港之一。建筑外墙采用青绿色的釉面陶板，意在延续和发扬宁波越窑青瓷文化。建筑充分挖掘中国传统文化和城市地域文脉，并将其和谐地融入周边优美的滨水景观中。

  宁波城市展览馆，浓缩了宁波城市的过去、现在与未来，成为宁波城市的新地标。它优美的外形和深厚的内涵，成为宁波的"会客厅"和城市形象的"金质名片"，迎接着无数向往这个城市、热爱这个城市、想要了解这个城市的人。

  "赤橙黄绿青蓝紫，谁持彩练当空舞？"宁波这座绸带飘舞的建筑，其实正是这座城市如同彩虹一般的前生今世的一时凝固。历史中,它有那么多辉煌成就;而在今天,这古老的辉煌正在被一次次超越。这是一个正在挥舞彩虹的城市,这是一个正在飞越彩虹的城市。

杭州湾跨海大桥

三江六岸

宁波城市展览馆

宁波东部新城

宁波舟山港

致 谢

本书图片由沈国峰、陈顺意、金烈参、胡敏成、吴维春、孙继宁、邱瑞钧、石春光、叶炜、邱文雄、黄聪涛、胡龙召、冯国源、李泽宇、易国庆等人及奉化新闻处、余姚市委宣传部等单位提供。图后不一一注明，在此表示感谢。其中部分图片因资料所限，未能与相关作者取得联系，敬请相关作者与编辑部联系，以便支付稿酬，并在重印时署名。

综述：宁波之书

"书藏古今，港通天下"，是宁波城市形象口号。这个口号时空勾连，虚实结合，确立了以天一阁为代表的精神文明坐标和以宁波舟山港为代表的物质文明坐标，道出了宁波城市的突出特性，令人荡气回肠。

"书藏古今，港通天下"，是宁波8000年历史文化的提炼结晶，突显了宁波人民的精神创造力和物质创造力。宁波人民在8000年的生活中，依靠地理地形的优势，勇敢无畏，不断地走向大海，开拓生存的空间，开拓与世界的交流，终于使得宁波不再是一个僻于海隅的封闭之地，而成为一个开放的进取的天下的宁波。宁波人民在不断地改造着自然、提高着物质生活水平的同时，又不断地改造着自身的精神世界，从先古的蛮荒中不断地向着人类文明的高处前进，终于使得宁波人耕读传家，名士辈出，形成了深厚的人文底蕴，具备了书香浓郁的精神气质。书与港，是宁波屹立的两块厚重的基石；站在这两块基石之上，宁波的精神与物质的发展，将活力无穷。

花开两朵，各表一枝。先说"书藏古今"。

宁波人的第一本"书"，大概出现在东汉。出土于余姚的《汉三老讳字忌日碑》，碑文作于东汉建武二十八年（52），这是出现在四明最早的文章，是四明散体文的渊源所在。而四明本境正式诞生自己的作家是在汉末吴初，开宁波文学风气之先的是虞歆。东汉末年日南太守余姚人虞歆擅长碑铭。《会稽会典》记载：魏曹植为东阿王，东阿先前有三十多方碑，碑铭内容多虚诞不实，曹植都将之毁坏移除，只有虞歆的碑铭不虚，完好地保存了下来。可惜虞歆的碑铭今已失传。更可惜的是，东汉初年的高士严子陵，未有文章流传下来。而东汉大孝子董黯，挑水砍柴孝养慈母。严子陵与董黯，他们为宁波留下的，是一缕最早的人文精神的气息。

继虞歆后出现在宁波文坛的，是句章人任奕。任奕为三国吴的御史中丞，善作文章，"立言灿盛，华若春荣"。所作《任子》10卷，今仅存寥寥380字。民国时编写《四明丛书》的学者张寿镛论其文："发挥隐征，翼赞风教,悯人之切,悲世之深,纯乎纯者也"。于是他"爰录《意林》所采《任子》为一卷，冠于《四明丛书》之首,以见吾乡学问渊源之所自,寓乱极思治之意愿,愿吾乡人士水不夺湿,火不夺热,金不夺重,石不夺坚,以守先生之教,推而治己治人焉,庶乎其可也"。张寿镛将《任子》放在《四明丛书》第一篇,把它当作宁波文学与学术的渊源,就是推崇任奕身处乱世所表现出的治世与悯民之心,赞扬家乡这种水火不惧、比金石更坚的人格精神。而这种人格精神,正是宁波历史文化发展不竭的源泉。

与任奕同时的虞翻,即虞歆之子,是一位大学者,文采斐然。有《文集》5卷,今已失传。虞翻是第一位具有强烈的"载光郡国"意识的学者。他赞美家乡"海岳精液,善生俊异"。他浓郁的乡土情结,为后世宁波文人代代相传,如南宋王应麟的《四明七观》,清代全祖望的《湖语》。他的文集失传,只留下吉光片羽,如奏《易注》文云:"自恨疏节,骨体不媚,犯上获罪,当长投海隅,生无可与语,死以青蝇为吊客,使天下一人知己者,足以不恨。""青蝇吊客",成为后世一个著名的典故。

这之后,以余姚虞氏家族一枝独秀,几乎垄断了宁波的文坛和学坛。如晋代虞喜有集11卷,虞预有《虞氏家传》《会稽会典》《晋书》等著作，虞潭"亲友会集，作诗言志"，为四明境内诗咏活动的滥觞；南齐虞炎以文学与沈约齐名，诗入《玉台新咏》，虞愿有《会稽记》等，虞通之、虞玩之、虞炎皆有文才；梁朝虞骞有文集，虞羲也富有才藻，为竟陵王萧子良西邸文学集团的重要成员；陈朝虞荔、虞寄也以"善属文"见诸史籍；隋朝虞绰博学有俊才，善诗赋，为世所重，虞世基亦博学高才，两人为隋时四明诗人的优秀代表。

想到宁波大地8000年前已有人类活动，而7000年前就创造了灿烂的河姆渡文化，成为中华文明在长江流域的一个源头。8000年的第一本书，比想象中来得更晚一些。

书为精神之结晶，为文化之形象，为进步之阶梯，为文明之高峰。书有产地，更有作者。

宁波之地，旧泛称四明，简称甬。夏之前称于越，禹第五代孙少康封庶子于越，号无余，为越国始祖。夏商周都属越国。自秦统一实行郡县制后，置鄞、鄮、句章三县，属会稽郡。到了隋代，鄞、鄮、余姚并入句章县。唐朝初年，废句章县，析为姚州和鄞州。不久废鄞州，改置鄮县,隶越州。唐开元二十六年(738),将鄮县从越州分出设置明州;明州下属四县:鄮、奉化、慈溪、翁山(今舟山);不久划入象山。吴越时又设定海县,清初改为镇海县。五代后梁时改鄮为鄞。南宋中期明州改庆元府。元代升为庆元路。明洪武十四年(1381)明州改宁波府。新中国成立后,原属绍兴的余姚和原属台州的宁海划入宁波,而属宁波的定海县划出,为今天的舟山市。

宁波之人,8000年前的井头山人会制桨,7000年前的河姆渡人、田螺山人会种稻,到文身断发的于越先民,尚鬼好祀,乐拳斗力。秦汉以降,君子尚礼,风俗淳朴,民喜游贩。但是直到西晋,宁波人还未摆脱"远废之畴,方剪荆棘"的生存环境。大文学家陆云有一位朋友叫车茂安,车茂安的外甥石季甫要到鄮县来当县令。车母忧心如焚,姐姐哭哭啼啼,"上下愁劳,举家惨戚"。陆云就写信劝导车茂安,说鄮县水陆并通,西有大湖,北有名山,南有林泽,东临大海,泛船并驱,一举千里,北接青徐,东洞交广,物种多样,海产丰富,"官无逋滞之谷,民无饥乏之虑,衣食常充,仓库恒实。荣辱既明,礼节甚备",秦始皇曾御六军南巡,登稽山刻石,"身在鄮县三十余日"。就是说秦始皇都来了,季甫还怕什么?何况当地"吏民恭谨笃慎,敬爱官长,鞭扑不施,声教风靡",你们全家应该喜庆,歌舞相送。这是历史上第一篇描写、赞美宁波的文章,显然有些文学性的修饰,尤其是说秦始皇在鄮县待了三十多天。这更像是一个传说。

宁波地区的开发活动,大致经历了从井头山、河姆渡到商周、秦汉、两晋六朝时期的原始性开发,以及从唐开元年间明州建立、两宋经济繁盛,到今天现代化滨海大都市建设的实质性开发。与之对应,宁波之书也有着一个从东汉末经唐至北宋前期的步履蹒跚的创辟时期,以及北宋后期和南宋以后的宁波文学的涨潮至奇峰突起的勃兴时期。

秦汉至唐开元年间(713—741)明州建州之前,宁波与绍兴地域同属会稽郡。彼时,宁绍地域的政治、文化中心在西部的山阴一带,东部的宁波只是地旷人稀的边缘地区,开发迟缓,文化相对落后。唐开元二十六年(738)明州建州后,优良的港口成为年轻的明州城最大和最宝贵的资源。唐、五代时期,明州凭借港口优势,成为海上丝绸之路的主要始发港,步入了全新的发展阶段,形成了以明州为中心的新的经济亚区。明州建州之后,经济快速发展,文化并没有迅速兴起,仍然如王应麟所说"文风寥寥"。只有虞氏家族一枝独秀。虞世南是唐太宗最宠信的文人,他的文学作品受到高度评价,太宗赞其"德行淳备,文为辞宗",时人称其"雕文绝世"。虞世南的诗歌立意不俗,刚健质朴,力图振起大雅之音,可谓陈子昂之先驱。他又是初唐的散文名家,更是著名的书法家。

　　虞世南之后,四明文学历经长达130余年的荒凉期。从中唐至五代,虽开始出现一批本地诗人,如荒芜的文学园地里的拓荒者。这些诗人中,有士大夫,有僧道。如果析出当时尚不属明州的余姚,本土的文学虽已破土而出,但是仍然处于一种发育不良的状态。倒是一些诗僧,如大梅法常和奉化契此的禅诗,颇为亮眼。

　　直至两宋时期,宁波文学迎来重要的发展阶段。北宋时,宁波文化正式形成,走向良性发展的轨道。如果说北宋早期,在宁波的文学领域占主导地位的还是雪窦重显等一批僧侣诗人,文人诗家影响极小;到北宋中期，则发生了明显的变化。随着儒学地域化进程影响明州，明州出现了名闻遐迩的"庆历五先生"。杨、杜等五子从事教育，倡导实学，以培育英才、开辟浙东儒林草昧为己任，率先开辟了浙东学术，并培养了一批宁波学者，宁波的作家群体也随之形成。从王安石、柳永、曾巩等来宁波任职的官员诗人、散文家，到罗适、丰稷、舒亶等本土诗人、作家，四明文学的主力，从外来官员转变至以庆历五先生的弟子为主。这些弟子的文学创造力远胜其师，达到了北宋明州文学的最高水平，其中以舒亶的成就最为突出，他以宏大的魄力投身文坛，成为大力赞美明州山水的第一人。这一时期宁波文人的创作成果众多，有舒亶《文集》100卷、周锷《文集》20卷、罗适《赤城集》10卷、袁毂《文集》70卷等，还有后人辑录的丰稷《丰清敏公遗集》、舒亶《舒懒堂诗文存》3卷。自此以后，宁波文坛开始焕发出青春活力，作家辈出，作品日丰，声誉渐起，为南宋时期宁波文学的勃兴奠定了基础。

而南宋则是宁波文化发展的第一次高潮。宋室南迁，带动了宁波经济的繁荣和文化的昌盛。南宋定都临安,昔日海隅僻地的宁波顿然成为近畿之地,发展日新月异,"礼俗日盛,家诗户书,科第取数既多……衣冠文物,甲于东南"。南宋月湖史氏家族的史弥远任宰相时,竟有"满朝朱紫贵,尽是四明人"之说。这说明宁波地区的人文素质获得了极大的提高,从而为四明文化的兴盛奠定了雄厚的基础。南宋时期宁波学术崛起,杨简、袁燮、舒璘、沈焕,人们尊称为"淳熙四先生""甬上四先生"。四先生创立了以传陆九渊心学为宗旨、以尊德性为目的的四明学派,影响巨大。四明文学勃兴,人才济济,作品繁多,文学社团绵延不绝。南宋仅鄞县一县可考的诗文集就超过百部,作者不下 80 人,编出了四明第一部乡土文学选集《鄞人诗》9 卷。无论文人及作品的量还是质,南宋四明文坛比起北宋已不可同日而语,焕发着勃勃生机。甚至出现了史浩、楼钥、郑清之、吴潜等宰相级诗人、作家。"淳熙四先生"的陆学、黄震等人的朱学,王应麟的历史地理学,胡三省的通鉴考,吴文英的梦窗词,张即之的书法,楼璹的《耕织图》等,使宁波人终于有了自己一流的学术思想与文学艺术,形成了中国文化中的一座座高峰。

宁波在唐朝就成为中外文化交流的通道,越窑青瓷等传至海外,日本遣唐使在这里上岸。两宋时期,宁波写下一部佛教文化交流的大书。宋代宁波的佛教文化高度发达,天童、育王、雪窦,名刹林立,高僧辈出,著述丰富。宁波不仅是登陆地,也是参学的圣地。不断有日本僧人渡海问道于此,后来也不断有宁波的高僧东渡日本。佛典等书籍从宁波大量出口,形成了一条古代海上书籍之路。

元代,宁波以舒岳祥、王应麟、戴表元等承南宋余绪的遗民文学高开高起,在文学创作观念上提倡宗唐得古,反理主情,一定程度上影响了元代诗文的发展进程。戴表元的弟子袁桷北上京师,为诗歌领域的宗唐得古推波助澜,将进步的文学理念带入北方。宁波诗文作家连袂而出,颇见声势。元代四明作家的别集不下100部。元代宁波作家的散曲创作更是辉煌一时,张可久是公认的一代宗师。在戏曲领域,高明久居栎社写出《琵琶记》,蜚声全国,成为南戏的高峰。

到明清时期,两位顶级的大作者,将宁波之书推向一个新的高峰,他们是王阳明和黄宗羲。明代阳明心学的异军突起，是宋代以来新儒学运动发展的一个极重要的成果，具有划时代的意义。阳明学说很快传入日本，形成了独具特色的日本阳明学，成为日本社会革新的主要力量，推动了明治维新。清初黄宗羲在宁波白云庄甬上证人书院设席讲学，创立浙东学派，宁波成为浙东学术高地。万斯同、万斯大、邵晋涵、全祖望等薪火相传。黄宗羲对君主专制体制做出了系统的批判，代表了中国古代民主思想的最高峰。他还驳斥了传统的轻视工商的观念，主张"工商皆本"。黄宗羲的《明儒学案》更是我国最早最完备的一部学术思想史著作。

晚清五口通商，宁波开埠。国门打开，西风东渐，宁波的传统文化在借鉴与融合西方文化的过程中，发生了明显转型，在医学、教育、新闻出版等各个领域，呈现出新气象。

至民国，直到新中国成立之后，宁波在诗歌、绘画、书法、电影、史学等领域涌现出许多大师级的人物，如称"浙东杜甫"的诗人与画家姚燮，辑校《宋元四明六志》的甬上著名藏书家徐时栋，有"近世之赵孟頫"之称的赵叔孺，有拍出中国第一部故事片的张石川，有编纂刻印了最巨的乡邦文献《四明丛书》的史学家张寿镛,有中国传统绘画的最后一位大师潘天寿,有20世纪书坛泰斗沙孟海,有应修人、柔石、殷夫、徐吁、苏青、鲁彦、巴人等一代新诗人作家,有连环画泰斗贺友直,有著名油画家陈逸飞……

宁波从巫风盛行的蛮荒之地,自宋以后一跃而为"文献名邦",宁波之书的辉煌,首先得益于教育事业的发达。自宋以来,以王安石创办鄞县县学为代表,宁波构建起了比较完备的由官学、书院、私学构成的教育体系,家诗户书,弦歌不绝。宁波的学校,多有如楼郁这样的名儒硕彦执教,王安石还多次请"庆历五先生"中的杜醇到鄞县县学任教。良好的教育环境使宁波成为儒士辈出的科第之乡。南宋时期,明州(庆元府)的进士数位列全国第三。史浩一族"一门三宰相"。明代,宁波是浙江各府之中考取进士最多的府,共计882人,位居全国第一。

文教发达,文士荟萃,爱书藏书便成为宁波的一种绵延不绝的风气,当地涌现了大量的藏书家,藏书名楼迭出。南宋楼钥的东楼、史守之的碧沚;明代丰坊的万卷楼、范钦的天一阁；清代郑性的二老阁、全祖望的双韭山房、黄澄量的五桂楼、徐时栋的烟屿楼；民国秦润卿的抹云楼、朱鼎煦的别宥斋、冯贞群的伏跗室等，蔚为大观。宁波从宋代到民国有名的私人藏书楼就有一百多家，成为中华藏书重地。藏书，读书，著书，宁波籍人士多以博学著称，著述如林。《四库全书》著录的浙人著作，宁波位居第一。

古往今来，钟灵毓秀的宁波大地孕育了一大批思想家、文学家、艺术家和科学家，为中华民族的文化繁荣和科学发展做出了积极的贡献。时至今日，宁波籍的两院院士达到120名，居全国城市首位，宁波是名副其实的"院士之乡"。童第周、贝时璋、谈家桢、翁文波、路甬祥、韩启德、朱高峰等一大批甬籍院士，在诸多科学领域做出了世界级的贡献。从宁波走出的屠呦呦，因为发现了青蒿素，获得诺贝尔生理学或医学奖，成为第一位获诺贝尔科学奖项的中国人。这些处在人类文明最前沿的科学家，是宁波精神不断发展的突出体现，是宁波人文不断积淀的灿烂结晶。

8000年宁波，文化教育就这样改变了这块土地，培育了宁波儒雅睿智的精神气质。宁波一个天大的幸运,就是一座从明代保存至今的天一阁藏书楼。这座奇迹般的藏书楼,来自宁波人的文化自觉与文化良知,来自宁波人健全而强盛的文化人格。它人文荟萃,历经劫难,成为宁波文化一个突出的象征,昭示着宁波书香不绝。

书藏古今,是宁波风雅精神的美好内心。

01 超逸之气

先生之风	018
一脉溪流孝子心	023
东海一片石	027

先生之风

翻开宁波这本文化大书,扑面走来的第一人,竟是严光。他带来一股超逸之风,身后紧追他的,是东汉开国皇帝刘秀。

西汉末年,会稽余姚人严光入长安太学游学。严光,字子陵,年少时就有高名,年过五旬仍入太学,求知不倦。他遇见一个小同学,小他三十多岁,叫刘秀。两人虽然年龄相差悬殊,但关系很好。

十年后,刘秀起兵,登基开国,为东汉光武帝。此时严光却隐姓埋名,躲了起来。刘秀一直对他念念不忘。刘秀是唯一读过太学的皇帝,太学"纯真年代"的时光,是他最美好的回忆,他很重同学情谊。更何况严子陵才高德重,有很大的声望和影响力。东汉初年,军阀割据,刘秀需要人才。

刘秀多次征召严光,甚至抛弃皇帝身份,期望以同学情留住严光。他的《与子陵书》这样写:"古大有为之君,必有不召之臣。朕何敢臣子陵哉!惟此鸿业,若涉春冰,譬之疮痏,须杖而行。若绮里不少高皇,奈何子陵少朕也!箕山颍水之风,非朕之所敢望。"此文情深理长,可是严光仍然不为所动。

光武四处张榜,派人寻访,终于在山东的某处沼泽地找到严光,又派使者三次往返,才将严光请到京城洛阳。严光到了洛阳,司徒侯霸作为严光的故交,派人请他晚上过去说话。严光给使者一片木简,口授回信说:"足下位至三公,很好。

如果能以仁义辅佐君王，则天下百姓高兴，如果阿谀奉承、溜须拍马，就等着杀头吧！"侯霸把回信呈给光武。光武笑着说："狂奴还是从前的样子啊！"光武当天就来到严光住的客馆。严光躺着不起来。光武摸着严光的肚子说："奇怪了，子陵，你就不能帮助我治理国家吗？"过了好一会儿，他才睁开眼睛盯着光武，说："从前尧帝德高，但巢父洗耳。士各有志，何必要逼迫我呢？"光武说："子陵，我竟然不能拿下你啊！"于是登车叹息而去。

巢父是尧时的隐士。帝尧以天下让给巢父，巢父不肯受，尧又让给另一高士许由，许由也不肯受，逃到箕山之下颖水之阳。尧又召他为九州长，许由很厌恶听到这话，觉得这话污染了他的耳朵，就到颖水河边洗自己的耳朵。这时巢父牵着牛犊来饮水，见许由洗耳，问清缘故，就说："如果你一直住在高山深谷，谁能找见你？你到处游荡，想求取名声，却来洗耳，别脏了我小牛的嘴了！"说完，就牵着牛犊去上游饮水了。许由是高士，而巢父似乎更高一筹。

源远流长的隐士文化，为中华民族树立了一种高山仰止、景行行止的人格坐标。这种优游出世、高蹈林泉的隐士文化，未必合于儒家的圣人之道，但能够激励天下之人心，保持独立人格，追求精神自由，不同流合污，不依附权势，赴仁蹈义，视死如归。它与儒家的入世文化形成互补，共同架构了中华文明的殿堂。

后来,光武又请严光到宫里叙旧,一连几天促膝长谈。光武问严光:"我比起过去怎么样?"严光回答说:"陛下比过去稍微胖了一点。"夜里两人同榻而眠,严光将脚搁在了光武的肚子上。第二天,太史奏告,有客星冲犯帝座甚急。光武笑着说:"朕同老友严子陵睡在一起而已。"

光武授予严光谏议大夫一职,严光不接受,就隐居到桐庐富春山,耕田钓鱼。后人称他在富春江上的垂钓处为严陵濑,也称严子滩。今天尚有严子陵钓台。

光武为了老同学严光能出山辅佐他,给足了严光面子。但他"追"了严光一辈子,始终未能如愿。这倒不是因为严光多么狂妄,多么不近人情,而是因为他对自己有一个清醒的认识。一旦入仕,自由不拘的天性和避世独善的价值观,会让他在位官场格格不入。他熟知刘秀为人,刘秀重感情,那是以同学的身份,成为君臣,二人又该如何相处?虽然刘秀说"朕何敢臣子陵哉",但事实上,严子陵就是臣子。刘秀能对同学"狂奴"一笑置之,他能容忍臣子是"狂奴"吗?他问严光"朕何如昔时",明显透出一种当上皇帝今非昔比的得意劲,以严光的敏锐,怎么会感觉不到这种对权力得意的危险。所以,他对刘秀放诞不尊,其实是在告诉刘秀:就我这样,将来君臣之道怎么维系?要么是你杀了我,要么是我离开你。如此，不如我就不入仕，我保全了节操，你我之间也不会留下遗憾。还有可能是严光清楚自己的特长，研究《春秋》《左传》可以，但从政能力不够。刘秀是一个杰出的政治家，性格又固执自信，自己留在朝廷已属多余。也有可能恰恰相反，是严光志愿极大，有完美的治世理想，他觉得光武不能实现他的理想，所以不肯出仕为臣。

所以，隐逸高士之心，其实并不是多么不附权势，多么不慕富贵，多么不图名利，而是真正地认识了自己。尤其是在巨大的诱惑面前，认识自己，这是最难的。对严子陵来说，更难得的是有一个万般包容而成就了他的老同学。正如范仲淹所说："盖先生之心，出乎日月之上；光武之量，包乎天地之外。微先生，不能成光武之大；微光武，岂能遂先生之高哉？"

其实，宁波还有比严光更早的高士，就是"商山四皓"之一的夏黄公。夏黄公是鄞县人，秦朝暴政，他隐居深山。汉高祖刘邦登基后，想废太子，立戚夫人的儿子赵王如意。吕后害怕了，张良出计，让太子礼迎"四皓"。夏黄公与东园公、绮里季、甪里先生一起出山。高祖设宴摆酒，见四人跟从太子，年皆八十有余，须眉皓白。高祖问清四人姓名，惊奇地说："我寻求你们，你们都逃避我，今天怎么跟随我儿了？"四人说："陛下轻视文士，动不动就骂人，臣等义不受辱。窃闻太子仁孝恭俭，天下都愿意为太子而死，所以我们来了。"

宴会后，高祖对戚夫人说："我想换掉太子，可是他有四人辅佐，羽翼已成，难动了。"

最终，夏黄公被默默地葬在宁波的大隐山，入朝似乎成了他的一个污点，其名声远不如严子陵。

严子陵八十岁去世，墓葬在余姚城东北十里的陈山。这也是他曾经的隐居之地。因他葬于此山，山又叫客星山。南宋乾道间（1165—1173），鄞县人史浩任绍兴知府，命县令蔡宪在严光墓下建客星庵，立严子陵墓道。

范仲淹任桐庐郡守时，在严子陵钓台上修建严先生祠堂，并撰《严先生祠堂记》，云："云山苍苍，江水泱泱。先生之风，山高水长"，为赞颂先生的千古名句。传说当初范仲淹写的是"先生之德"，后改为"先生之风"。一字之改，气韵大生。莫非范夫子突然想到光武帝的"箕山颍水之风"？

一脉溪流孝子心

东汉和帝年间（89—105），住在句章县的董黯打柴回家，马上去看母亲。母亲身子弱，这一阵气色特别不好。董黯问母亲出了什么事，母亲总是不答。

董黯是西汉大儒董仲舒的六世孙，到董黯这一代时，家道早已中落。董黯幼年丧父，与母亲相依为命。因家境贫寒，他终年以打柴为生，千方百计弄来甘果美味，尽心侍奉母亲。

有一阵母亲生病，想喝娘家大隐的溪水。他就来回二十多里到大隐溪担水奉母。途中不换肩，为的是把身前的干净水给母亲喝。然而大隐溪离家太远，不能常去，董黯就在溪旁筑一陋室，用板车带母亲前去，每日汲水奉母。溪水清冽甘甜，母亲的病不久就痊愈了。乡里便称这溪为"慈溪"。

后来，母亲精神萎靡，终于卧病不起。董黯不安，四处打听，终于得知事情原委。董黯家有个邻居叫王寄，虽家道殷富，但秉性顽劣，对其母不孝。董母、王母经常在一起拉家常，董母常跟王母提起董黯如何孝顺自己，王母就常数落儿子，将他与董黯相比较。于是王寄对董母怀恨在心，待董黯离家外出时，就去董家辱骂董母。

董母不久后去世。董黯悲恸不已，对王寄愤恨入骨，决定找王寄报仇。但又想到王母在世，若现在杀了王寄，王母就无人奉养，百年后也无人送葬，便沉默不言，只是每天枕着一把锋利的柴刀睡觉。董黯独身在荒野为母守墓，以至于鸟兽为其纯孝所感,翔集安卧于墓旁。十年之后,王母过世,董黯就在一个大白天杀了王寄,提着王寄的头去母亲墓前祭拜,然后自缚向官府自首。

汉和帝闻其孝心,赦免其擅杀之罪,并下诏表彰他的孝行,拜他为郎中。董黯拒绝入朝为官,终老于家乡。

关于董孝子的文字记载,始见于三国吴虞翻的《孝子董公赞》,收在其曾族孙虞预所著的《会稽典录》中。该文本来应有叙事,但今只见文后八句三十二字的赞辞:"尽心色养,丧致其哀。单身林野,鸟兽归怀。愤亲之辱,白日报仇。海内闻名,昭然光著。"这段赞辞概括了董孝子的主要事迹。

到了唐开元年间(713—741),被废的汉句章县故地重新置县,便据董黯母慈子孝故事,以"慈溪"为县名。县治在今天宁波市江北区的慈城镇,董孝子故居就在城北郊慈湖边上。

东汉延光三年(124),董黯敕封"孝子"。后人立祠祀之。历代毁废,汉董孝子祠早已遗迹难寻。到了唐大历十二年(777),明州刺史崔殷在城东南修建了董孝子祠,并撰碑文。庙的东头是董母墓。旧志说庙址就是董黯故居,董黯本是鄞县人,后徙居慈溪。

至迟在北宋时,慈城北郊阚峰下的慈湖边也有董孝君祠。宋"庆历五先生"之一的杜醇是慈溪人,他访董孝君祠后,留下"芳名百世留青史,至行千年启后贤"的诗句。到了明代,北郊的董孝君祠已经荒芜。慈城人姚涞是嘉靖三年（1524）的状元，他多次经过董孝君祠的遗址，写道："汉代遗祠何处寻，阚峰回首碧云深。千年邑为仁人号，一脉溪流孝子心。废苑残碑横绿草，空阶古树集寒禽。延光盛典依然在，几度经过思不禁。"

清初甬上诗人李邺嗣到宁波城南郊董孝子庙，感慨地说："南郭巍然孝子祠，千年古木更添姿。东头即是慈亲冢，稍慰晨昏雨露思。"乾隆朝大学者全祖望家住月湖，靠近南郊。他安放自己棺木的房屋就贴近董母墓。他年年都去扫墓，洒一杯新酒祭拜先人。全祖望去世后，墓葬正在南郊，靠近董孝子庙。新中国成立后，因为宁波火车南站的两次扩建，董孝子庙也两度迁建。这香火杳自汉代的古庙，至今又修葺一新。

孝，在传统儒家思想中，是上天所定的规范，是天经、地义、人行。孝是一切道德的根本，一切的教化都从它而生。臣民能够用孝立身理家。国君可以用孝治理国家。中国重家族宗法，家国一体，父母是一家之长，君主是天下之长，于是忠孝一体，"忠"是"孝"的发展和扩大，孝亲则扩展为忠君。于是孝就不是一己私事，而是关乎国家的大事。所以董孝子"愤亲之辱，白日报仇"，不但得到和帝特赦，还受到表彰。

古人称孝行，"勇者割股，怯者庐墓"。宁波市中的孝闻街，北宋时就出了一个大孝子杨庆。传说杨庆父亲生病无钱求医，他就割下片大腿肉熬汤，治好了父亲。后来母亲又生重病不能吃东西，他又割下自己的右乳，烧成灰和药拌在一起喂给母亲，母亲吃下后病就好了。他的右乳重新长了出来。明州太守楼异上奏此事，朝廷赐"崇孝"牌坊，杨孝子名闻天下，此街便被称作孝闻街。

  割肉疗亲，唐代之前虽已出现，但非常罕见。这一现象在唐代以后大盛，一般认为这与明州人陈藏器有关。如南宋张杲《医说》云："开元间，明州人陈藏器撰《本草拾遗》，云人肉治羸瘵。自此闾阎相效割股。"《新唐书·孝友列传》亦称："唐时陈藏器著《本草拾遗》，谓人肉治羸疾。自是民间父母疾，多割股肉而进。"其实陈藏器并没有让人割肉疗亲，此风盛行，关键还是政府的褒赏，一割肉则名扬天下。

  随着现代文明的深入，个人快意恩仇明显不行了；那种庐墓割肉的孝行，也早已被时代抛弃。只是贺知章写过《董孝子黯复仇》一诗："十年心事苦，惟为复恩仇。两意既已尽，碧山吾白头。"那个快意恩仇的时代，也只有在历史深处引人深思。

东海一片石

清咸丰二年（1852）六月的一天，浙江余姚严陵坞村一村民，进村边的客星山取土。客星山突兀挺拔，山色葱茏，有汉高士严子陵墓。村民无意中挖到一块平整的石料，就将它运回家里，想留作日后砌墓用。

村民清除石上的泥土后，发现竟是块有字的石碑。当地秀才宋仁知道后，便通报余姚富绅周世熊前来辨识。周世熊虽经商，但嗜金石成癖。他看到这方石碑，高93厘米，宽42厘米，碑额已断缺，四周破损，但碑文基本完好。正面文字有界框，框分左右两列。碑文首行"三老讳通"。他仔细辨认碑文内容与字体笔法。该碑记录了一位名"通"的"三老"祖孙三代的名字（讳字）和祖、父辈逝世的日子（忌日）。全碑217字。文字浑古遒劲，书体介于篆隶之间。

三老是汉代地方掌教化的官员，乡、县、郡都设有，并非在编的官员，只是荣誉虚职。三老应是地方上德高望重之人。此碑是三老"通"第七孙"邯"所立，目的是让后代子孙在言语文字上知所避讳，记住祖先的德业，知道祖先的忌日，便于祭祀，故而称之为"三老讳字忌日碑"，简称"三老碑"。根据碑文内容，此碑最早成于东汉光武帝建武二十八年（52）。

周世熊暗暗吃惊，认定这块石碑非同一般，便与村民商量，将石碑运回自家庭院，"卜日设祭，移置山馆，建竹亭覆之"。

咸丰十一年（1861）十月，太平军兵至余姚。周世熊居住的庭园被毁，太平军将竹亭充作厨房，将石碑和周世熊收藏的其他汉晋砖石放倒，垒作灶台，埋锅造饭。

太平军退后，周世熊见"石受熏灼，左侧黔黑，而文字无恙"，便认为"凡物隐显成毁，固有定数。此碑幸免劫灰，先贤遗迹，赖以不坠"，一定是天意所为，因而更加看重它，用心收藏，并以拓片相赠同道。

一传十，十传百，此碑在金石界广为人知。许多专业人士根据拓片开展了相关研究与探讨，发现此碑价值连城。学者、名家纷纷题跋作记，三老碑始有"浙江第一碑""东汉第一碑"之说，声名鹊起。

时光荏苒，此碑在周家一留就是一个甲子有余。1919年，上海古董商陈渭泉访得此碑。此时周氏家族已破落，陈渭泉就以三千块大洋从周家购得此碑，运至上海。1921年秋，有日本古董商欲以重金向陈渭泉购买此碑。

浙江籍上海古董商人毛经畴得知这一消息后，告诉了在上海任知事的浙江绍兴人沈宝昌。沈当即告之两任上海海关监督官的浙江海宁人姚煜。二人很是气愤：这是吾乡邦文献，怎能流亡国外？！即写信遍告浙江同乡，商议集资赎买此碑。西泠印社社长吴昌硕和社友丁辅之等得知消息，即奔走呼号，发起了一场募赎三老碑的护宝运动。西泠印社紧急动员，发布了募捐公启，呼吁"一人守之，不若与众人共守之"，发动社内外同人和浙籍贤达名流积极捐款。吴昌硕又带头和社内同人捐献书画印谱进行义卖。大家踊跃响应，捐金赎碑者达65人。不到一个月，就集资八千银圆从陈氏处买回了三老碑。

隔年，三老碑运至杭州。为了石碑的安全，大家又继续捐钱保护。最后选择西湖孤山西泠印社一处空地，建汉三老石室，连同社藏北魏至元、明墓志石刻等，并摹刻宋拓先秦石鼓十枚，一并入石室永久保存。吴昌硕还专门写了《汉三老石室记》，以志其事。吴昌硕以诗赞曰："三老神碑去复还，长教灵气壮湖山。漫言片石无轻重，点点犹留汉土斑。"

汉三老石室筑于岁青岩上，整体外形仿吴越宝箧印经塔（阿育王寺舍利塔），重檐攒尖顶，顶部又是一个小型的石质宝箧印经塔，造型结构独特，是全国孤例，在建筑艺术上有很高价值。

石室门楣有匾额"汉三老石室"，楷书，冯煦1923年书。门旁有两副楹联，中间一副为丁上左撰，黄葆戌1925年篆书："竟传炎汉一片石，永共明湖万斯年。"此联外还有一联，1924年张钧衡集葩经。上联"我思古人有扁斯石"，下联"其究安宅莫高匪山"。北面石柱上有一联，朱景彝1924年题："东汉文章留片石，西泠翰墨著千秋。"1933年西泠印社成立30周年时，由印社元老童大年在石室底柱上补题一联："西泠印结千秋社，东汉石传三老碑。"

汉三老碑永藏于西泠印社，使"保存金石，研究印学，兼及书画"为宗旨的西泠印社有了珍贵实物，成为西泠印社的镇社之宝。

三老碑堪称一方价值连城的国宝，有极大的历史和文字书法研究价值。碑石非刀刻而是锥凿成文，显得质朴浑厚，为传世汉碑所罕见。汉代字法由篆入隶，隶书的崛起，造就书法史上流光溢彩的时代。而三老碑处于隶书成熟的前夜，碑文浑古遒劲，似隶似篆，兼有篆隶的特征。书势屈蟠生动，古朴天真，带有一种野逸拙趣，非常典型地体现篆隶结合、由篆体向隶书过渡的痕迹，笔法已有汉隶体。作为同一碑中带有明显书法演变色彩的实例，在中国书法史上是绝无仅有的。

东汉三老碑又为四明地区所见第一篇成形的文章。该文文字古朴，略无文采，但可谓现知四明散体文的渊源所在。文章虽短，其内容思想却是汉代儒学繁盛的一个印证。讳字忌日，正是儒家重孝的一种体现。

东汉建武年间（25—56），余姚一位叫"邯"的孝子写了一篇记事文。不知是他还是他请另一位文士挥墨。他们想必并不是当时什么著名的书法家。而后一个不知名的余姚石匠，将这篇文字凿刻上石。石碑就立在风水很好的客星山中。这在当年就是一件很平常的事情，却经时间之手点化，成为宁波、浙江乃至中国的一个文化传奇。

董孝子庙

慈城古建筑群

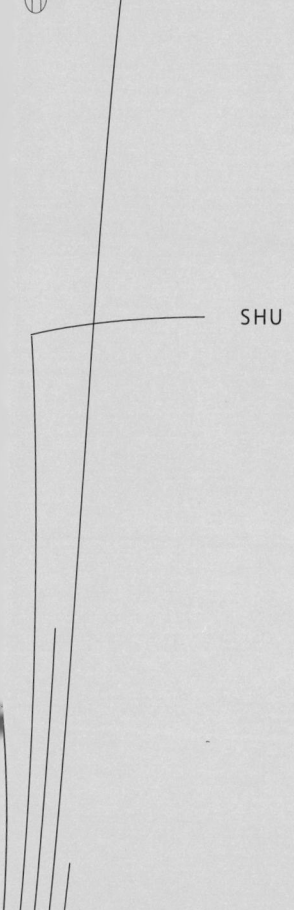

SHU

02
第一缕书香

| 天造慈湖 | 040 |
| 一个家族千年书香 | 045 |

梅子熟了	051
紫荆树	056
梁山伯与祝英台	062

天造慈湖

翻开《三国演义》，你可以找到一个半宁波人。一个叫虞翻，半个就是阚泽。小说中的虞翻只是诸葛亮舌战群儒中的"一儒"，而阚泽在三国故事中，则有着突出的形象。

《三国演义》第四十七回《阚泽密献诈降书 庞统巧授连环计》，说赤壁之战中，周瑜用苦肉计，黄盖诈降。黄盖要参谋阚泽向曹操献诈降书。阚泽欣然领诺，当夜扮作渔翁，孤舟来到曹营。他冒死与老奸巨猾的曹操交锋，终于使曹操中计。在火烧赤壁的胜利中，他成了一位英雄。

在正史《三国志·吴书》中，阚泽并无此奇功。看来密献诈降书只是"小说家言"。阚泽，字德润，会稽山阴人，出身农家。他从小好学，家里穷没有钱买纸笔，就常常为人抄书，赚些买文具的钱。他抄完一本书，也把这本书读完了。他察孝廉，走上仕途。后官拜太子太傅，封都乡侯。阚泽博览群书，多闻广识，以学问传世，为儒学大家，又精通天文历法。他性谦和恭让，又正直敢言。虞翻称赞他说："阚生矫杰，盖蜀之扬雄。"又说："阚子儒术德行，亦今之仲舒也。"他去世后，孙权"痛惜感悼，食不进者数日"。

阚泽是会稽山阴人，就是今天绍兴人，那他怎么又成了"半个宁波人"呢？

"大江东去，浪淘尽，千古风流人物"，而宁波的一池湖水，却留住了阚泽。阚泽上知天历，下通经籍，不知怎么看中了慈城。当时这里还叫句章，有一方自然潴积的浅小的野湖，风光秀丽。他晚年就隐居此湖畔。

唐开元二十六年（738），在旧句章地置慈溪县。第一任县令房琯在城北郊疏浚开凿了一方碧湖，以溉民田。这湖就是现在的慈湖。可是很少有人知道，"慈湖"一名，到南宋嘉定年间（1208—1224）才出现，而在这之前，它被称为阚湖。也许，正是房琯仰于先贤阚泽，便以其名名之。这湖便叫"阚湖"，也叫"德润湖"；而慈湖旁的山峰，便叫"阚峰"。

阚泽隐居湖边，筑室读书。吴赤乌二年（239），阚泽舍宅为寺，将自己的读书处舍为寺院。这是宁波的第一座寺院。四年后，阚泽去世。寺院历代毁废。至唐大中二年（848），县令李楚臣复立寺为德润院，以阚泽的字"德润"为名。正是大中年间（847—859），德润寺出一高僧遂瑞。他坐化时，口中出青色莲花七茎。下葬二十多年，坟茔屡屡发光。后开棺，发现他形质如生，众人就将其遗体迎进寺中，用生漆麻布保存起来，后该寺便号"真身院"。北宋大中祥符元年（1008）改名普济寺。寺内原有罗汉像五百十六尊，并附设了阚泽的祠堂。于是，阚湖又叫普济湖。明朝人钱希言的《普济寺》，很好地描写了当年湖寺浑然一体的情景："阚公山绕阚公湖，舍宅年犹记赤乌。寂寂寺门霜叶里，水禽飞上石浮屠。"

这个石浮屠，应是唐开成四年（839）寺院所建的一座石经幢。石经幢通高4米，唐代书法家奚虚己书写的序文和《千手千眼大悲心陀罗尼经》全文小楷刻于八面柱身。这座石经幢整体造型稳重，雕刻精美，反映了唐代建筑、书法和雕刻艺术的较高水平。

经幢刚建好不久，遭遇武宗灭佛，会昌法难，普济寺殿毁僧散，而经幢幸免于难。元代慈城诗人乌斯道曾写阚峰："春山花发雨霏霏，花雨曾沾阚相衣。今日山花依旧好，东风吹雨湿僧扉。"可见当时寺院完好。光绪六年（1880）冬，敬安和尚坐船靠泊阚湖，来普济寺访莲庵上人，宿在寺中。敬安是著名高僧和诗僧。光绪三年（1877），他在宁波阿育王寺舍利塔前烧二指供佛，因号"八指头陀"。夜宿普济寺，敬安写下一诗："为访幽栖子，烟波泛野航。芦飞两岸白，霜打一林黄。古寺经尘劫，孤钟扣夕阳。灯昏禅影瘦，云卧衲衣凉。阚相名空在，吴王国已亡。惟余湖上月，曾照读书堂。"

新中国成立后不久，普济寺改建为慈湖中学。唐代石经幢仍立在校园中。1983年，石经幢从校园迁移至保国寺，与千年宋刹为伴。当年，阚泽舍书堂为寺，是否想到过，千年后，这寺院又会成为学校？在崭新的教学楼下，朗朗的读书声中，曾经香火旺盛的普济寺，雄伟精美的建筑早已雪泥鸿爪，难以寻觅，只留下一点残破的飞天、金刚、卷草、莲花等北宋石刻。唯有昔日佛寺大殿前高大的古银杏树，仍在冥冥之中，昭示着时光的轮回。

《宝庆四明志》说阚泽:"《三国志》本传指为会稽山阴人,按今慈溪县之普济寺乃泽旧居,峰曰阚峰,湖曰德润,湖山水犹识其姓字,则泽为句章人可知。"

此说逻辑显然有点问题。说阚泽是宁波人也许不对,但说他是半个宁波人,大概是可以的。句章与山阴本同属会稽郡,相距不远。阚泽在慈城隐居读书,时间不长,如定居慈城时间长的话,可以说是"一个"宁波人了。

到了南宋嘉泰三年(1203),63岁的杨简回到家乡慈城,在阚湖旁的董孝君祠西面筑室。杨简拜陆九渊为师,成为一代陆学大师,为"淳熙四先生"之一,以耆宿大儒膺宝谟阁学士。杨简面对波光粼粼的湖面,说:"溪以董君慈孝而得名,县又以是名,则是湖宜亦以慈名。"就将湖称为"慈湖"。于是世称"慈湖先生"。杨简对慈湖情有独钟,曾多次赋诗咏湖,77岁回乡时仍赞道:"天造慈湖迥出尘,无冬无夏只长春。四山桃李围新锦,一邑风光让绝伦。涧水檐旁谈妙理,山禽柳外说天真。杏坛无限难传意,付与凭栏寓目人。"

阚泽在慈湖筑书堂后,杨简又在慈湖其居创谈妙书屋,登堂讲学,弟子如云,蔚成风气。杨简故后,咸淳年间(1265—1274),制置使刘黻即其居作慈湖书院。慈湖书院是当时全国著名的书院之一,开创了慈城私学的先河。元代翁传心写慈湖的诗中说道:"阚相门前花似锦,杨公祠下水如罗。"阚相门应是普济寺,而杨公祠就是杨简所创始的慈湖书院。书院与杨简的祠堂合而为一。

元代慈城学者赵偕在大宝山麓创设宝峰书院。赵偕为宋宗室,号宝峰。他学宗杨简,入元不仕,隐居大宝山麓,设院授徒。今天在宝峰书院旧址,可见一块石碑,上镌"宝峰璨翠"。这是慈城著名书法家钱罕在1929年题写的。

赵偕的学生中有一个叫罗本。当代著名学者王利器和周楞伽研究认为,罗本就是罗贯中,曾移居慈城,拜赵宝峰为师,在宝峰书院学习心学。于是,有宁波本地学者认为,罗贯中在宝峰书院求学期间,了解到慈城流传的阚泽故事,其中就有说阚泽在火烧赤壁中当苦肉计信使。他在创作《三国演义》时,就把这个故事写了进去,塑造了一个胆大如天、嘴利如剑的三国英雄形象。

慈湖,千古风流。这么一方再也寻常不过的小湖,上天居然让它有了英雄气概,又有了哲学意味。它由阚湖而慈湖,完成了一个由乱世英雄向人生终极思考的演变。阚泽在天之灵一定深深赞许,他的湖水在书写沧桑正道终归于人心的和谐与光明。

一个家族千年书香

虞翻是余姚人，与他十分推崇的阚泽是同僚。虞翻可是一个大刺头，狂直冒失，犟头倔脑，犯起浑来连孙权的面子也不给，与性情谦和恭让的阚泽截然相反。阚泽去世后，孙权痛惜得几天吃不下饭；而虞翻，则老让孙权发怒。

孙权做了吴王后，庆功宴上，亲自过来劝酒。虞翻趴在地上装醉，不端酒杯。孙权一离开，虞翻又起来坐着。于是孙权大怒，拔出佩剑要杀他。大司农刘基起身抱住孙权拼命劝阻。孙权说："曹孟德尚且杀了孔融，我杀个虞翻有什么！"刘基仍苦苦劝谏。虞翻因此才得以免死。

如此，虞翻仍死性不改，屡屡犯颜谏争。一次孙权和张昭谈论神仙，虞翻指着张昭说："你们都是死人，还说神仙，世上怎么会有神仙！"虞翻一而再再而三地触怒孙权，孙权积怒已久，终于把虞翻放逐到交州。

东汉时，余姚人虞国官至日南太守。他在公堂或出行，每有双雁相随。他死后，双雁又跟着他的灵柩到余姚，栖地墓上不去而死。虞国墓所在地因此名为双雁。虞国弟虞光，年轻时学习孟氏《易》，累官至零陵太守。虞光生子虞成，官平县令。虞成生子虞凤，精于《易》。虞凤生子虞歆，"砥砺清节，耽学好古"，善写碑铭，官至日南太守。虞歆生子虞翻。

虞光家中藏有西汉孟喜的今文《易》书，为一般儒者所没有，代代相传，直传到其第五代孙虞翻手中。虞翻从小勤奋好学，后来投奔孙策，入仕东吴。他入吕蒙军中，参与袭取荆州的战役。他可日行三百里，善使长矛，又研究经学，精通《易经》，兼通医术，可谓文武全才，奇伟丈夫。虞翻自称一生"习经于枹鼓之间，讲论于戎马之上"。他还是当时"易学"名家，所著《易注》甚受同时代学者推崇。孔融写信称赞他的《易注》为"东南之美"。虞翻的《易注》影响深远，晚清龚自珍在诗中说："易学人人本虞氏。"虞翻一生坎坷，但著述极为勤奋，著有六种易学著作，其他经学、史学、天文历法学、诸子学著述有七十余卷，又有文集三卷。

虞翻晚年被孙权流放交州后，在偏远蛮荒之地，仍讲学不倦，治学不辍，门徒常有数百人。后来孙权想起虞翻的好处，大感后悔，派人到交州找寻虞翻，命令找到就护送他回京城建业。可是这时虞翻已去世。以至五百年后李白慨叹，"地远虞翻老"。东吴重臣张纮曾说：虞翻被许多人非议，其实他的质地如同美玉，雕磨只会使他更加光亮，不会损害他。此言不虚。

浙东会稽，被虞翻称为"海岳精液，善生俊异"之地。余姚虞氏在东汉末年已为会稽郡的著姓望族，集官宦诗书于一家，名震江左。清初史学大师黄宗羲曾说："吾姚文章之统，代不乏人，隋唐以上，归之虞氏。"虞翻的学术文化成就，奠定了虞氏家族成为文化世家的基础。他也因此成为虞氏家族文化的揭幕人。

虞氏家族第二位著名学者当推虞喜。虞喜是虞翻曾族孙，"少立操行，博学好古"。西晋和东晋年间，三次征博士、举贤良，三次不就，遁迹慈溪山中。他的隐居地因此叫"大隐"。当时内史何充称赞他："天挺贞素，高尚邈世，束修立德，皓首不倦，加以旁综广深，博闻强识，钻坚研微有弗及之勤，处静味道无风尘之志，高枕柴门，怡然自足。"他最大的贡献，是于东晋咸和五年（330）发现"岁差"。经过长期观察反复计算，他认为太阳从第一年冬至到第二年冬至向西移动过位置，"尧时冬至日短星昴，今二千七百余年，乃东壁中，则知每岁渐差之所至"，并推算出"五十年退一度"（现代测定为71年8个月）。"岁差"的发现，对中国天文学影响很大。132年后，杰出学者祖冲之参考虞喜的岁差值，制订出举世闻名的《大明历》。

虞喜弟虞预，是虞氏家族第三位杰出学者。他历官至散骑常侍、爵西乡侯，"雅好经史，憎疾玄虚"，为东晋著名史学家之一。著有《晋书》四十卷，是一部私撰国史，与官修史"各行其美，并行于世"。到唐代官修《晋书》印行后，虞预的《晋书》才逐渐失传。他特别留心地方文献，搜罗整理，孜孜以求。所著《会稽典录》二十四卷，系当时会稽地区（包括今宁波）的人物专著，最早、最详细地述说会稽人物，发浙江古方志滥觞。此书上至春秋战国,下至东晋,涵盖八百多年八十多个人物。唐刘知几《史通》曾引用此书,"郡国之记,谱牒之书,务欲矜其州里,夸其氏族……如江东五骏,始自《会稽典录》"。

为虞氏家族写下一个灿烂结尾的,是虞世南。虞世南历南朝陈、隋和初唐,祖父虞检、父虞荔均享有盛名。虞荔金石考古颇见其长,以文史称于世。虞世基为虞世南兄,其奉隋炀帝之命所主纂的《区宇图志》,是一部较早的全国性区域志,在中国方志史上占有一定地位。虞世南早年师事著名文史学家顾野王,勤奋努力,十余年精思不懈。文章、书法各臻其妙。累官至弘文馆学士、秘书监,封爵永兴县公,世称"虞秘监""虞永兴"。虞世南为人沉静寡欲,议论正直,性情刚烈,犯颜直谏,深得唐太宗敬重。太宗曾对侍臣说:"群臣皆若世南,天下何忧不理",并称赞世南身兼"忠谠、友悌、博文、词藻、书翰"五绝,誉其为"当代名臣,人伦准的"。虞世南去世后陪葬昭陵、画像于凌烟阁。他一生著有大量史论作品,编写《北堂书钞》一百六十卷,为国内第一部类书。有诗文集三十卷,《咏蝉》诗最为著名:"垂緌饮清露,流响出疏桐。居高声自远,非是藉秋风。"但他成就最大、影响最深的,还是书法。

虞世南少年学书于王羲之七世孙僧智永,受其亲传,妙得"二王"笔法，又自出机杼。他的书法，风神潇洒，圆融遒劲，外柔内刚。论者以为如裙带飘扬，而束身矩步，有不可犯之色。他的书法，称得起"接魏晋之绪，启盛唐之作"，与欧阳询、褚遂良、薛稷并称"唐初四大书家"。

从三国时期的虞翻，到南朝宋齐时的虞悰，虞氏家族有虞翻、虞喜等二十余人载入《三国志》《晋书》《南齐书》《南史》等国史传记。到隋唐，余姚虞氏复盛。其中虞世基、虞世南等十五人传于国史。余姚虞氏人物，以名宦和文才见于史书志乘等典籍的有近七十人。时间先后长达1100多年，跨越东汉、三国、晋、南朝、隋、唐、五代十国、宋。

汉唐余姚虞氏家族的鼎盛，除战功封荫、世袭罔替的原因外，更主要的原因是，这一家族文才济济，学风浓郁，逐代相承，积累丰厚，在学术研究、文艺创作上建树博大深远。六朝到隋代的近四百年间，虞氏家族硕儒辈出，从事学术活动的多达二十六人，其中十九人有学术著述六十多种近千卷。如计入文学艺术著作的话，则更多。虞氏的文化成就，一般豪族世家难以望其项背。

今天的余姚市区有条街道，名"新建路"，为1929年大火后改建，是为纪念乡贤新建伯王阳明而命名的。此前，姚人俗称此街为"银环街"，乃"虞宦街"讹读。考其来由，汉唐时期，此街两旁，系官宦世家、江南望族之虞氏大家族聚居之所,故名"虞宦街"。

"古今多少事,都付笑谈中",曾经烈火烹油、鲜花着锦的虞氏家族,在余姚的遗迹竟如此模糊了。

梅子熟了

马祖听说法常在大梅山结庐修行,便派手下僧人去问:"和尚见马大师得个什么,便住此山?"法常说:"大师向我道'即心是佛',我便向这里住。"僧说:"大师近日佛法又变了。"法常问:"变什么?"僧说:"又道'非心非佛'。"法常就说:"这老汉惑乱人,没完没了。任他'非心非佛',我只管'即心即佛'。"僧回去后,把事情奉告马祖,马祖大声赞叹道:"梅子熟也!"

禅宗公案是非常有趣的,充满禅机和智慧。而"梅子熟了",在公案中非常出名。大梅山的梅子熟了,可疗世世心渴。

大梅山,在今宁波市鄞州区横溪镇。大梅山可能也长有梅子,但它得名,却是因西汉高士梅福曾隐居于此。

梅福,字子真,少习儒经,入仕为南昌县尉。西汉末年,外戚王氏专权。梅福忧国忧民,明知位卑而言高,会因越职获罪,仍不怕杀头,屡屡上书朝廷,指陈政事,上书中有"天下以言为戒,最国家之大患也"这样的警句,被朝廷斥为"边部小吏,妄议朝政",险遭杀身之祸。因此,梅福挂冠而去,居家读书养性。王莽篡政后,梅福抛妻弃子,遁避尘世,隐居学道,采药炼丹。几十年后,就被传升天成仙。后人称其为"梅尉""仙尉""梅仙"。

梅福的足迹遍布四明。他入四明山修道,据黄宗羲所撰《四明山志》记载,梅福写有《四明山记》。如是真的,那此文便是宁波乃至浙江历史上第一篇游记了。奉化甬山曾有梅福庵、梅福洞等古迹,也有梅福在甬山之阳听莺悟道的传说。元时戴表元《访梅福洞》诗云:"梅尉功成后,安知不此来。路逢耕者问,山寺化人开。"昌国(今舟山)的普陀洛迦山,一名梅岑山,传梅福炼丹于此。今普陀山尚存梅福庵、炼丹洞等遗迹。宁波鄞西有梅岙,鄞东有梅墟。最出名的,就是大梅山。

梅福初入大梅山时,看见许多龙穴,神蛇每每吐气成楼阁,云雨晦暝。边有石库,内贮仙药、神仙经籍。一千多年后的唐贞元十二年(796),法常从天台到此,梅子真隐居的石洞、仙井、药炉、丹灶遗迹尚存。他夜里梦见一个神人,要他去读石库中的书。他说成仙非他所好,他以涅槃为乐。神人不高兴了,就说此地是灵府,俗气之人住在这里会变怪物。他说他不会久居梅尉之乡。这段神人与法常的对话,见于宋初赞宁所著《宋高僧传·唐明州大梅山法常传》,反映出当时中国本土的仙道,与西来的佛教之间的矛盾。但最终佛教因禅宗而本土化,儒、道、释融为一家。

法常于是编苫伐木,筑室建堂。开成元年(836),寺院落成,名曰"上禅定"。四方僧侣来拜法常为师,有六七百人之多。开成四年(839)九月十九日,山林摇荡,鸟兽悲鸣,法常辞众而逝,年八十八。焚于南涧,收舍利,五色粲然圆转。

法常居大梅山四十余年，因"梅子熟了"，号"大梅"。

大梅法常为禅宗第八代祖师马祖道一的嫡传弟子。马祖是六祖慧能的再传弟子，开创南禅洪州宗。马祖的弟子中，比大梅法常更有名的，是百丈怀海。百丈制定的《百丈清规》，是规范禅僧一切行为的律令，如规定全体僧人必须参加劳动，"一日不作，一日不食"。《百丈清规》成为中国禅宗的一面旗帜，保障了中国禅历久不衰。"禅门独行，由海之始也"。

唐大历元年（766），百丈怀海入与大梅山相邻的金峨山，披荆斩棘，结茅于团瓢峰，初称罗汉院，为金峨禅寺开山祖师。此说明代已有，也见于民国的《金峨寺志》；而北宋的《宋高僧传》和南宋的《宝庆四明志》中并无此说。还有传说大梅与百丈两位师兄弟相隔不远，经常来往。如同梅福的传说多成神话，大梅的传说也早已变得神奇。

马祖道一于唐贞元四年（788）圆寂；而法常是贞元十二年（796）才到大梅山。如此马祖不可能派人去问法常住山，当然不可能说梅子熟了。北宋高僧赞宁最初在端拱元年（988）完成的《宋高僧传》的法常传中，并无此公案，只是说有一僧人进大梅山，见到了法常。他回去对盐官齐安禅师说："梅子熟矣。"而到了南宋淳祐十二年（1252），释普济所编《五灯会元》中，出现了马祖"梅子熟也"。此公案不知从哪一本灯录中辑来。五灯最早的《景德传灯录》（1004—1007），距赞宁也有近 20 年了。

普济号大川，宁波奉化人。十九岁出家后，游历宁波、台州、绍兴、杭州等地的许多寺院。曾拜大慧宗杲的法孙、天童寺住持浙翁如琰为师。最后在杭州灵隐寺，编成《五灯会元》二十卷。灯录，是禅宗时代产物，指记载禅宗历代传法机缘之著作。禅宗语要，具在诸灯录中。灯或传灯，意谓以法传人，如灯火相传，辗转不绝。灯录至宋代达于极盛。普济取两宋著名的五部禅宗灯录，撮其精要，删繁就简，会为一书。该书一问世，读者无不喜其方便，原"五灯"单部就很少流通了。《五灯会元》编成的第二年，就刊刻成书，而在这一年，大川普济去世。临终时他写了一偈，有"记得黄梅与我时"。

门下集法常谈禅语录为《明州大梅山常禅师语录》，此书中国已佚，日本藏有旧抄本。书中存法常偈二首，也见于《五灯会元》。第一首是法常为同学盐官招他而作："摧残枯木倚寒林，几度逢春不变心。樵客遇之犹不顾，郢人哪得苦追寻？"第二首殿于卷末，仅题《迁居颂》："一池荷叶衣无尽，数树松花食有余。刚被世人知住处，更移茅舍入深居。"二偈形象生动，文采隽永。南宋时上禅定已改名护圣院，寺中有"梅熟堂"，有"荷衣沼"。

法常的二偈被《全唐诗》收录，却全部在他人名下。前一首误收于耽章即曹山本寂名下。第二首收于仙家许宣平名下,改为"一池荷叶衣无尽,两亩黄精食有余。又被人来寻讨着,移庵不免更深居。"清康熙年编《全唐诗》的十位大人,竟没人读过《五灯会元》吗?

紫荆树

南宋僧人行持，明州鄞县人，道行很高，而且性情幽默，说话诙谐。他曾经住在余姚的法性寺，很是贫困，过年时就写了一颂："大树大皮裹，小树小皮缠。庭前紫荆树，无皮也过年。"

紫荆树枝干挺直，早春先于叶开花，花形似蝶，盛开时成团簇状，紧贴枝干，满树繁花似锦。冬季落叶后则枝干筋骨毕露，苍劲虬曲。紫荆其实并非无皮，只是因为它的皮光滑细腻，似与肉融为一体，进而融入筋骨。行持就拿这紫荆树幽了自己一默，语词粗而不俗，白且入味，达观而痛快。

行持后来当了雪窦寺住持。雪窦在四明与天童、育王齐名，都乃名刹。一日，三个寺院的住持一同去见新上任的郡守。郡守问天童觉老："你山中有多少僧人？"觉老回答说："一千五百人。"郡守又问育王谌老，谌老说："一千僧人。"最后问到行持，行持拱手说："一百二十人。"郡守奇怪地问："你们三座寺院名声相当，怎么僧人数会如此不同呢？"行持又拱手说："敝院报的是实数。"郡守听了，不禁拍手而笑。

东汉以来，西域文化通过海路进入我国沿海地区，佛教开始在宁波传播。宁波古称三佛地，寺院从三国时肇兴，经唐代的曲折发展，到两宋达到鼎盛。

西晋太康二年（281），并州人刘萨河病危昏迷，见一梵僧对他说，会稽有一阿育王所造的古塔可免他的病苦。他苏醒后就出家了，法名惠达。他入鄮县乌石岙结茅住下，遍访海边名山。一夜忽闻地下有钟声铮铮，便膜拜诵经。三日三夜后，宝塔从地下拱起，光明腾耀，内悬宝磬，中缀释迦牟尼的真身舍利。

东晋义熙元年（405），舍利宝塔从乌石岙迁到太白山麓华顶峰下今寺址。安帝敕造塔亭。南朝梁普通三年（522），梁武帝命扩建殿堂房屋，并赐额"阿育王寺"。寺额由梁代著名书法家萧子云手书。

北宋熙宁三年（1070），曾两度进京与仁宗皇帝对论佛法的住持怀琏禅师，在育王寺筑宸奎阁，珍藏宋仁宗亲赐御书颂诗十七篇。当时苏轼通判杭州，83岁高龄的怀琏请旧友苏轼为宸奎阁撰写碑铭。苏轼欣然写下《宸奎阁碑铭》，并手书碑文。阿育王寺一时"法席鼎盛，名闻天下"。南宋绍兴二十六年（1156），大慧宗杲受诏住持阿育王寺，临济宗大盛，"四方学徒，川奔涛涌"。嘉定年间（1208—1224），明州鄞县人、丞相史弥远奏定"禅院五山十刹"，阿育王寺与径山寺、灵隐寺、天童寺、净慈寺并列，为"五山"之第五山。

西晋永康元年（300），僧人义兴云游至鄮县南山之东谷，结茅缚屋。东谷荒无人烟，却有一童子每天送饭送水。不久茅庵建成，童子对义兴说："我是太白金星，大师感动玉帝，命我化为童子前来护持。"言讫，童子不见。由此山名"太白",寺曰"天童"。

"成、住、坏、灭"四境轮回。天童寺在唐会昌法难中幸免,到宋代已称"东南佛国"。庆历年间(1041—1048),王安石为鄞县令时,几次到访天童寺:"山山桑柘绿浮空,春日莺啼谷口风。二十里松行欲尽,青山捧出梵王宫。"元丰八年(1085),天童寺住持惟白禅师入宫为神宗皇帝说法。惟白是云门宗大师,甚受三代皇帝推崇。宋徽宗敕赐"佛国禅师"称号,并亲自为惟白撰写的《建中靖国续灯录》写序。

南宋建炎三年(1129),金兵追击逃亡到明州的宋高宗赵构,冲进天童寺,发现一位高僧正襟危坐,口诵经文,头顶似有佛光笼罩,便慌忙退出。这位高僧,正是天童寺住持宏智正觉。

正觉为曹洞宗著名禅师,住山三十年,成为"天童中兴之祖"。他大兴土木,扩建寺院,万工池、天王殿、佛殿、法堂等,奠定了今天天童禅寺的大格局。他在曹洞宗法中又发展出"默照禅",把曹洞宗推向新的高峰。

绍兴二十七年(1157),正觉预感大限将至,写信给育王寺住持大慧禅师,请他为自己主持后事。大慧是临济宗大师。两位高僧虽传宗不同,却相互仰慕,私交弥笃。他写下一偈:"梦幻空花,六十七年。白鸟烟没,秋水连天",掷笔而逝。

淳熙十五年(1188),日本僧人荣西第二次登陆明州,入宋求法。他在天童禅寺跟从住持虚庵怀敞学禅。虚庵为临济宗十五世大师。荣西跟随虚庵学禅五年，成为临济宗第十六世传人。荣西学成归国后，广倡禅法，被尊为日本临济宗始祖。荣西告别天童时，虚庵大师正准备重建千佛阁，苦无巨木为梁柱。荣西回国后，特地从日本把巨木运到天童寺。大学士楼钥在《千佛阁记》中，记下当时场景："果致百围之木凡若干，挟大舶泛鲸波而至焉。千夫咸集，浮江蔽河，辇至山中。"

嘉定十六年（1223），道元跟随荣西弟子明全禅师入宋求法。道元住天童寺，拜住持如净禅师为师。长翁如净是曹洞宗第十三代传人。道元随侍如净身边三年，潜心学习曹洞宗法，终于开悟。道元回国后，建成吉祥山永平寺，为日本曹洞宗的传法中心。道元成为日本曹洞宗的开山祖师。日本曹洞宗的祖庭，正是天童寺。

晋时，奉化溪口的千丈岩瀑布口，建有一小寺院，称瀑布院。唐会昌元年（841）移建今雪窦寺址。景福元年（892），南岳第五代常通禅师任雪窦寺住持，扩建寺院，后世尊常通为雪窦禅院开山第一祖。北宋仁宗皇帝曾梦游雪窦山，南宋理宗皇帝追题"应梦名山"。南宋，雪窦寺被敕为"五山十刹"之一。

北宋天圣元年（1023），曾会出知明州，派专使到苏州迎请旧友重显任雪窦山资圣寺住持。重显为云门宗高僧，在雪窦寺住持长达二十九年，学徒云集，名闻遐迩，称为云门宗的中兴之祖。仁宗皇帝赐予紫衣，又敕赐"明觉大师"之号。雪窦重显七十三岁圆寂后，所著"颂古百则"，由圆悟大师加上评唱，著为《碧岩录》，成为禅宗的著名典籍之一。

五代后梁时，有一和尚常来雪窦寺。他名契此，号长汀子，早年在家乡奉化的岳林寺出家。和尚体胖腹大，出语怪趣，随处躺卧。他在雪中睡觉，身上却无雪。他整日袒胸露腹、笑口常开，常用杖挑一布袋进街市，将别人供养的东西统统放进布袋，却从来没有人见他把东西倒出来。人们便叫他布袋和尚。

后梁贞明三年（917）三月三日，契此圆寂于岳林寺东廊磐石上，临终偈云："弥勒真弥勒，分身千百亿，时时示时人，时人皆不识。"他圆寂后不久，有人在别的州看见他，仍背着布袋到处走。契此即为弥勒菩萨化身的说法，广为流传。宋初，江浙之间多张挂他的画像。雪窦也成为弥勒应化之地。

北宋崇宁三年（1104），岳林寺住持建阁，将以布袋和尚为原型塑造的弥勒菩萨塑像供于寺内。从此天下寺庙才见大肚弥勒佛：双耳垂肩，袒胸露腹，满面笑容，笑口大开。布袋和尚彻底改变了西来弥勒佛的形象，从此寺庙的弥勒佛两边常有类似的楹联："大肚能容，容天下难容之事；开口便笑，笑世间可笑之人。"

契此还是一位优秀的诗僧，所作偈颂语朴意长，最有名的就是《插秧诗》："手把青秧插满田，低头便见水中天。心地清净方为道，退步原来是向前。"行持的《紫荆诗》，与契此的《插秧诗》可谓双璧。

与雪窦行持同去见郡守的天童觉老和育王谌老，应该是正觉禅师和介谌禅师，都是一代高僧大德。行持说自己报的是实数，意思好像是说另外二老所说的僧人数大有虚假水分。文献记载，正觉住持天童时，寺僧常有千人以上，最多时达到三千，可见正觉回答郡守的僧人数不虚。而介谌禅师有"推倒育王"之法语，性情刚毅，时称"谌铁面"，亦很难想象他会虚报僧数。

这个故事是陆游说的，在他的《老学庵笔记》中。行持与陆游父亲是旧交。也许行持说"敝院是实数"，并不是暗指天童、育王虚报，而是幽了自己一默。行持有紫荆树的筋骨，"无皮也过年"，何怕无僧？

梁山伯与祝英台

大约东晋太和年间（366—371），在宁波，当时叫鄮县，有一少女扮男装入学读书。一男同学和她感情很好，但不知她是女生。后来男生知道她是女生了，就去求亲，但不知为何没成。不久，男生病重而死，葬在县西的姚江边。女生知道后，到男生坟前恸哭不已，后也身亡。也许，只是也许，两家父母感于二人情深，就将二人结成冥婚，葬在了一起。

这事就在当地传开了，一直传到当时的京城建康。"风流宰相"谢安听说后，深受感动，就上表奏封女子墓为"义妇冢"。

到了唐武周年间（690—705），有个叫梁载言的写了本《十道四蕃志》，记载了"义妇祝英台与梁山伯同冢"之事。这是现存最早的梁祝传说的文献记载。三百多年过去了，男生和女生都有了姓名：梁山伯与祝英台。原先应该是祝英台的墓也变成了梁山伯祝英台同葬墓。而且有了梁山伯庙。

梁载言后又过了一百多年，到了晚唐时，小说家张读所著记述仙鬼灵异事件的传奇集《宣室志》中，梁祝故事终于生动了许多："英台，上虞祝氏女，伪为男装游学，与会稽梁山伯者同肄业，山伯，字处仁。祝先归，二年，山伯访之，方知其为女子，怅然如有所失。告其父母求聘，而祝已字马氏子矣。山伯后为鄮令，病死，葬鄮城西。祝适马氏，舟过墓所，风涛不能进。问知有山伯墓，祝登号恸，地忽自裂陷，祝氏遂并埋焉。晋丞相谢安表奏墓曰'义妇冢'。"

传说来自民间,而传奇为文人创作。张读的这个梁祝故事,不知多少是作者的文学性渲染,多少是来自民间传说。

到了北宋大观元年(1107),明州郡守李茂诚写了一篇《义忠王庙记》,所记比张读的小说更像小说。有梁山伯的生辰忌日,祝英台的小名祝九娘也出现了,梁山伯的葬地明确是在鄮西清道源九陇墟;还有一个新情节最为重要,就是英台跳进山伯墓时,从者惊恐地拉住她的衣裙,这时大风将衣裙撕裂如云,飞至董溪西屿才坠落。最后说东晋隆安元年(397),孙恩作乱会稽打到鄮县。太尉刘裕讨伐孙恩,梦见梁山伯助他退贼。夜里果然烽火通明,隐隐看见天兵神甲,孙恩就逃遁入海了。刘裕将此事上奏,安帝就褒封山伯为"义忠神圣王",令官员立庙。原来庙是这样来的。

李记丰富的细节多少是民间传说,多少是文献记载,多少是他自己的虚构,也无法弄清。只是说梁山伯求亲不成后,喟然叹道:"生当封侯,死当庙食,区区何足论也。"这个情节显然是李自己加入的,完全体现了他儒家士大夫的价值观,他不太满意原来传说中爱情至上的内涵。

李记中梁山伯生于"穆帝永和壬子三月一日",即352年农历三月初一,逝于"宁康癸酉八月十六日辰时",即373年农历八月十六日早晨;而祝英台出嫁墓裂合葬是梁山伯死后"明年乙亥暮春丙子",即 375 年农历三月十三日;梁山伯庙的修建在 397 年。如此详尽的日期,一定有其出处,不会全是李茂诚编造。如果所记可靠,梁祝传说的产生当在公元 375 年至 397 年这二十多年间。基本可以认定,梁祝传说发源于东晋的宁波地区。

梁祝传说发展到晚唐,已基本成形,而且出现了"化蝶"的结尾。

梁祝故事原本只是一个简单的"义妇"故事,只有加入了虚构的化蝶情节,这一故事才真正演化为凄美的爱情故事。梁祝形象才真正脱胎换骨,被赋予了更加深刻的文化意蕴。正是梁山伯与祝英台的灵魂"化蝶"这一成功的创造,使梁祝传说不再仅仅是一出人间悲剧,而达到了生命生生不息的理想境界。因此,"化蝶"是梁祝传说的精髓所在。

梁祝化蝶,经历了从"衣化蝶"到"魂化蝶"的过程。衣化蝶情节最早产生在宁波地区。高丽的唐诗选注本《夹注名贤十抄诗》,约成书于南宋中期。书中选录的晚唐罗邺《蛱蝶》诗云:"俗说义妻衣化状。"此句夹注中引用了《梁山伯祝英台传》一诗,说梁山伯身死之后"葬在越州东大路",这正是鄞县西的位置。末尾写英台入墓时说:"亲情随后援衣裳,片片化为胡蝶子。"

这本《梁山伯祝英台传》,不知作者,应是当时一首传抄的俗词，主要供民间讲唱之用。这是现存最早的完整表现梁祝故事的叙事诗，或者说唱词。很可能是由高丽使者从宁波带入朝鲜半岛的。南宋时期，宁波是与高丽交往的主要口岸，高丽使者、商人、留学生经行此处甚多，他们在宁波抄到此诗带回本国非常有可能。

南宋早期，永嘉人薛季宣游江苏宜兴的梁祝遗迹，所作《游竹陵善权洞》中有"蝶舞疑山魂，花开想玉颜"句，第一次将魂魄与蝶联系在一起，被称为"梁祝第一诗"。于是，学界据此认为梁祝"魂化蝶"发源于宜兴，而宁波魂化蝶的文献记载太迟，应是从宜兴传入的。

但是，宁波大学教授张如安从日本文献中发现了宁波的资料。日僧义堂周信在日本北朝嘉庆二年（1388），编成《重刊贞和类聚祖苑联芳集》10卷。该书卷一有隆禅师《梁山伯墓》诗："灯残雪案同床梦，蝶化荒丘几度化。只为相逢不相识，死生难解者冤家。"隆禅师即北山绍隆，为痴绝道冲弟子，住福建一带寺庵。痴绝道冲于嘉熙三年（1239）为天童寺住持，复现昔时宏智正觉住持之盛况。绍隆最有可能是在此时到天童寺参学，并游历宁波名胜。《梁山伯墓》一诗正是作于其时。在元代之前，文献所载梁山伯墓只有宁波一处。绍隆的梁祝化蝶，肯定来自宁波当地的传说，比薛季宣的化蝶更加明确。释绍隆的这首诗方可称为"梁祝化蝶第一诗"。

宁波当是梁祝化蝶传说的发源地。

元代渡日的宁波籍僧人明极楚俊咏宜兴祝英台读书堂的诗句"罗裙擘碎成飞蝶,依旧男儿不丈夫",明末宁波人陆宝的《英台墓》诗中"分明石隙留裙片,化作双飞蝶绕枝",都仍为衣化蝶。其实到了最后,梁祝衣化蝶与魂化蝶都一样,衣裙也早已成了精魂。

到最后,蝶就是人,人就是蝶。明代著名诗人、鄞县人沈明臣有诗云:"江浦楝花鲚上,海田麦叶蛏肥。十姊妹花开遍,梁山伯蝶来飞。"梁山伯蝶指宁波闻名的梁祝凤蝶,即玉带凤蝶。清代钱沃臣写宁波象山风俗的诗中有"罗衫爱绣梁山伯"句,注云:"邑呼蝴蝶曰梁山伯、祝九娘。"

梁祝传说深入宁波,在民间形成了许多梁祝风俗。清朝李裕咏梁祝墓云:"长裾裹泥土,归弹壁鱼死",俗传取梁祝墓土放在灶台上,则虫蚁不生。八月时,远近男女入庙顶礼者不绝。入庙之人总要带回一撮墓土。清同治年间(1862—1875)在宁波英国领事馆任职的戈鲲化,一首甬上竹枝词就说:"梁山伯庙枕江塘,经愿家家户户偿。除虱昌阳芸辟蠹,不如一撮冢泥香。"

晚清诗人姚燮也写到一种梁祝风俗,"湔衣人拜九娘坟"。湔衣是古代的一种风俗。旧俗于农历正月元日至月晦,仕女酹酒洗衣于水边,以辟灾度厄。农历正月,宁波城乡妇女会去罗拜祝英台坟,坟正在姚江边。

清末鄞县人王定洋有首竹枝词:"梁山伯庙去烧香,拜拜多情祝九娘。年少夫妻双许愿,不为蝴蝶即鸳鸯。"至今宁波仍流传着"若要夫妻同到老,梁山伯庙到一到"的谚语。

梁山伯与祝英台,应该是一个源于事实的虚构故事,从一个真实的历史事件附会、衍变而来。尤其是传说中有一个似乎永恒的真理——真情至上。有了这个核心本质,这个传说外表无论多么神灵奇异,大家都愿意去相信,正如清初宁波人周容在《义妇冢》诗中所说:"情至难将常理辩"。

慈湖

雪窦山

SHU

03 人文的高潮

五位先生	076
鄞女墓	082
月之湖	088
甬上四先生	094
拆碎七宝楼台	100
宋韵宁波的绝响	106

五位先生

北宋庆历四年（1044）的一天，明州的王说和叔父王致召集了杨适、杜醇、楼郁，聚集在城中妙音院。这是明州最著名的五位先生。他们在妙音院立起一座孔子像。

妙音院听其名像一座寺院。将儒教的孔子像放在佛教的殿堂，颇为骇世惊俗。至今寺庙中都没有，最多只有关羽作为护法天王而被供奉在寺庙中。如果五先生真的是在寺院中立孔子像，那正是响应了当时欧阳修等人掀起的庆历思潮，锐意排除佛教和谶纬思想，认为唯有圣人之道是创立新时代、施行改革的指导理念。

五先生标志性的举动，预示着宁波文化的高潮就要到来。

中国的传统文化，经汉唐到宋，儒学逐渐成为主流。清代"史学大柱"全祖望《庆历五先生书院记》说，儒学自唐中后期一度衰微，到了宋真、仁二宗之际，儒林还处于"草昧"。当时儒学大宗濂、洛学的传播还处在萌芽而未出的状态。到了庆历年，情况才发生了彻底的变化。

庆历三年（1043），范仲淹主持改革，实行新政，史称"庆历新政"。新政重要的一项就是精贡举，令各州县建立学校。虽然仅仅一年多，新政便告失败，范仲淹被贬，但办学兴教之风，仍在地方上持续。

庆历新政四年后，王安石来到明州，任鄞县令。富有革新精神的王安石，对地方兴学尤为重视。鄞县县学建于唐元和九年（814），但此时，县学废弃已久。王安石就借孔庙之地，创建县学。差不多同时，邻县慈溪县县令林肇，也筹钱修葺孔庙，在孔庙建县学，并请杜醇先生为师。当时法律规定，县之士子必须满二百人，才能立学。而鄞县和慈溪县都不够条件。但王安石和林肇都勇于任事，正如林肇所说："法律我不能不遵守，但是我的人民不能没有教育。"慈溪县学建好后，林肇特意请王安石写下一篇《慈溪县学记》。王安石专门说到杜醇："杜君者，越之隐君子，其学行宜为人师者也。"

王安石到鄞县后，马上得知了五位先生的大名，并与之交往。

杨适，慈溪人，通晓律历和兵法。隐居大隐山，以文学行义闻于乡里，人皆尊称其为先生。杨适虽名闻京师，却多次谢绝朝廷的任官，以耕读执教为生。

杜醇，慈溪人，孝友乡里，耕钓养亲。通经明典，不求闻达，学者以为楷模。慈溪县令林肇请他去县学任教，请了好几次。所以王安石称他为"越之隐君子"。

楼郁，鄞县人。庆历中明州立州学，首推楼郁为教授，郡人以名师尊之。日后名宦俞充、丰稷、袁毂、舒亶、罗适等都是他的学生。他志操高厉，学行笃美，为王安石"所仰叹"。

王致，鄞县人，隐居桃源乡的桓溪讲学授徒，子弟众多。朝廷召他出仕、州学聘他任教官，他都致辞不受。他写信给王安石谈论民生。王安石回信说："足下无事于职，而爱民之心，乃至于此，可以为仁矣。"

王说，鄞县人，王致的侄子，受学于王致和杨适。讲贯经史，倡为有用之学。以其学教授乡里。无田以食，无桑麻以衣，怡然自得。王安石与他弟弟王该友善，以诗章相唱酬。

五位先生都以教育为主要职业，开四明讲学风气。王安石非常尊重五位先生。想多请他们到县学任教。请楼郁到县学还容易些，因为楼郁本就在州学，鄞县是明州的附郭，同处一城。请杜醇就难多了。王安石写信说，请先生屈尊到县学为师，到时我也可以聆听先生教诲。但是杜醇回信力辞。王安石又写信恳请，差不多三顾茅庐，此事才成。王安石请王致则干脆请不出。

中国的教育向来就有官学和私学两大体系。入官学为师相当于公务员待遇，但要受官僚体制的约束。而五先生，似乎都有一种隐士的品格，比较淡泊名利，说是不求闻达，其实是不愿受约束。所以五位先生当时都没有功名，而且对朝廷的封官赏爵一概辞谢，坚持自己人格和学术的独立性，多在民间讲学授徒。也只有楼郁去考了进士，做了几年小官，最后实在受不了就辞职回家，又回到郡学执教。

杨适、杜醇、楼郁、王致、王说，主要活动于宋仁宗庆历年间（1041—1048），被称为"庆历五先生"。在宁波文化发展演进的长期历史过程中,以杨、杜五子为代表的北宋明州的兴学运动,带有强烈的拓荒色彩,其影响极为深远。

庆历五先生处在北宋儒学复兴思潮的影响下,成为宁波地区传播新儒学的先驱。他们经史兼治,致力于儒典精义。如:杨适"治经不守章句","三十年推援经史";杜醇"笃志穷经","经史百家书,一一探其奥","文章追班马之趾";楼郁"学以穷理为先","病汉儒专门之见";王致"以道义化乡里";王说"闲来培灌经纶种,念起澄清贤圣基"。五先生以笃实的学术品格,确立了新儒学价值体系在四明地区的地位。

历史上,宁波处海隅僻地,远离皇都。即使唐建州后,仍是儒林阙略,文风寥寥。北宋庆历兴学运动,终于促使宁波的文化发展发生了根本的变动。庆历五先生为本地培养了一批富有真才实学的儒学人才,大大改善了四明地域的文化环境,显著提高了本地人士的文化素质。如楼郁主郡庠教化,为州县士子师,前后凡三十余年,其学生以科考成功率高而闻名乡里。一时英俊皆在席下,"门人弟子散布东南"。四明士子基本确立了"决科"入仕的价值取向。据《宝庆四明志》记载,北宋端拱至宝元(988—1040)的半个世纪里,明州仅16名进士;而庆历到元祐(1041—1094)的半个世纪里,明州却出了51名进士。如统计到北宋末年,不过80年时间,明州出进士108名。因此全祖望才说,经过五先生的努力,"数十年后,吾乡遂称邹鲁"。

成功的教育奠定了宁波作为文献名邦的基础,为宁波文化的可持续发展提供了动力。南宋大儒王应麟《先贤祠堂记》高度评价说:"宋庆历中始诏州县立学,山林特起之士,卓然为一乡师表,或受业乡校,或讲道间塾,本之以孝弟忠信,维之以礼义廉耻,守古训而不凿,修天爵而无竞,养成英才,纯明笃厚,父兄师友,诏教琢磨,百年文献,益盛以大,五先生之功也。"

熙宁年间(1068—1077)王安石在京主持变法,遇到明州人,仍会打听五先生的消息。一天突然得知杜醇先生病逝了,他写下《悼四明杜醇》:"杜生四五十,孝友称乡里。隐约不外求,耕桑有妻子。藜杖牧鸡豚,筠筒钓鲂鲤。岁时沽酒归,亦不乏甘旨。天涯一杯饭,凤昔相逢喜。谈辞足诗书,篇咏又清泚。都城问越客,安否常在耳。日月未渠央,如何弃予死。古风久凋零,好学少为己。悲哉四明山,此士今已矣。"

早些年,王致先生去世,在常州任知州的王安石为他撰写了墓志铭,称"四明士大夫立言以垂后世者,自先生始",并赋挽诗:"处士生涯水一瓢,行年七十尚萧条。老妻稻下收遗秉,稚子松间拾堕樵。虽有声名高后世,且无饘粥永今朝。穷魂散漫知何处,甬水东西不可招。"

王致去世后,王说继承叔父的遗愿,将自己在桃源乡泥峙堰下的旧宅酌古堂改建成书院,讲学乡里三十余年。大学士舒亶是楼郁弟子,也是王说门人。王说逝世后,舒亶写下一首十分感人的挽诗《哭桃源先生》:"三月桃花路,先生安在哉。青衫尚颜色,蜂蝶已成埃。白鹤山云静,金鸡洞锁开。神游追不返,孤隺自崔巍。"

五先生大多以耕种养家,生活清贫。但箪瓢陋巷,而不改其"得天下英才而教育之"的君子之乐。他们的师承不明,但学问教养广博深厚。南宋始,五先生祠于县学,又并祠于郡学。全祖望曾叹息说:"五先生之著述,不传于今,故其微言亦阙。"确实,现在已无从全面了解五先生的教育学术思想,他们留下的,仿佛更多的是一种蓬勃开拓的人文精神。

鄞女墓

　　李敖2005年回大陆，作神州文化之旅。在北京大学，他做了一场著名的讲演。在讲演的最后，他说了一个故事。他说，我们都知道王安石，王安石是在鄞县也就是宁波做过官。他的小女儿很可怜，死在了那里。后来他要调走了，临走时划了一艘小船，到河对面的坟前和他的小女儿说再见。后来他写了一首诗："今夜扁舟来诀汝，死生从此各西东。"

　　我们不能不佩服李敖读书之多，记性之好。这个故事，恐怕许多宁波人都不知道。

　　宋庆历七年（1047），26岁的王安石携家人从开封一路南下，来到东南海隅的明州鄞县任知县。到鄞县后不久，妻子吴氏就生下了他的长女。王安石对女儿十分疼爱，给她取了一个乳名叫"鄞女"。但初到任上，王安石没有更多的时间呵护女儿。

　　面对这个山海之间的穷县，王安石首先进行细致的调查，发现"鄞之地邑，跨负江海，水有所去，故人无水忧"，但是河川湖泊淤塞严重，山水不能储蓄，夏天只要不下雨，河道水渠便马上干涸，所以百姓最怕干旱。

　　王安石到鄞县的这一年，恰好是丰收年。于是他决定趁百姓有粮有空，组织民工疏浚河渠湖泊，储水备旱。这一年的十一月，他出门去实地考察水利情况。十三天时间，他马不停蹄跑遍了鄞县东西十四个乡。他劝嘱乡民疏浚川渠，兴修水利设施，而各乡居民"闻之翕然皆劝，趋之无敢爱力"。

鄞县东乡有东钱湖，西乡有广德湖，皆为浙东大湖。但此时葑草蔓生、淤积严重。王安石组织了十万名民工对两湖进行大力疏浚，又在江河湖海各水利要地劈山挖河，起造许多堤堰、陂塘、碶闸。

王安石希望抓紧冬闲时机，尽快兴修水利，可是这时偏偏连日大雨。王安石心急如焚，来到城中永泰王庙，祭祷永泰王鲍盖使天放晴。第二天，天放晴了，民工继续开挖河渠。可是将要完成工程时，天又下起了雨，持续不停。王安石简直要发火了，他再次来到永泰王庙，对鲍郎神说："就算我冒犯了神灵，那应该治我的罪，百姓有什么过错呢？何况自然界狂风暴雨这些恶劣天气，本来就是神灵失职所导致，与知县无关。神灵威风凛凛坐在南面的大殿上，吃百姓喝百姓的而不保佑百姓，难道神灵不感到羞耻吗？"

鄞县城西九里堰有吴刺史庙。唐大历年间（766—779）明州刺史吴谦筑九里堰，有善政，郡民歃血而祀之。王安石特地到庙里去奉祀，写下："山色湖光一样清，桑麻谷粟荷君情。至今民祀年年在，莫负当年歃血盟。"

王安石在东钱湖除葑草，浚湖泥，立湖界，置碶闸、陂塘，筑七堰九塘。全面整治后的东钱湖，"七乡邑受沾濡"，"虽大暑甚旱，而卒不知有凶年之忧"。

王安石在大兴水利的同时，又为鄞县做了两件大事：一件是政务改革，一件是兴办县学。

王安石在青黄不接之时，将官府的储粮借贷给农民，待秋收后令其加少量利息偿还。这个"贷谷与民，出息以偿"，便是他日后变法的一项重要内容——"青苗法"。他又实行"严保伍"等改革措施。鄞县成了王安石变法的一块试验田，十分成功。熙宁三年（1070），王安石任宰相，以他在鄞县时的办法，更系统、更全面地制定了一系列的新法，推行于全国，进行了一次大规模的政治改革。这就是历史上著名的"王安石变法"。

即使后来坚决反对熙宁变法的诸多人士，对王安石在鄞县的改革，也是肯定而赞赏的。楼郁不赞成变法，但他甚是称赞王安石在鄞县的作为。他说，如果全国每一个县令都是王安石，变法就会成功。楼郁五世孙、南宋大学士楼钥，也一面否定熙宁变法，一面颂扬王安石在鄞县的施政，说王公对鄞县恩惠深厚，我家乡的人对王公不敢忘记。

范仲淹主持庆历新政时，王安石只是扬州的一名小官，但以王安石的雄心大志，革新一定让他印象深刻。他到鄞县后，并不受新政失败的影响，深知"教化可以美风俗"，对地方兴学尤为重视。他借孔庙之地创建了鄞县县学，亲自写信聘请"庆历五先生"中的杜醇、楼郁等人任教。他十分敬重这些地方上的知名学者。他正是和这些学者、教育家一起，开创了鄞县地方重教兴学的历史。

短短的任期内，王安石做了如此多几乎都是有开创性意义的大事。令人叹奇的是，他在鄞县经常是两三天才办理一次公务，似乎还有不少闲暇时间，去读书、著文、吟诗。他在鄞县留下了数十篇文章诗词。这些作品，可谓代表了当时宁波文学的最高水平。

一次，王安石到邻县余姚协助处理公务。他在游历余姚龙泉寺后，写下一首诗："山腰石有千年润，海眼泉无一日干。天下苍生待霖雨，不知龙向此中蟠。"这首诗流传开去，曾深深打动了后起之秀苏轼。

他在鄞县时，有一位好友来见他，拿给他二百多篇佚名的古诗。他一读之下，立刻就辨认出这诗只能是杜甫的。他最为敬仰杜甫。这二百多篇杜甫的佚诗，后来被他编入杜甫集中，从此拨转时代流俗，将杜甫推上北宋诗歌的圣坛。

王安石虽入仕不久，但文名远扬。庆历八年（1048），明州城鼓楼上计时的新刻漏修制完成，知州特地请王安石撰写铭文。王安石在铭文中说，要像刻漏一样勤奋，不要成为浪费时间的罪人。二十多年后的熙宁年间（1068—1077），王安石正在京城主持变法之际，他的挚友曾巩来到明州任知州。他登上明州鼓楼时，看到王安石所写的刻漏铭，心里一定大为感慨。

庆历八年（1048）农历六月十四日落之后，一岁两个月的鄞女不幸病重殇夭。第二天，王安石将女儿葬于崇法院旁。在为鄞女写的墓志中，王安石悲伤地说："吾女生慧异甚，吾固疑其成之难也。噫！"

崇法院是一座寺庙，就在现在宁波南郊祖关山。当年这里是一座山冈，因山上有一座崇法寺，所以也称崇法寺冈。全祖望在《崇法寺冈记略》中说："水之所之，山脉潜附以行"，"是以平壤之中，突然坟起"，"虽不甚峻，而气象盘延磅礴，为城外之伟观"。王安石在鄞时，很喜欢这里，常在寺里谈禅题诗，所以他就把心爱的女儿葬在了这里。

时间又过一年，短短的三年任期就要满了，王安石在西亭徘徊沉吟："山根移竹水边栽，已见新篁破嫩苔。可惜主人官便满，无因长向此徘徊。"他在县治的后圃筑了一座西亭，栽种了许多花竹，爱来此读书、散心。而他在鄞县最舍不得离开的地方，不是西亭，而是城南的祖关山。那里，有他的鄞女。

离开鄞县前，他在一个夜里坐船来和女儿告别。在女儿的坟前，他无限忧伤："行年三十已衰翁，满眼忧伤只自攻。今夜扁舟来诀汝，死生从此各西东。"

古礼五十始称衰，而王安石三十言衰。这是诗人情绪的夸张，还是因为天地人世间的忧伤实在太深了？女儿的夭折,是不是让忧国忧民、胸怀大志的他陡生"吾道独难行"的千古嗟叹?

王安石离开鄞县回家乡临川,路过杭州时,登上灵隐寺旁的飞来峰。站在飞来峰上佛塔的最高层,极目远眺,胸中高远的理想抱负突破云雾,豁然开朗。他吟道:"飞来山上千寻塔,闻说鸡鸣见日升。不畏浮云遮望眼,自缘身在最高层。"

多少年之后,大有作为的光辉时刻、变法革新的宏伟蓝图、再造汉唐盛世的雄心壮志,都已尘埃落定。秦淮河畔衰老苍凉的王安石,突然得知,鄞县百姓自出建材和人工,在县舍的西亭边建造了一座经纶阁,这是纪念他的生祠。

王安石在鄞县一千天,影响了宁波一千年。宁波人民先后在县城、广德湖、东钱湖为王安石立祠建庙,并以王公、荆公命名阁、亭、岭和他留下的许多堤、塘等水利设施。甘棠遗爱,王安石在宁波留下的贤宦文化,被传颂千年。这也是北宋优秀的文人士大夫文化的宁波印记。

"鄞女",是王安石的爱女,也是鄞县的女儿。沧海桑田,崇法寺冈早已夷为平地,曾为历代凭吊的鄞女墓,也已无处寻觅。可是,要记住这个在宁波历史中似乎是一闪而过的小女孩。这鄞女墓,是宁波最美丽的一座坟墓。

月之湖

　　月湖的一泓碧水，隐约能听见潮声，波澜不惊。千年以来，它蟠居在这座城市的中心，仿佛是"水不在深，有龙则灵"的一个注解。它是龙眼，汇聚了大小的龙脉，灌饮着这座城市的生活，更养育了这座城市的人文精神。

　　从一处时盈时枯的史前海迹湖泊，到唐初鄮县令王君照第一次修湖，又到唐明州修筑子城后，鄮县令王晔元引它山堰流水入城，储蓄于月湖，直到唐末明州刺史黄晟修筑罗城，月湖逐渐成为一城中的水源。吴越国时，郡守钱亿疏浚月湖，开辟洲岛，基本形成今天月湖的自然风貌。

　　到了北宋，随着经济的发展，宁波城内的人口大为增加。月湖作为水利之湖，成为宁波城中生产与生活的命脉。灌溉农田的流水声、牛马声、渔船桨声、提水声、湖埠头的砧衣声、市声、宴饮声、社戏声、龙舟箫鼓声交织，令人畅想，眼前浮现的仿佛是宋代宁波的《清明上湖图》。

　　形如一轮弯月而得名的月湖，从开始的水利之用，终将注入精神的需求。北宋天禧五年（1021），明州刺史李夷庚委僧人蕴臻，在月湖中建了憧憧东、憧憧西两桥，就是今天柳汀的陆殿桥和尚书桥。但此时的月湖，仍如舒亶《西湖记》中所说，"僻在一隅，初无游观，人迹往往不至"。直到四十年后的嘉祐年间（1056—1063），钱公辅来任明州郡守。

　　钱公辅心仪杭州西湖，立志开创月湖景观。他对月湖做了大规模整修，用泥沙堆积成偃月堤，并取孟子"独乐不若与众乐"之意，在憧憧两桥间建造了众乐亭。环亭以为岛屿，周围遍植花木。钱公辅高兴地说："众乐亭居南湖之中，南湖又居城之中，望之真方丈、瀛洲焉。以其近而易至，四时胜赏，得以与民共之。"从此春夏之时，城中男女或步行或船行，携来肴酒管弦，徜徉岛堤之上，穿行杨柳桃花之中，鼓歌欢游，流连忘返。

众乐亭落成，钱公辅欣然提笔，写下迄今可见的第一篇吟诵月湖之诗："谁把江湖付此翁？江湖更在广城中。葺成世界三千景，占得鹏天九万风。宴豆四时喧画鼓，游人两岸跨长虹。他年若数东南胜，须作蓬丘第一官。"他邀请许多文人官员唱和，王安石、司马光等纷纷和诗，盛极一时。司马光赋诗赞曰："风月逢知己，湖山得主人。"钱公辅倡导的众乐亭唱和，开创了月湖吟咏的一代文风。月湖自此成为人文之湖。

宋元祐八年（1093），郡守刘淑利用岁旱疏浚月湖，"增卑培薄，环植松柳，复因积其土，广为十洲……湖遂大治"。过了几年，新郡守刘珵趁湖水干涸，再一次浚治堙塞，补葺废坠，湖上之景为之一新。刘珵以十洲景物特色一一为之取名：花屿、芳草洲、柳汀、竹屿、烟屿、芙蓉洲、菊花洲、月岛、雪汀、松岛。十景即成，刘珵诗兴大发，作《咏西湖十洲》，多人唱和。罢官居乡的舒亶欣然和咏十首。自嘉祐年间（1056—

1063）钱公辅的众乐亭唱和之后，月湖又一次迎来赋咏盛事。

北宋元丰六年（1083），御史中丞舒亶罢官回乡，迁居于城中月湖之畔，聚徒讲学，名其居曰"懒堂"。南宋洪迈的《夷坚志》中，有一篇《懒堂女子》，讲述了一个懒堂的故事："舒信道中丞宅在明州，负城濒湖，绕屋皆古木茂竹，萧森如山麓间。其中便坐曰'懒堂'，背有大池，子弟群处讲习，外客不得至。"一个中秋佳月，一个在懒堂读书的舒家子弟正在夜读。一女子忽揭帘而入，素衣淡妆，举止妩媚。女子对这舒子说，慕君子少年高致，愿与相好。女子作词而歌一阕《烛影摇红》："绿净湖光，浅寒先到芙蓉岛。谢池幽梦属才郎，几度生春草。尘世多情易老，更那堪秋风袅袅。晚来羞对，香芷汀洲，枯荷池沼。……"舒子更加爱她，遂留共寝。相从月余，两人情好愈密，舒子常恍惚如痴。家人发现异常，请来小溪朱法师。法师一见舒子，知是鳞介之精作怪。就借来僧寺一巨镬，煎油二十斤，在大池边焚符檄施法。不久池中竟浮出一大白鳖，自己投入镬中而死。舒子哭号："烹我丽人！"洪迈这故事不知从何而来，舒亶的懒堂竟造就了第一篇月湖小说。

南宋建都临安（今杭州），宁波由海疆鄙地变成京畿樊篱，学而优则仕之风日盛。众多宁波籍士大夫云集京城，才俊辈出，形成了"满朝朱紫贵，尽是四明人"的场面。出生于月湖烟屿的清代"史学大柱"全祖望,在《湖语》中说:"谁移洞天,跨湖为数。曰惟史氏,十据其九。"这"史氏",便是南宋史浩一族。

史浩是东钱湖下水村人,宋孝宗时为丞相,首先上表岳飞冤案应予昭雪,复其官爵,禄其子孙。于是孝宗下旨,沉冤已久的岳飞得以平反。南宋端平元年,宋军攻入蔡州,金朝灭亡,一雪靖康耻。这年,宁波东钱湖畔建起了一座岳庙。故里百姓建岳庙,纪念精忠报国的岳飞,也纪念仗义执言的史浩。

史浩贵积三朝,两度为相。告老还乡时,建府第于月湖菊花洲,后称"越王府"。又在菊花洲建宸奎阁,藏两朝皇帝题字、诏书。在月岛建花果园庙。朝廷又将月湖竹洲一曲赏赐给他,并赐银万两为他在竹洲筑真隐观。内垒石为山,引泉为池,模仿四明山峰的景致。孝宗亲笔御书"四明洞天"相赠。一日,陆游来游四明洞天。史浩在朝时曾举荐陆游,故人来见,史浩甚为高兴。清波明月,剔尽银釭,两人欢谈到深夜。

史浩在月湖的日子如仙家逍遥,品茶看花,吟诗听曲,饮酒会友,游湖赏月。最热闹的,便是观看月湖端午的龙舟竞渡:"忽见波涛嘤激。苍烟际,双龙起为勍敌。桂楫拨云,鼍鼓轰雷,竞夺龙标千尺。"

史浩家族"一门三宰相,四世两封王"。一百五十年间,史氏尽占月湖。月湖芙蓉洲的衮绣桥旁，有史浩三子史弥远的府邸，理宗赐名"观文府"。史弥远之子史宅之也为理宗赐第湖上。史浩长子史弥大建宅于湖东菊花洲，四子史弥坚在月湖东、北均建有府第。

史浩是楼郁的三传弟子，极重儒学。朱学、陆学及永嘉之学三派的创始人朱熹、陆九渊、叶适，都为他所推荐，受朝廷任用。史浩割竹洲之宅，请沈焕、沈炳、吕祖俭设堂讲学，全祖望称之"竹洲三先生"。他又请陆学大儒杨简到家中讲授。在史氏倡导下，著名的"淳熙四先生"在月湖各开讲院，月湖成了陆学的中心。

史守之为史浩孙，官至朝奉大夫。因不满叔父史弥远专权擅政，辞官回里，数诏不赴。他先住在祖父构筑的竹洲上读书赋诗，后在芳草洲上建藏书阁，该阁与月湖之南的楼钥藏书楼并称"南楼北史"。宋宁宗闻史守之事迹，赐御书"碧沚"。史守之去世后，藏书万卷的碧沚楼由侄子史文卿继之，他在书楼南筑石室名为"山泽居"。

两宋之时，月湖之上，楼、史、丰、郑等望族纷纷环湖定居，显宅名第星罗棋布；讲舍书院林立，藏书楼次第矗起；书香飘处，诗社雅集，弦歌不绝。明州之学术、文学皆荟萃于月湖。小小一湖，"里为冠盖，门成邹鲁"，人文鼎沸，蔚为奇观！

一个新年除夕,郡守吴潜赏临月湖。他吟诵道:"十洲三岛蓬壶,是花锦、一团装就。轻车细辇,绮罗香里,夜光如昼。朱户笙箫,画楼帘幕,有人回首。想金莲灿烂,星球缥缈,那风景、年时旧。应念白头太守,怎红旗、六街穿透。铺排玳席,追陪珠履,且酾春酎。楚舞秦讴,半慵莺舌,叠翻鸳袖。把千门喜色,万家和气,祝君王寿。"吴潜来宁波任郡守时,已经六十一岁,可谓"白头太守"。谁能想这一城繁华,竟在二十年后随崖山的血海腥潮,荡为一片废墟。

甬上四先生

南宋嘉定年间（1208—1224），金国大饥荒，每天成千上万的难民来投奔南宋。边防官吏临淮水射箭，驱赶难民。朝散大夫杨简忧伤地说："得土地易，得人心难。海内外都是吾国的赤子。中土故民，逃出涂炭，来投慈父母，却吝惜一点粮食而迎杀之，灾民求脱死却更快地死，这难道是上天安抚四方之道吗？"他即日上奏，哀痛陈言，宁宗没有答复他。他就托病辞职，回到故乡四明。

杨简早年被罢过官。庆元年间（1195—1200），外戚权臣韩侂胄借伪学逆党之禁，打击政敌，史称"庆元党禁"。杨简也受牵连去官，家居14年。他在故里慈城的慈湖边筑室，创谈妙书屋，著书讲学。这次他又回到慈湖的水色书香之间，赋诗道："涧水檐旁谈妙理，山禽柳外说天真。杏坛无限难传意，付与凭栏寓目人。"后来他又寓居明州城内月湖之畔。

先是致仕回乡的丞相史浩在月湖碧沚设讲舍，请杨简为主讲。史浩卒后，杨简一度离开讲舍。史浩孙史守之在碧沚建藏书楼，又设讲席，再聘他为主讲。杨简在碧沚两度讲学，培养了众多学生，有史氏世家的史弥忠、史弥坚、史弥巩、史弥林、史守之五人，又有黄震、钱时、陈埙等五十六人。

杨简在月湖讲学，他太学的同学沈焕、袁燮也在月湖讲学。还有一位同学舒璘，中进士后授明州郡学教授未赴，后任徽州府学教授等职，被称为当时第一教官。清全祖望说："时诸先生多里居，慈湖（杨简）开讲于碧沚，沈端宪（沈焕）讲于竹洲，絜斋（袁燮）则讲于城南之楼氏精舍，惟舒文靖公（舒璘）以宦游出。"又说："湖上四桥，游人如云，而木铎之声相闻。"湖上四桥，指柳汀的憧憧东、憧憧西两桥，以及花屿的东、西湖心桥。木铎，指的是书院里的铃声。可见当时书院的兴旺景象。

这四位先生都是明州人，同时入太学，先后中进士，又都拜陆九渊或陆九龄为师，同入象山心学，既是同乡、同学，又是同门。四先生的学术活动大多在南宋淳熙年间（1174—1189），因此人称"淳熙四先生"，也称"甬上四先生"。

百多年前，庆历五先生开辟草昧，重教兴学，宁波从此学风披靡，人才辈出。到淳熙四先生，宁波登上一个文化的高峰。四先生"师同门，志同业"，师承和发展陆九渊"心学"。他们著述讲学，形成宁波历史上第一个独立的学派——四明学派。

心学作为儒学的一派，最早可推溯至孟子，至北宋程颢开其端，南宋陆九渊则大启其门径，以"心"为构成宇宙万物来源、"心""理"合一，而与朱熹的理学分庭抗礼。淳熙四先生信奉和传播陆学，提倡从人心着手，探寻人的道德修养和政治统治的立足点。四先生学术相同，但因其各自的思想风貌不同，传播陆学的角度、方法不同，形成了不同派别：

杨简为"慈湖学派"，袁燮为"絜斋学派"，舒璘为"广平学派"，沈焕为"定川学派"。文天祥曾形象地勾画四派思想的不同特色："广平之学，春风和平；定川之学，秋霜肃凝；瞻彼慈湖，云间月澄；瞻彼絜斋，玉泽冰莹。源皆从象山弟兄，养其气翳，出其光明。"

明嘉靖间（1522—1566），在月湖上立了四先生祠。清代全祖望和诸同学在祠堂中设讲会，他写下《淳熙四先生祠堂碑文》，盛赞四先生："吾乡远在海隅，隋唐以前，儒林阙略。有宋，奎娄告瑞，大儒之教遍天下。……四明后进之士，方得了然于天人性命之旨。四先生之为海邦开群蒙者，其功为何如哉！"

淳熙四先生月湖讲学，启蒙乡邦，著书立说，使陆学盛于浙东。如此大功，离不开许多有力者的大力支持，离不开宁波城市浓郁的文化氛围的影响。讲学需有学舍，需有藏书，需有高素质的士子，这些条件宁波都具备。

淳熙元年（1174），孝宗皇帝的二儿子魏王赵恺任明州郡守。赵恺热心办学，重视教育。赵恺在月湖众乐亭之北建涵虚馆。馆内有藏书4092册，多为世间不传之本。淳熙七年（1180）二月，35岁的魏王卒于明州任上，四明父老在月湖湖心寺建祠立碑，以纪念其德政。

魏王来明州之际，正是史浩第一次罢相赋闲在家之时。

两人诗酒唱和，其乐融融。淳熙五年（1178），史浩复拜右丞相离开明州。至淳熙十年（1183）史浩致仕还乡，与魏王已是天人两隔。

魏王去世后，孝宗敕命将儿子近五千册藏书全部留给明州。淳熙七年（1180）三月，范成大守明州，将这些书奉藏于明州府学御书阁内，数量之多，整整占了十个大书橱。这些皇家藏书，成为宁波藏书中的精品，对推动宁波的文化教育事业发展起到了积极作用。

史浩的曾祖史简曾是王致的弟子，祖父史诏是楼郁的学生。他退休还乡后，热心推动乡邦文化。沈焕在地方做一些小官，曾任扬州教授、太学录事、高邮军教授，一度在家乡镇海的南山书院讲学，晚年迁居月湖。史浩与沈焕是忘年交，他分竹洲真隐观一地给沈焕居住，并为讲舍。沈焕与弟弟沈炳住在一起，共同执教。此外，沈焕在竹洲时，金华吕祖谦的弟弟吕祖俭正好在明州任仓监，常从城东泛舟到月湖沈焕讲舍，与沈氏兄弟论学。因此，全祖望称之为"竹洲三先生书院"。

碧沚藏书楼既是杨简讲学之处，也是史守之藏书之所。碧沚藏书极多，被称为"牙签最富"。身为簪缨世家，碧沚藏书多秘本精品，甚至有御赐的宋皇室藏书。有如此丰富的藏书资源，杨简曾想在此编撰著述"以正邪说"，可惜未能实现就去世了。

史氏一族助四先生月湖讲学，功莫大焉。而月湖楼氏，对四先生讲学却是影响深远。

全祖望称月湖"藏书之富，南楼北史"。北史，即月湖北端碧沚主人史守之；而南楼，则是指月湖南端东楼主人楼钥。楼钥为北宋"庆历五先生"之一楼郁的五世孙，文辞精博，为南宋文章大家，官至参知政事，授资政殿大学士。

月湖上最早的讲舍，为楼郁所建。楼郁初居城南，在柳亭设讲堂，后迁月湖竹洲讲学，"乡人翕然师之"，人称正议楼公讲舍。楼郁在郡学、县学和月湖讲舍教学三十年，月湖藏书最早即始于楼郁。南宋建炎年间（1127—1130），宁波惨遭兵祸，楼家"室庐遭毁"，"故书无一存者"。

之后，楼钥重新藏书，于月湖东岸竹屿建东楼。东楼初成，楼钥邀请当时在月湖讲学的袁燮登楼。袁燮云："藏书既富，欲别贮之。营度累岁，执政之次年，东楼始成，有登临之快，聚古今群书其上，而累奇石于前。"

袁燮的祖父袁毂，正是楼郁的学生。袁燮主讲的城南书院，位于城南柳亭，又是辟楼郁四世孙楼璹的旧宅为讲舍。楼璹在南宋绍兴年间（1131—1162）任潜县令时，绘制《耕织图》呈献给宋高宗，一时朝野传颂。

淳熙四先生与庆历五先生相比，功名上完全改观，皆中进士，都有官职，但仕途都不得意。如杨简，52岁才任知县，70

岁任知府。他和袁燮都在庆元党禁中被斥去职。四先生一生官职都不高,都不是政治家,但都是儒学大家,又都是教育大家。他们立德立言,治学兴教,大扬庆历五先生的遗风。

袁燮曾说:"人生天地间,所以超然独贵于群物者,以存是心焉。尔心者,人之大本也","是心苟存,虽至微之人,足以取重于当世。是心不存,虽贵为王公,其又奚取焉"。淳熙四先生对心的认识,是不是从此让宁波人更讲究一个人的真心、爱心和良心呢?

拆碎七宝楼台

南宋词人张炎说过一段著名的话:"梦窗词,如七宝楼台,眩人眼目,碎拆下来,不成片段。"这段话就像一支标枪飞过去,将吴文英的词牢牢地钉在一面被人诟病的墙上。

吴文英,字君特,号梦窗,南宋词坛大家,更是宁波历史上第一位大诗人。吴文英一生未第,游幕终身,后"困踬以死"。青壮年时多居于苏州,后居杭州,晚年为荣王赵与芮门下客,寓居越州(今绍兴)。游踪所至,每有题咏。吴文英词构思新颖,想象奇特,风格秾丽,有"词中李商隐"之说。

然而,一个"七宝楼台",让他的词极具争议。

七宝楼台,指金、银、琉璃、珊瑚、砗磲、玛瑙、琥珀等七种珍宝搭建的高楼。张炎是说吴文英的词虽然华丽炫目,却是堆砌雕琢上去的,没什么结构和内容,细一分析,只是一堆零碎的辞藻。

真是这样的吗?

看吴文英的一首《唐多令·惜别》:"何处合成愁,离人心上秋。纵芭蕉、不雨也飕飕。都道晚凉天气好,有明月,怕登楼。年事梦中休,花空烟水流。燕辞归、客尚淹留。垂柳不萦裙带住。漫长是,系行舟。"这首词显然一点也不"七宝楼台"。"何处合成愁,离人心上秋",用民间测字说"愁"字来历,语言直白,却将纸上的字与现实的离人和自然的秋天融为一体。"愁"既是一个汉字,又是一场现实的离别情景,是与秋天一样萧瑟忧伤的心情。这已然进入词就是物、语言就是现实的化境。

都说梦窗词的本色,是密丽,即意象密集,词语华丽,但在这密丽中又有空灵沉郁之迹。

梦窗密丽似多在长调。如《莺啼序·丰乐楼节斋新建》:"天吴驾云阆海,凝春空灿绮。倒银海、蘸影西城,西碧天镜无际。彩翼曳、扶摇宛转,雩龙降尾交新霁。近玉虚高处,天风笑语吹坠。……"但另一首《莺啼序》忆十年西湖情殇,"伤心千里江南,怨曲重招,断魂在否?"却又空灵沉郁。《莺啼序》是梦窗自创的长调,为词牌中字数最多。

华丽繁复,或者疏快空灵,吴文英都信手拈来,主要看题材,题材决定了语言的风格。

灵岩在苏州西南,山顶有灵岩寺,相传是吴王夫差为西施而建的馆娃宫遗址。寺内还有响屐廊。传说吴王令西施等美女穿木屐走廊上,廊虚而响。吴文英陪平江(苏州)仓台幕府的同僚游灵岩,凭吊吴王遗迹,怀想吴越争霸的往事,叹古伤今:

"渺空烟四远,是何年、青天坠长星?幻苍崖云树,名娃金屋,残霸宫城。箭径酸风射眼,腻水染花腥。时靸双鸳响,廊叶秋声。 宫里吴王沉醉,倩五湖倦客,独钓醒醒。问苍波无语,华发奈山青。水涵空、阑干高处,送乱鸦、斜日落渔汀。

连呼酒、上琴台去，秋与云平。"

上片叹古时，因题材是吴王夫差沉溺声色，所以用了"箭径酸风射眼，腻水染花腥"这样的词句。"酸风射眼"化用了鬼才李贺的诗句。"花腥"看似怪异，实则独到，让人感到花香浸透了血腥。而在下片伤今时，语言更为自然真切，有"华发奈山青""秋与云平"这样沉郁苍凉的佳句。

后人评价，宋词的正宗，前有周邦彦，后有吴文英。吴文英"由南追北"，力求在词坛上恢复北宋周邦彦的传统，继承发扬周邦彦的词风。

周邦彦，字美成，号清真居士，精通音律，曾自创不少新词调。作品格律谨严，语言雅丽，词韵清蔚。"水面清圆，一一风荷举"，这一名句形象地说明了他的词风。周邦彦集婉约派之大成，又开格律派之先河，为南宋姜夔、吴文英格律词派的鼻祖。

北宋政和五年（1115），五十九岁的周邦彦来任明州太守。他在府衙东北建造了鄮山堂，堂下有两棵古桧树。他还捐金在城中白衣寺建青莲阁，并写记文刻石。南宋建炎四年（1130），宁波遭遇兵火，白衣寺尽毁。鄮山堂竟岿然独存。

周邦彦在宁波写下不少词作，其中以《解语花·上元》最负盛名。这首词描写明州的元宵节："风消焰蜡，露浥烘炉，花市光相射。桂华流瓦，纤云散，耿耿素娥欲下。衣裳淡雅,看楚女、纤腰一把。箫鼓喧,人影参差,满路飘香麝",留下一幅难得的宋代宁波风俗图。

吴文英为四明人,但他"羁云旅雁",在家乡宁波的遗迹很少。他只是偶尔在词中署名四明人。京尹赵节斋在涌金门外新建丰乐楼,吴文英作《莺啼序》以贺,并即兴在丰乐楼壁上大书此作,末署"淳祐十一年二月甲子四明吴文英君特书"。这首词一时引起轰动,满城传诵。

他在《木兰花慢·饯韩似斋赴江东蹉幕》中写道:"霁月清风,凝望久,鄮山苍"。江东蹉幕,即地处明州的盐政幕府。"鄮山"在鄞县育王寺周边,也泛称宁波。送韩姓友人赴明州,吴文英不禁怀念起故乡来。从词句看,吴文英对家乡的感情还是很深的,但不知为何,词人极少写到家乡。

吴文英毕生不仕,以布衣出入侯门,曾为浙东安抚使吴潜幕僚,复为荣王赵与芮门客,且出入史宅之、贾似道之门,交游酬唱。吴文英虽与达官显贵过从甚密,但保持骨气,从未攀附权贵而谋取私利,后人评"梦窗不肯攀援藩邸"。

史宅之是孝宗朝宰相史浩之孙,两朝宰相史弥远之子,官至端明殿学士、同签书枢密院事。吴文英与这位四明同乡"投契甚深",写下不少酬赠词。一次史宅之生日,吴文英赠《瑞鹤仙·寿史云麓》。词中说除高官厚爵的奢华生活外,还有一个"鸿飞高处,地阔天宽"的清净世界。他借祝寿之际,劝朋友不如离开心疲身累的官场,悠然享受归隐之乐:"算金门听漏,玉墀班早,赢得风霜满面。总不如,绿野身安,镜中未晚。"可是史宅之难以脱身,终在四十四岁时早逝,时幼子出生才五天。

吴文英任平江府仓台幕僚时,吴潜是平江知府。一次吴文英陪吴潜去沧浪亭赏梅,写下《金缕歌·陪履斋先生沧浪看梅》。沧浪亭是南宋中兴功臣韩世忠被贬后居住的别墅。访英雄陈迹,追想前事,令人感叹不已。两人踏苔寻梅,心愿像春神东君,催发寒冻中的花蕊。但世事难料,"后不如今今非昔,两无言,相对沧浪水",两人深忧国事的心是相通的。

吴潜举进士第一,官至右丞相兼枢密使。罢相后,以沿海制置大使任宁波郡守。在任三年,勤政爱民,大兴水利。元兵南侵,被起用任左丞相。因事得罪右丞相贾似道,又在立太子的问题上得罪了理宗,罢相贬谪到循州,后终被贾似道派心腹下毒害死。

吴文英与贾似道的交往,是最为后人非议的。贾似道被列入《宋史·奸臣传》,而吴文英曾与他"友善"。现存《梦窗词》中有赠贾似道词四首。有人认为,吴文英与贾似道的交游是在贾似道发迹之前;也有人认为,四首词中的《金盏子·赋秋壑西湖小筑》是在贾似道入朝以后所作,其时吴潜已为贾氏所害。

《金盏子·赋秋壑西湖小筑》中，上片描写贾似道别墅西湖小筑的幽美景观，说住在此间如同仙人；下片抒写自己高洁的情怀，"漱流枕石幽情，写猗兰绿绮"。以吴文英不喜官场的性情，他多半不清楚朝中贾似道与吴潜矛盾之深，更不知道贾似道会如此残害忠良。吴潜被下的是慢性毒药，几天后才离开人世。当时怕也不能肯定是贾似道所为。说吴文英明知贾害死吴潜，仍作词吹捧他，其人品性卑劣，这基本是一桩冤案。

张炎说："词要清空，不要质实。清空则古雅峻拔，质实则凝涩晦昧。"其实，无论清空还是质实，关键在于诗人的天赋与真情。梦窗才气过人，绝不会专事堆砌雕琢而损伤词之气血。他精于炼词造句，雕缋满眼，而实有超逸的灵气行运其间。《蕙风词话》说梦窗词"深致入骨"，"莫不有沉挚之思"，"厚处难学"。所以有词论家评张炎"七宝楼台"之说："真矮人观剧矣。"

"听风听雨过清明。愁草瘗花铭。楼前绿暗分携路，一丝柳、一寸柔情。料峭春寒中酒，交加晓梦啼莺。　西园日日扫林亭。依旧赏新晴。黄蜂频扑秋千索，有当时、纤手香凝。惆怅双鸳不到，幽阶一夜苔生。"这是吴文英怀念亡姬的名作《风入松》。

这样刻骨铭心的"七宝楼台"，还是不要拆的好。

宋韵宁波的绝响

"人之初，性本善。性相近，习相远。……"这恐怕是中国人最为耳熟的古文了。《三字经》家喻户晓，清人多认为作者是南宋大儒王应麟。他为了教族中子弟，编写了这本蒙学教材。

王应麟，字伯厚，号深宁居士。曾祖王安道是河南开封府祥符县人。南宋初随军南下，晚年定居明州城月湖东边的县学街。祥符县古称浚仪，西汉置县。王应麟写文章时，仍喜欢署"浚仪王应麟"，不忘故土也。

王应麟天资聪敏，从小好读书，九岁便通六经。父亲王㧑曾在参知政事余天锡家教授子弟，年终时余天锡要付他酬劳，他坚辞不受，只是请余天锡为他写了一封介绍信。他拿这信向一些王公大臣家借藏书，为他两个儿子学习词学。王㧑性严厉峻急，常高坐堂上，出题命两个儿子应麟与应凤堂下作文，在蜡烛上刻标记时，稍写慢些就怒叱。这样训练下来，两兄弟为文敏捷，援笔立就。后来两兄弟先后中进士，仍发奋读书，又相继考中极为严苛的博学宏词科。

王应麟十九岁举进士，少年老成。中博学宏词科后，一次理宗御集英殿策试进士，召王应麟为覆考官。进士名次呈上，理宗想把第七名改为第一。应麟读试卷后，向理宗奏道："是卷古谊若龟镜，忠肝如铁石，臣敢为得士贺。"于是就以第七卷为首选。到了唱名，乃文天祥。应麟读其文而能知其人，而文天祥一句"人生自古谁无死，留取丹心照汗青"，一生亦不负其所知。

王应麟为人正直敢言，不受笼络，先后因冒犯权臣丁大全、贾似道而遭罢斥。及贾似道江上溃师，大宋国运飘摇。王应麟虽官至礼部尚书兼给事中，屡屡为国事上疏献策，却皆不被用，于是辞官归乡。

德祐二年（1276）正月十八，王应麟回宁波后不到三个月，元军攻占南宋都城临安（今杭州），俘五岁的宋恭帝。陆秀夫、文天祥、张世杰等人坚持抗元，先后在福州和广东拥立七岁的端宗和幼主赵昺。文天祥在海丰兵败被俘，不屈而死。最后的崖山海战，南宋战败，陆秀夫背着刚满八岁的小皇帝跳海而死，十多万军民亦相继投海殉国。

景炎元年（1276）三月十日，元大军杀至庆元城西鳘山。太守赵孟传投降。七十多岁的袁镛出城，领宋军迎战，终因寡不敌众被俘。元将多次劝降不成，将其残杀。时值清明节，袁镛一家人扫墓毕乘舟归，闻此噩耗，一船十八人皆投水自尽，只有六岁的小儿子泽民被仆人救起。

袁氏一门忠烈，深深感动着隐居在家的王应麟。他写下《鳘山》一诗："袁公烈丈夫，独立东南方。欲以一己力，代国相颉颃。……妻孥悉从溺，枯骨谁克襄。忠烈动天地，游魂为国殇。……"

南宋亡后，王应麟悲愤不已。他不能效袁公，只因国脉虽断但文脉可延。他"深自晦匿，不与世接"，杜门不出，家居二十年，教育子弟，著书立说。以其渊博的知识和扎实的考证，创"深宁学派"。所著述只写甲子，不写年号，以示决不向元朝俯首称臣。

王应麟在县学街的家宅，宅名汲古堂。堂匾出自其父王㧑任崇政殿说书时，理宗所赐御书"汲古传忠"。王应麟担任秘书监掌管国家藏书时，抄录了不少秘府典籍，汲古堂的藏书洋洋可观。王应麟家学渊博，年轻时中第入仕，就立志做"通儒"。他受程朱学派的影响，任官时仍勤于读经通史。他"博洽多闻"，在宋代罕其伦比。涉猎经史百家、天文地理，熟悉典章制度、文献目录，长于考证、辑佚。他一生著述宏富，有《玉海》《困学纪闻》《通鉴地理考》《通鉴地理通释》《深宁集》等31种、744卷。可谓中国古代文献学史上第一人。

《玉海》被清代《四库全书总目》称为"其贯串奥博，唐宋诸大类书未有能过之者"。《困学纪闻》被称为宋代三大笔记之首。《通鉴地理考》及《通鉴地理通释》是杰出的历史地理学著作。但好玩的是，知名度最高的，还是那小儿科的《三字经》。

王应麟生前写好了自己的墓志铭，称《浚仪遗民自志》，铭曰："学古而迂，志壹而愚。其仕其止，如偓如图。不足称于遗老，或庶几乎守隅。归从先人，战兢免夫！"他的风节不愧唐亡后的韩偓和司空图，而文章学问远超二人。

在宝祐四年（1256）王应麟任覆考官的这一科，与文天祥一同考入进士的，有陆秀夫、谢枋得，还有一位胡三省。

胡三省号梅涧，今宁波宁海人。父胡钥笃爱史学，对《资治通鉴》很有研究，人称"山泽遗才"。胡三省自幼好学，受父亲影响，功课之余攻读《通鉴》。其父有感于《通鉴》各家注本乖谬甚多，又见三省天资聪慧，好学不倦，便期望他能勘误《通鉴》。三省十四岁时，胡钥曾问他："若能刊正乎？"三省答道："愿学焉。"从此胡三省立下了注释《通鉴》的志向。胡三省十五岁时父亲去世，家境艰难，但他牢记先父遗愿。

考入进士后，他在各地做官时，访购各种版本的《通鉴》，随身携带。案牍之余，专事《通鉴》的勘校，编撰《资治通鉴广注》。虽公事冗繁，仍坚持不懈，已编就《资治通鉴广注》九十七卷，论著十篇。

德祐元年（1275），经人推荐，胡三省任贾似道幕僚，从军江上。但其与贾意见不合，凡有建议计策，贾概不采用。是年，贾似道督师十三万于芜湖应战元军。二月大败于鲁港，宋军崩溃，贾似道单舟逃奔扬州。群臣请诛，终在贬循州途中被杀。宋军溃散后，胡三省"间道归乡里"，只身返回宁海。

次年元兵攻下临安。随后元军南下，追击南逃皇族，所过之处，烧杀抢掠。宁波亦遭兵祸。胡三省举家逃亡避乱。返家后，发现二十年心血写成的《资治通鉴广注》已荡然无存。三省悲痛之下，变卖家产，再购《通鉴》，发愤重新作注。时年已经四十六岁。从此闭门绝客，日夜奋笔。

元至元二十一年（1284），三省寄居庆元城袁桷家中，在袁家完成《通鉴》最后一部分的校勘。又过两年，《资治通鉴音注》全部成编，胡三省又着手作《通鉴释文辨误》。正在这时，宁海杨镇龙起义，攻下庆元。当时胡三省尚寓居在袁桷家，为了避乱，只好把刚完成而尚未付印的《资治通鉴音注》藏于袁家东轩的石窟中。起义平息后，著作仍完整无缺。此石窟，后人称为"胡梅涧藏书窟"，在今宁波市内大沙泥街袁宅。

袁桷是王应麟弟子。应麟时居月湖闭门著书。胡三省曾编《通鉴地理考》一百卷，稿成后，见到王应麟的作品与自己所著大略类同，就毅然毁去原稿。这也是向自己的覆考官致敬。

胡三省在宁波城寄寓日久，想长期卜居于此。但怕居城市太显眼，元廷要来征召，便毅然举家归隐宁海中胡村。虽风烛残年，仍孜孜不倦地修改《资治通鉴音注》，严寒酷暑不停。他说："吾成此书，死而无憾。"

北宋司马光用十九年时间修成《资治通鉴》294卷，胡三省历三十年作《资治通鉴音注》294卷,注释详细,考证精辟,订谬殊多。古代对《通鉴》的注释卷帙浩繁,历来以此书声价最高,是目前研究《通鉴》最完整的参考资料。

难以想象,胡三省为了履行十五岁时对父亲的一个承诺,历尽这改朝换代的劫难,要有多么坚韧的人格,多么执着的意志,多么强大的精神,才能不停地注释《通鉴》。江上兵溃返回家乡后,遭到多少冷嘲热讽,极度痛苦,只能"深自韬讳",他没有放弃注释《通鉴》;携带妻孥,流亡避难,生死未卜,他没有放弃注释《通鉴》;先后闻知同榜文天祥壮烈牺牲、陆秀夫负帝投海、谢枋得绝食尽节,他没有放弃注释《通鉴》;拒元不仕,避居乡间,他没有放弃注释《通鉴》。殉国者悲壮捐躯,自会流芳千古;而他没有将生命投入崖山而是投入一本书中,自有浩然之气。

正如袁桷在《祭胡梅涧先生》中所说:"蒙昧草野,避声却影,年运而往,知吾道之愈难,写心声之悲愤,听涧水之潺湲。"胡三省孤身注史,艰难甚于赴死。每日写心声悲愤,耳畔却是故国涧水。他深知,即使一个朝代亡了,但是一个民族的文化不亡,这个民族就不亡。

王应麟与胡三省,一个浩博如瀚海,一个专注如深渊,他们是大宋宁波深沉而壮美的绝响,穿越时空,久久不会停息——

"人之初,性本善……"

月湖

东钱湖

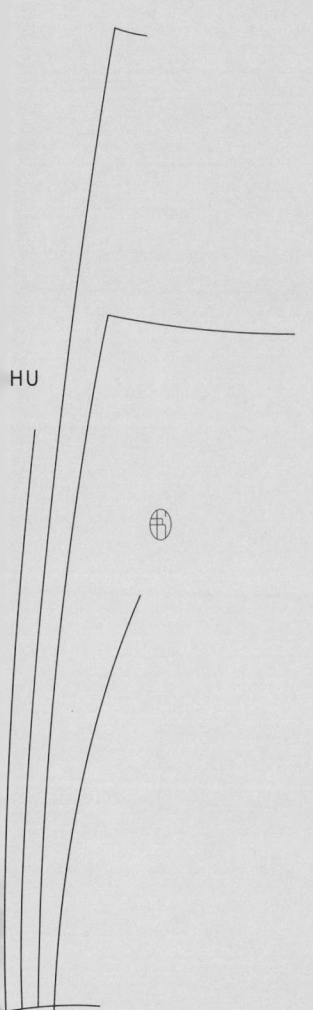

HU

04

吟长曲
书
诵长

瑞光！瑞光！	120
牡丹灯笼	126
岩中花树	132
老人与书	138
疯狂的娑罗树	144

瑞光！瑞光！

元至正二十一年（1361）一个秋夜，庆元城南二十里的栎社，河边沈氏楼中，透出摇曳的烛光。高明聚目凝神，挥笔写戏。他口中哼着曲调，脚按节拍点着楼板。案桌上点着的双烛微微颤动。他正写到《五娘吃糠》一出。当赵五娘出场，唱道："糠和米，本是相倚依。谁人簸扬作你两处飞？一贱与一贵，好似奴家共夫婿，终无见期。丈夫，你便是米么，米在他方没寻处。奴便是糠么，怎的把糠来救得人饥馁？……"正在这时，忽见桌上双烛火焰相迎交合，焰光如虹，良久才分开，高明不禁连喊："瑞光！瑞光！"从此小楼便叫了"瑞光楼"。

高明，字则诚，自号菜根道人，温州瑞安人，出生于诗书之家，少以博学称名。从元代"儒林四杰"之一的黄溍为师，同门有宋濂、王袆、戴良、陈基等。漫游江浙一带，与友人觞咏唱和。后回乡设帐授徒。他前半生"师友一门兄弟乐"，过着清静悠闲的隐士生活："闭门春草长，荒庭积雨余。青苔无人扫，永日谢轩车。清风忽南来，吹堕几上书。梦觉闻啼鸟，云山满吾庐。安得醅中散，尊酒相与娱"。

至元六年（1340），元顺帝下诏恢复科举考试。高明在祖父督促和亲友催勉下，又自视为怀瑾握瑜之士，当从仕途上一展抱负，说道："人不明一经取第，虽博奚为！"乃奋读《春秋》。至正五年（1345）中进士，已届不惑之年。他年轻时曾作诗"几回欲挽银河水，好与苍生洗汗颜"，此番入仕，当为天下苍生。

高明为人刚毅耿直，在各地任官，干才练达，清介廉明，关心民间疾苦，敢忤权贵炎势，受到百姓爱戴。元末官场腐败，官员贪渎。他在仕途上"声闻益隆"之时，内心却时常矛盾纠结、苦闷彷徨，以至于对仕宦生活感到厌倦。遇上不合意愿事，"辄上政事堂慷慨求去"。

至正八年（1348），台州方国珍聚众起事。省臣统兵平乱，以高明是温州人，熟悉海滨事，让他跟从入帅幕。好友刘基特来赋诗壮行。主帅虽赏识高明才干，但常与高明意见相左，"论事不合"。高明便"避不治文书"，消极怠工。从此受冷遇。经此事后，高明感到宦海风涛险恶，忧患日深，但一时又无法脱身。他不禁感叹："孤松三径依旧在，童仆正迟陶渊明。"

不久，高明来四明庆元路任推官，即专管刑狱之职。高明查出"四明狱囚多冤"，便为他们洗冤昭雪。囚犯凡是查无实证的，全都释放回家。一时"囹圄一空，郡称为神"。高明判案的一支笔活人多矣。当地名士袁彦章作诗赞道："笔端一点春无限。"

其后调江南行台掾，"数忤权贵"，屡遭挫折，退志益坚。他在酬好友高应文的诗中，回顾自己十余年仕宦生活，感慨万千:"曾向天涯钓六鳌,引帆风紧隔银涛。江山有恨英雄老,天地无情雨露高。七国游淡厌犀首,十年奔走叹狐毛。争如蓑笠秋江上,自脍鲈鱼买浊醪。"但是朝廷又授他为翰林国史院典籍官。至正二十年(1360),又调福建行省都事。高明赴任途经宁波时,被当时镇据宁波的方国珍强留,想置其为幕僚。高明力辞不从,便正好借此解官,脱离了仕途之后。他来到城南的栎社,寓居于友人的沈氏楼。

沈氏为栎社当地望族,对高明十分敬重,把他安顿在风光秀丽的临河私宅中。高明便在此楼,"阖关谢客,极力苦心,歌咏则口吐涎沫,按节拍则脚点楼板皆穿",潜心创作南曲戏文《琵琶记》。"风声月色来亭榭,老泪年来湿几更",高明忘情投入,三年而戏成。

南曲戏文简称南戏,与北曲杂剧相对。南戏起源于北宋时的温州地区,至南宋盛行。宋代早有戏文《赵贞女蔡二郎》,戏中的蔡二郎,亦称蔡中郎,就是汉代著名文士蔡邕,字伯喈。戏中所写大致出于民间传说。陆游在《小舟游近村舍舟步归》诗中云:"斜阳古柳赵家庄,负鼓盲翁正作场。死后是非谁管得,满村听说蔡中郎!"可见早在南宋前期,以蔡二郎为题材的民间文艺已广泛传唱于城乡各地。

宋代戏文《赵贞女蔡二郎》,写蔡二郎应举,考中了状元,他贪恋功名利禄,抛弃双亲和妻子,入赘相府。其妻赵贞女在饥荒之年，独自支撑门户，赡养公婆，竭尽孝道。公婆死后，她以罗裙包土，自筑坟茔，然后身背琵琶，上京寻夫。可是，蔡二郎不仅不肯相认，竟还放马踩踹，致使神天震怒。最后，蔡二郎被暴雷轰死。高明的《琵琶记》，对这出长期流传的民间戏文进行改编，基本上承袭了《赵贞女》的故事框架，保留了赵贞女"有贞有烈"的贤妻形象，但对蔡伯喈的形象做了全面的改造，让他辞试、辞官、辞婚"三不从"，念亲思妻，最后辞官回乡，为父母庐墓三年，成为"全忠全孝蔡伯喈"。

高明在《琵琶记》第一出开宗明义，提出"不关风化体，纵好也徒然"的主张，声明这部作品"只看子孝与妻贤"。高明主观上希望"文以载道"，宣扬"忠孝"的封建伦理道德，以教化百姓。但在具体创作中，他的笔又不由自主地跟着生活和人物走了。于是，在剧本中出现了活生生的有血有肉的艺术形象。作品就这样充满着复杂的矛盾：在宣传封建道德时，对黑暗现实也有暴露和批判；一方面要教化，一方面又要把戏写得动人。这也使得《琵琶记》不像是单纯的封建道德的传声筒，而是一出优美感人的戏剧了。

《琵琶记》采用双线结构，情节交错发展，形成冲突对比，产生了强烈的悲剧效果和巨大的艺术感染力。根据不同场景和不同人物使用不同的语言，或华丽典雅，或本色朴实，构成对比鲜明的语言风格。更重要的是人物刻画上的成功，正如明代文学家王世贞所言："则诚所以冠绝诸剧者，不惟其琢句之工、使事之美而已；其体贴人情，委曲必尽；描写物态，仿佛如生；问答之际，不见扭造，所以佳耳。"

《琵琶记》问世后，蜚声剧坛。有人将《琵琶记》进呈朱元璋，朱元璋览毕曰："五经四书、布帛菽粟也，家家皆有；高明《琵琶记》，如山珍海错，贵富家不可无。"

高明是第一个创作南戏的文人名士。他在充分吸取民间南戏的基础上，把戏文的剧本创作提高到一个新水平，大大提升了南戏的文化品格和地位。高明在南戏发展史上的地位，颇似杂剧发展史上的关汉卿。《琵琶记》代表了南戏艺术的最高成就，不只影响到当时剧坛，而且为明清传奇树立了典范。明清人称："杂剧以王实甫之《西厢记》，戏文以高则诚之《琵琶记》为绝唱。""《琵琶》为南曲之宗，《西厢》乃北调之祖，调高辞美，各极其妙。"

高明寓居宁波十余年。《琵琶记》写成后，他疾病缠身。朱元璋登基后，派人征召，他称病不出。此时他想叶落归根，离开栎社回永嘉故里，可惜途经宁海时病卒。好友陆德旸以诗哭之："乱离遭世变，出处叹才难。坠地文将丧，忧天寝不安。名题前进士，爵署旧郎官。一代儒林传，真堪入史刊！"

高明在宁波时，与慈溪鸣鹤山定水寺住持见心禅师交好。

寺中有两株古桂树,花香袭人。见心禅师辟室名"天香",邀高明为天香室作铭。高明自号菜根道人,喜欢道家神仙隐逸生活,而与见心禅师交往后,越发看破红尘。高明曾诗赠见心禅师:"春城厌喧杂,闲问远公庐。风旆来仙乐,天花落焚书。久知尘业幻,早与世缘疏。愿礼清凉月,禅栖长晏如。"

与见心禅师慈溪别后,第二年高明欲往福建赴任,蛰居在鄞县北郭。他给见心禅师写信,介绍一位凌知事去定水寺。说凌抱病还家,想在天香室中暂憩一宿,能聆听法师教诲,病魔当退三舍。又提到他写的《天香室铭》,说想必见心禅师已经修改好了。"妙香所熏,世梦皆醒。醒后觅香,了无一物",不久高明就辞官而去,终捧出一本妙香。

《琵琶记》最后一出《旌表》中,众人"合白":"不经一番寒彻骨,怎得梅花扑鼻香。"这是唐代高僧黄檗禅师的颂句。高则诚想让"子孝与妻贤"成为这扑鼻的梅香,而不承想,这种伦理道德终会过时,只有人性与艺术不会过时,这种梅花的馨香才是永恒的。

牡丹灯笼

元朝末年,战火四起,烽烟滚滚,大江南北爆发了声势浩大的农民起义。至正十六年(1356),张士诚攻占苏州。一户读书人家随着避乱的百姓向南流浪。他们先回到故乡临安,又辗转会稽,后流寓明州。当时明州称"庆元",为方国珍所占据。

方国珍是台州黄岩人,起兵反元,占据庆元、台州、温州等沿海地区,称雄浙东二十年。群雄逐鹿、天下扰攘之际,方国珍却能保境安民。

逃离战乱与杀戮后,一个清瘦的少年,时常徘徊在碧波轻柔、花香浮动的月湖,向往着人性与爱的世界。这个少年名叫瞿佑。

二十年后,明洪武十一年(1378),三十一岁的瞿佑写出了一部传奇小说集《剪灯新话》。在明初相对冷落的文坛,这部小说"造意之奇,措词之妙"。瞿佑在小说集的自序中说:"客闻而求观者众。"在《剪灯新话》中,瞿佑借闺情艳遇、神仙鬼怪之类的故事,"劝善惩恶,哀穷悼屈",曲折地表达着自己的思想,也反映了战乱浊世中人民的不幸。

其中有一篇,罕见地取材于宁波,名叫《牡丹灯记》。小说这样开头:"方氏之据浙东也,每岁元夕,于明州张灯五夜,倾城士女,皆得纵观。至正庚子之岁,有乔生者,居镇明岭下,初丧其偶,鳏居无聊,不复出游,但倚门伫立而已。"

北宋天禧年间（1017—1021），明州郡守李夷庚通风水，特在府署前堆土成岭，称"镇明岭"，为府治的前案山。岭上曾建有王安石祠，岭旁有淳熙四先生祠。民国时期，镇明岭逐渐被整平，成为今天的镇明路。

"十五夜，三更尽，游人渐稀，见一丫鬟，挑双头牡丹灯前导，一美人随后，约年十七八，红裙翠袖，婷婷袅袅，迤逦投西而去。生于月下视之，韶颜稚齿，真国色也。神魂飘荡，不能自抑，乃尾之而去，或先之，或后之。"行了数十步，女忽然回头微笑。乔生向前作揖，请佳人光顾寒舍。女无难色，立即叫丫鬟挑灯同往。

乔生与女携手至家，极其欢昵。生问她姓名居址。女说姓符，字丽卿，名漱芳，是已故奉化州判之女，家人都没了，只单身一人，与丫鬟金莲侨居湖西。"生留之宿，态度妖妍，词气婉媚，低帏昵枕，甚极欢爱。天明，辞别而去，暮则又至。如是者将半月。"邻家老翁感到可疑，凿壁窥探，只见一粉妆骷髅与乔生并坐于灯下，大惊。明晨，老翁告诫乔生：你和幽鬼同处而不知，大祸将临头了！并催他去湖西查访。乔生害怕了，"径投月湖之西，往来于长堤之上、高桥之下，访于居人，询于过客，并言无有。日将夕矣，乃入湖心寺少憩，行遍东廊，复转西廊，廊尽处得一暗室，则有旅榇，白纸题其上曰：'故奉化符州判女丽卿之柩。'柩前悬一双头牡丹灯，灯下立一明器婢子，背上有二字曰'金莲'。生见之，毛发尽竖，寒栗遍体，奔走出寺，不敢回顾。"

月湖旧有三堤七桥十洲。高桥又名湖心东桥，就是现在的月湖桥。月湖桥始建于宋元丰七年（1084），清乾隆年间（1736—1795）重修。桥下的湖心寺，是千年名刹，始建于北宋。南宋末年元兵进城时，湖心寺毁于兵燹。明嘉靖年间（1522—1566）重建，名为月湖庵，留存至今。

当夜乔生借宿邻翁家，满面恐惧。邻翁让乔生往玄妙观求魏法师出符。法师见乔生妖气甚浓，授他两道朱符，命他贴在门床，并告诫他不得再到湖心寺。乔生如法布置，符女果然不再出现。

宁波建设天一广场时，工地上赫然出土了两座巨型赑屃。赑屃背上的石碑已不存。据专家考证，这一对赑屃出自元代，很可能是宁波城中最大的道观——玄妙观的碑座。从那巨大的碑座来看，当年的玄妙观一定十分宏伟，而此间的道士，法力自然也了得。

"一月有余，往衮绣桥访友。留饮至醉，都忘法师之戒，径取湖心寺路以回。"将到寺门，被金莲迎入寺内。丽卿痛责乔生薄情，握住生手，抱着他一起进入棺材。数日后，邻翁发现乔生失踪，找到湖心寺，发现棺材外露着乔生的衣服，开棺见乔生已死，俯卧在女尸旁，女容貌如生。原来丽卿是奉化州判之女,死时年十七,棺材暂放在湖心寺待葬。后举家赴北,断绝音信,至今十二年了。寺僧将二人尸柩葬于城西门外。"自后云阴之昼,月黑之宵,往往见生与女携手同行,一丫鬟挑双头牡丹灯前导……"

南宋越王史浩及其家族遍住月湖。其三子宰相史弥远的府第,就在湖西北芙蓉洲的衮绣桥边。衮绣桥,有着月湖七桥中最为秀丽的名字,如今早已倩影杳然。清代,出生在月湖的史学大家全祖望,在一个元夕漫步湖滨,仿佛看见一盏牡丹灯迤逦而来,就写下"若到更深休恋恋,湖心怕遇牡丹灯"。

丽卿与乔生阴魂显形,居民大惧,到玄妙观告魏法师。法师让其去求居四明山顶的铁冠道人。众人攀藤越溪,直上绝顶,"果有草庵一所,道人凭几而坐,方看童子调鹤"。众人拜求。铁冠道人六十年不下山,知是玄妙观魏法师指教,只好下山。道人直至城西门外,结方丈之坛,书符焚烧,押来丽卿、乔生和金莲。道人呵责良久,以巨笔判曰:烧毁牡丹灯,将三人押赴九幽之狱。

日本学者小山一成多次来宁波,考察《牡丹灯记》故事的发生地,写下《〈牡丹灯记〉文学地理》一文。他认为四明山名列中国道教"第九洞天",铁冠道人确有其人。宁波历史上是有一个人叫詹僖,号铁冠道人,明成化年间(1465—

1487）诗人、书画家，是来宁波参学的日本画僧雪舟的至交。显然，此"铁冠"非彼"铁冠"。但在元末明初的确有一个铁冠道人。《明史·方伎列传》中记载，张中好戴铁冠，人称"铁冠子"。他曾在鄱阳湖大战中祭风助朱元璋大胜陈友谅。但不知此铁冠是否到过四明山修炼。

"道人拂袖入山。明日，众往谢之，不复可见，止有草庵存焉。急往玄妙观访魏法师而审之，则病瘖不能言矣。"

瞿佑《牡丹灯记》的结尾非常奇怪。他写《剪灯新话》的目的是"劝善惩恶"，法师和道人镇压了淫欲的鬼怪，应该是可喜可贺的，可令人万万想不到，结果却是一个不知所终，一个变成哑巴，就像他们因坏人好事而受到了惩罚。

瞿佑一家寓居四明，他便在四明求学。南宋后，"文献故家多起于四明"，瞿佑的老师，便是四明著名学者王厚孙。王厚孙，字叔载，是南宋大儒王应麟之孙，他知识渊博，涉猎极广，思想上推崇陆九渊学说。陆氏"心学"讲究"心即理"，强调内心体验，极力扩张主观自我。王叔载将这种放达和反传统的意识灌输给了瞿佑。日后，瞿佑在《剪灯新话》中讴歌男女爱情，正视人间情欲，并不惧怕"涉于语怪，近于诲淫"，可见其早年在四明受王叔载和陆学的影响根深蒂固。

"世间万事幻泡耳，往往有情能不死"，这是瞿佑的知己好友桂衡对《剪灯新话》最好的评价。《剪灯新话》承唐宋传奇余绪,开《聊斋志异》先河,以情至上,道德说教被冲淡甚至显得多余。人鬼情常常少有恐怖,反而是对人鬼相恋而不得善终充满了惆怅。

瞿佑曾写一首《看灯词》:"百媚怀春不自由,好妆金屋贮风流。谁教误向灯街见,断送痴人死未休",这当是针对《牡丹灯记》而言。仿佛看见当年瞿佑挤在宁波热闹的元夕灯会中,看美女如云。

16世纪初,《牡丹灯记》经由朝鲜传入日本,改名为《牡丹灯笼》,成为日本三大怪谈之一。从怪谈、落语、歌舞伎到电影,数百年来《牡丹灯笼》被不断改编,形成了日本文艺史上独特的"牡丹灯笼"现象。在日本,"湖心寺""镇明岭"等名词,几乎家喻户晓。

永乐十三年(1415),68岁的瞿佑因诗获罪,被流放到河北保安州。十年放逐边塞,瞿佑倍感孤独和忧伤,深深品尝到一种文人价值失落的悲哀。75岁时,他在保安重校了《剪灯新话》,写下"叹我飘零死又生"。此时,那方映着他儿时身影的月湖,是否浮上他的脑海?他是否听到,那幽艳、凄美的符丽卿还在轻声责怪他,为何不能让一个少女满足她爱的愿望,生生死死……

岩中花树

明嘉靖七年(1528),平田州、思恩、断藤峡之乱后,十一月的寒意中,病重的王阳明启程返家。二十八日,船泊江西大余县青龙铺。阳明自感大限将至,召门人周积进来,看着他说:"我去了。"周积哭着问有何遗言,先生微笑说:"此心光明,更有何言。"

先生儿时就不言。

余姚城中,王阳明在母亲肚子里十四个月,还不出来。这天,祖母梦见绯衣佩玉的神仙在云中打鼓吹箫,把一个赤子送到她手上。她一惊醒,就听到了婴儿落地的啼哭声。此事奇异,祖父竹轩翁就给孩子取名"云"。乡人指着他出生的楼说,这是瑞云楼。

阳明五岁仍不说话。有一神僧过其家,摸着他的头说:"好个孩儿,可惜道破。"祖父便为他改名"守仁",他就开口说话了,且一说话便能背诵祖父所读之书。原来虽不说话,但听祖父读书,他已默记。

王阳明是王羲之后裔,又说是东晋丞相王导之裔。两宋之际,祖先扈驾南渡,家族徙居余姚城内。余姚为文献名邦,一条姚江在城中穿过。姚江因舜而名,又称舜江、舜水。江畔龙泉山上有东晋始建的龙泉寺、五代建的中天阁。县治内有一座小山叫秘图山。据说当年大禹治水到此,将治理姚江图秘藏于此山洞中。王氏迁居余姚城后,世居秘图山旁。至王阳明祖父时，分居于龙泉山北麓的瑞云楼。

明成化十七年（1481），父亲王华中状元，入京师。第二年，祖父携十岁的王阳明去京城。王阳明从小志存高远，心思不同常人。十二岁时，王阳明问塾师："何为人生第一等事？"师说："读书登第，像你父亲。"王阳明说："恐怕不是。当读书做圣人。"

王阳明十八岁时，带新婚夫人诸氏从南昌回余姚，船过上饶，拜见理学大儒娄谅。娄谅向他讲授"格物致知"之学。之后，他遍读朱熹的著作。有一次他看见竹子，就"格"了七日七夜，什么都没有发现，人却因此病倒。这就是中国哲学史上著名的"守仁格竹"。

这一年，竹轩翁在京城仙逝，王华扶柩归余姚，丁忧守孝二十七个月。王华嘱咐弟王冕等人为守仁讲经析义，使他学业大有长进。王阳明二十岁时，父亲王华将全家搬迁至绍兴府城中。瑞云楼由钱氏居住，钱德洪生在此楼，日后成为王阳明的高徒。

经历三次会试，王阳明终于考中进士。从此，他每一天都在践行儒家"立德，立功，立言"三不朽，生死不渝，走向做圣人的人生理想。

他为蒙冤入狱的官员上疏申冤，触怒大太监刘瑾，被廷杖四十，贬至贵州龙场驿当驿丞。在这蛮荒穷困之地，他住在一个石洞里，对自己一生所学日夜反思。一天夜半，他忽然顿悟，不禁欢呼跃起："圣人之道，吾性自足，向之求理于事物者误也。"他意识到心才是感应万事万物的根本，心即理。这就是著名的"龙场悟道"。

王阳明在龙场为自己凿一石棺，不为等死，而为向生。王阳明会唱中国古典四大声腔之一的"余姚腔"。当时随从都生病了，他劈柴取水，煮米粥喂他们；又怕他们心情抑郁，就为他们吟诗。随从还是不开心，他就唱起余姚腔，又说诙谐的笑话，这才让他们忘了疾病之苦。

刘瑾被除后，王阳明一路建功立业。他被擢为都察院左佥都御史，巡抚福建、江西等地，以一文官亲自率兵，连破上百座盗寨匪巢，斩俘数万，一举荡平为患数十年的江西盗贼。

宁王朱宸濠发动叛乱。正在江西的王阳明立即募集义兵，发出檄文，出兵征讨。最终双方在鄱阳湖决战，王阳明仿效赤壁之战，激战三天，宁王战败被俘，叛乱平定。因平叛立功，后被升为南京兵部尚书，加封新建伯。

平叛之后，押送战俘朱宸濠赴京，王阳明途经富春江严子陵钓台，行迹匆匆，一掠而过。

王阳明与严子陵为余姚同乡，钓台自然是他早就向往的地方。他年轻时在杭州移居胜果寺作诗："富春咫尺烟涛外，时倚层霞望钓台。"而他生前却两过钓台而弗登。

再过钓台，是他受命赴广西平定田州、思恩土瑶叛乱和断藤峡盗贼时，他在两名弟子护送下船抵严滩。此次军务在身，又生肺病足疮，王阳明只能"顾瞻怅望"，写下《复过钓台》一诗。

王阳明十分敬仰家乡这位"年八十，终于家"的高士，但他又一贯具有强烈的建功立业的愿望。在严子陵钓台下，他的内心是矛盾、复杂的。

王阳明一生"立功"赫赫，但从未忘"立言"。他34岁时，便在京城开门授徒。被贬到贵州龙场的途中还收了多名弟子。在贵州时受聘主讲贵阳文明书院。被召入京，又在滁州、南京、江西等地任职时，孜孜不辍，讲授"心即理""致良知""知行合一"的阳明心学，门生云集。王阳明的讲学内容由徐爱等弟子记录整理，名《传习录》。

正德八年（1513），春暖花开，任南京太仆少卿的王阳明，归越省亲。率友人和徐爱等弟子游四明山，然后取道宁波回余姚。在宁波城中的境清寺，他见到了寓居于此的日本勘合贸易正使了庵桂悟。了庵是日本高僧，以八十七岁高龄出使大明。武宗皇帝慕其高龄，命他可住宁波育王寺。

了庵信奉朱子理学，与王阳明会晤，大为吃惊，发现其心学思想与理学大相径庭，甚至可谓分庭抗礼。这使了庵和尚大开眼界。他们"辨空"，"论教异同"，谈兴甚浓。

当年五月，在宁波住了两年的了庵桂悟即将回国。王阳明闻知，作《送日本正使了庵和尚归国序》相赠。日本诸多学者认为，"日本阳明学之传，从了庵桂悟开始"，桂悟"为日本王学倡导之嚆矢"。了庵回日本后第二年即谢世，恐怕不能为阳明学在日本的传播做出更多的贡献。但了庵和尚与王阳明在宁波的谈禅悟道，实是日本与阳明学接触的开始。百年后阳明学在日本盛传，影响深远，成为日本明治维新的先导，造就日本崛起的伟业。

嘉靖元年（1522），王阳明五十一岁。这年二月，其父王华去世，王阳明丁忧回到绍兴。在光相坊旧宅基上扩建伯府第。

绍兴王伯府人声鼎沸，人头攒动，来跟王阳明学习的门生，最多时有上千人。嘉靖三年（1524）的中秋夜，王阳明大宴门人于府中。碧霞池畔，天泉桥上，一百多位弟子饮酒、歌诗、投壶、击鼓、荡舟。王阳明见弟子热闹，悄然离开，写下"处处中秋此月明，不知何处亦群英？须怜绝学经千载，莫负男儿过一生。"

这段时间，王阳明在绍兴常与弟子相伴出游，宿于会稽山、禹穴、阳明洞等地的寺院中，"每当一室，常合食者数十人，夜无卧处，更相就席，歌声彻昏旦"。他也常回余姚，会门人于龙泉山中天阁授课。王阳明去世后，中天阁立阳明牌位祀之，曰"新建伯祠"。

王阳明想念故乡，想念龙泉寺结社的诗友，想念故乡的亲人。

他在《忆诸弟》一诗中说:"久别龙山云,时梦龙山雨。觉来枕簟凉,诸弟在何许?终年走风尘,何似山中住。百岁如转蓬,拂衣从此去。"每当回到余姚,他必去瑞云楼。他的胎衣还藏在楼中。

嘉靖六年(1527),五十六岁的王阳明受命征广西。出发前夜,在天泉桥上,与钱德洪、王畿留心学四句教法:"无善无恶心之体,有善有恶意之动。知善知恶是良知,为善去恶是格物。"两位高徒与恩师讨论,史谓"天泉证道"。

钱德洪和王畿意犹未尽,从绍兴一路追送先生至富春江严滩,继续天泉桥上的讨论。王阳明说:"有心俱是实,无心俱是幻。无心俱是实,有心俱是幻。"钱德洪不懂何意,王畿领悟,先生是说本体、工夫合一。后人将此称为"严滩问答",与"天泉证道"齐名。

王阳明曾在会稽山阳明洞悟道,自号阳明子。多年后,他偕友游会稽山。一友人指岩中花树,问曰:"天下无心外之物,如此花树,在深山中自开自落,于我心亦何关?"王阳明答曰:"你未看此花时,此花与汝心同归于寂;你来看此花时,则此花颜色一时明白起来;便知此花不在你的心外。"

阳明的"岩中花树",是说这个世界是人认知的世界。没有人的存在,这个世界虽然也存在,但是没有意义。只有人的介入,才让这个世界产生意义,所以世界在人的心中。人心光明,花树盛开。

老人与书

"司马公于书无所不畜,虽晚暮,好学弥笃。常诵读至夜分,声哕哕振林末,惊其四邻人。"多么可爱的老人,一读书就忘了一切。

这个老人,就是范钦。

明嘉靖三十九年(1560),副都御史,巡抚南赣、汀、漳诸郡的范钦政绩赫赫,升兵部右侍郎。刚赴京上任,突然被人弹劾。范钦蒙冤削职,寒秋中,一叶孤舟,满载藏书,回到了家乡宁波。

范钦,字尧卿,号东明,出身寒门,发奋苦读,中第入仕。他信奉儒家"进则兼济天下"的理念,积极进取,渴望建功立业。仕途正如日中天,却突然被劾去官,这让他一生抱恨不已。

好友丰坊说范钦"直气棱棱""中心光明""特立独行",大致不差。二十八年宦海沉浮,范钦数历危厄。他任工部员外郎时,武定侯郭勋监督多项大工程,贪污官钱数十万两。郭勋是开国功臣之后,又是皇亲国戚,范钦却挺身阻挠他。郭勋上奏诬告范钦。范钦下狱,受廷杖。后出任袁州知州,又因秉公执法触怒了权臣严嵩的儿子严世蕃。严世蕃想罗织罪名陷害他,严嵩劝阻儿子说:"范钦是连武定侯郭勋也敢触犯的人,他喜欢刚正不屈的名声。你参了他的官,反而让他扬名。"

他升任九江兵备副使。丰坊特赠长诗《底柱行》。诗中说:

"天下望公如砥柱,太宰司马堪立取。"太宰司马是取了,又怎样呢?还不是险遭杀身之祸。

蓦然回首,是月湖的碧波,是家乡那亲切的气息。"祸兮福所倚!"范钦仿佛听到了一个睿智的声音。建功立业的愿望无奈破灭,嗜书如命的天性却勃然而发。他吟道:"耽书吾道在,弹剑故情违。"书莫不是他的一个宿命?

范钦二十七岁考中进士,在各地为官,宦迹遍及半个中国。他每到一地,就搜罗当地的地方志、各种公私刻本,买不起的就雇人抄录。收来的书籍,送回宁波,藏在月湖边的故宅"东明草堂",已有万卷。

那时正致力建功立业,藏书只是业余爱好。现在不同了。范钦回家后,藏书迅速增加,东明草堂已难容纳。范钦决定在草堂东新建一书楼。嘉靖四十年至四十五年间(1561—1566),新的藏书楼建成。硬山顶两层砖木结构,一排六开间,坐北朝南,前有池塘。楼初建成,范钦搜集碑拓时忽得一吴道士龙虎山天一池石刻,为元揭傒斯所书。范钦大喜,这正与自己建阁凿池之意相合。《易经》中有"天一生水"之说,历来书最畏火,以水制火,他就将藏书楼定名为"天一阁"。

天一阁落成,范钦兴奋地致函邀请张时彻、屠大山二友光临:"画栋朱帘,虽远愧于滕阁;瑶台仙峤,或可希于鉴湖。"张时彻官至南京兵部尚书,受严世蕃排挤,辞职归里。屠大山任兵部右侍郎，也遭严嵩父子猜忌，罢职归乡。范钦被弹劾回到宁波，张时彻多次赠诗安慰鼓励："清世定应收楚璧，壮怀时自拂吴钩。东山正系苍生望，未许逍遥范蠡舟。"虽然东山再起无望，但天一阁可期。三人相聚甚欢，诗酒啸咏，主甬上文坛，人称"东海三司马"。

范钦从此"远购近集、旦录夕抄"。范钦与王世贞每年以各自书目校对，各抄所未见之书交换。丰氏为宁波望族，家有"万卷楼"，所聚数万卷。其家藏书起自北宋，宋元刻本、抄本、古碑名帖甚多。范钦年轻时就曾登万卷楼看书抄书，现在两家更是互相抄录。丰坊晚年得病，所藏宋版书与珍贵抄本，为其门生及邻里窃去十之有六。其后，藏书楼又遭火灾，遗书尽数卖给范钦。

明代藏书家大都嗜宋版元刻、孤本珍籍，而范钦却独辟蹊径，于此之外，重点收藏明代文献，尤有大量明代地方志和登科录。这种"厚今薄古"的藏书理念，造就了一位非凡的藏书家。

范钦越发意识到："立言"为儒家"三不朽"之一，但以他之才，不足以著书立说，像他的同年、阳明先生的高徒王畿那样；而藏书，或可近于不朽。书籍，有机神之妙旨、圣哲之能事，蕴藏天地阴阳，维系道德纲纪。藏书，不仅满足一己的赏心悦目，更是一种保存传统、传承文化的特殊功业。

爱书如命的痴迷心态和建功立业的强烈动力，使得范钦藏书超乎寻常地坚毅。天一阁藏书终达七万余卷，范钦时为"浙东藏书第一家"。

范钦的侄子范大澈也嗜藏书，为官和致仕后收藏甚富。范钦的天一阁，藏书极盛。范大澈多次去借书，范钦有时不借。大澈不高兴了，更遍搜海内异书秘本，不惜重金购之。凡得一种，只要是天一阁没有的，就置好酒茶，请范钦到他家，故意把所得的书放在桌子上。范钦取书阅读，默然而去。

冬去春来二十载，范钦读书、买书、抄书、校书、刻书。书中夹芸草驱蠹，橱下放萤石吸湿，好天开阁通风曝书。天一阁的岁月书香馥郁，而在书香之外，天一阁又时常飘出酒香。范钦曾说："心远久疏还阙梦，年丰初给买书钱"，而年丰也给了酿酒钱。

"家酿满瓶书满架"，说的好像正是范钦。范钦的《天一阁集》中写到酒的诗就有一百五六十首之多。范钦在宁波西郭有良田百亩，常种糯稻以供酿酒。范钦好酒，也是中国文人士大夫的风尚。魏晋名士王恭就说："痛饮酒，熟读《离骚》，便可称名士。"于是范钦饮酒，喜与诗、友相伴，饮酒赋诗，所谓觞咏。效王羲之兰亭会，"一觞一咏，亦足以畅叙幽情"。

范钦时常邀张时彻、屠大山及诸多老友小友游湖、赏月、赏花,在他月湖中的别墅十洲阁和天一阁宴饮。天一阁由知府王原相书"宝书楼"匾额,藏书在楼上,其楼下可用于接待宾客。一年元宵节,明月彩灯,范钦在天一阁大宴宾客。席间,好友沈明臣吟诵:"良时引客坐清辉,杰阁雕甍俯翠微。"屠隆也吟道:"人语朱楼细,箫声碧海长。"屠隆曾从沈明臣学诗,虽比范钦小三十多岁,却视雅博妙识的范钦为"知己"。范钦更是高兴:"接席呼卢堪一醉,向来心赏屡蹉跎。"他诗书酒友,堪比多少功业。

丰坊也是一个爱酒之人,他对范钦家的酒十分喜欢。一次二人约好到南门延庆寺去喝酒,谁知那时丰坊病了。于是他写了一封信托人带给范钦,说:"我病了,不能去延庆寺。你那些酒就不用带去了……"后来范钦与丰坊又相约在月湖上赏月饮酒。二人相酌甚欢,不知不觉喝到夜半。回家后,丰坊趁着酒兴,又上万卷楼看书。谁知酒劲上来,丰坊在迷迷糊糊中下楼睡觉,忘记吹灭蜡烛。结果风一吹,点燃了帘子,相传十六代的万卷楼毁于一旦。丰坊将剩书和碧沚祖宅卖给范钦后,离开宁波,漂泊外地,寄居萧寺,客死僧舍。

一个冬夜,范钦又拿出三十六年前他去江西时丰坊赠他的《底柱行》。故人久逝,往事历历在目,他提笔写下一段跋。跋中说:"称我底柱,过誉了。"显然,他是喜欢这个词的,但这恐怕正是他破灭的人生理想。他又想到被劾去官,只是保住了脑袋。"痛定思痛,愈于痛时",他感怅不已。

范钦感到大限将至,挥笔写下《自赞》:"尔负尔躯,尔率尔趋。肮脏宦海,隐约里间。将为斷斷之厉,抑为嬽嬽之愚乎?古称身不满七尺而气夺万夫,陆沉人代而名与天壤俱,盖有志焉而未之获图也。吁!"这壮志未酬的一生之痛,如果没有书,性格急躁易愤的他或将难以承受。

明万历十三年(1585),八十岁高龄的范钦终于要告别他的藏书了。临终时,他将家产分为两份:一份是白银万两,一份是天一阁七万余卷藏书。次子大潜已病故,遗孀受金;长子大冲继承了天一阁。"书不可分",他留下这句遗训后,向着那琅嬛仙境走去。

仓颉造字,天雨粟,鬼神泣。书籍出现人间,揭示了上天莫大的秘密,必历劫难。白云苍狗,天下多少藏书楼灰飞烟灭,独有天一阁,四百多年来岿然屹立。中国历史上不断的书厄,让它一次次面临毁灭,但它又一次次挣脱,终于留到了今天。范钦十三代后人,没有辜负他,让他最终凭着天一阁藏书,"名与天壤俱"。

沈明臣侄子沈一贯,官至内阁首辅。大冲刊刻父亲的自选集《天一阁集》,请他作序。范钦老人夜半巨声读书,就是一贯在序文中说的。

疯狂的娑罗树

万历十二年（1584），四海升平，全年并无大事可叙。刑部主事俞显卿上疏举报礼部主事屠隆淫纵，又说其与西宁侯夫人有私情。上疏言词毒辣，有"翠馆侯门，青楼郎署"之语。年轻的皇上阅后大怒，屠隆上书自辩，指控俞显卿是挟私诬陷。但朝廷还是将二人一起革职。大家都清楚，俞显卿是一阴险小人。俞显卿还是举人时，屠隆在青浦当县令，他有事求屠隆，屠隆不理他，于是他一直怀恨在心。大才子屠隆伤在小人之手，大家一片惋惜。

屠隆，字长卿，号赤水。屠氏虽是甬上望族，但屠隆一支不振，祖上三代都是布衣。父亲屠潆半生从商，厚义疏财。屠隆出生时，父亲经商失败，家道已中落。十岁时出外就学，竟"贫不能具饘粥"。屠隆生有异才，十一岁就校读《西厢记》，又学诗于著名诗人沈明臣，落笔数千言立就。屠隆十四岁中秀才，族人屠大山数称奇才，并向甬上文坛领袖张时彻推荐他，屠隆于是声名鹊起。父亲告诫他："勿以浮躁雕玄真之心。"这话影响了屠隆一生。

万历五年（1577），三十五岁的屠隆终于考中进士，出任颍上知县。他讯民疾苦，亲筑河堤。百姓建亭纪其功德。一年多后又任青浦知县。公余之暇，常招名士饮酒赋诗、演剧唱曲，游山玩湖，与众人一起吟唱舞蹈。屠隆将颍上和青浦时期诗文结为《由拳集》印行，"由拳"为青浦古称。其中，收录他与当世名公王世贞等人的唱和之作，一时声名大噪。他的诗古朴淳雅又雄奇奔放，颇有几分李白的风韵。王世贞评其诗有天造之极，文尤瑰奇横逸。

官场对屠隆却是一种折磨。各路大官驾到，他都要卑躬屈膝，跪拜逢迎，"丈夫之气，摧颓尽矣"。"屠生苦令，令苦屠生"，在给友人的信中，他叫苦不迭。

他拜女道士昙阳子为师，在压抑环境下，期望通过道家的修仙得以寻找解脱。他给屠本畯的信中说，"境杀心则凡，心杀境则仙"，并自称"仙令"。但屠隆不废吏事。从前青浦元夕少有挂灯，自从屠隆任县令，减田赋，平冤案，百姓安乐富庶，街市才珠灯灿灿。

屠隆以治行高等升为礼部主事，至郎中。天子脚下在他的笔下十分不堪："燕市带面衣，骑黄马，风起飞尘满衢陌。归来下马，两鼻孔黑如烟突。人马屎和沙土，雨过淖泞没鞍膝。百姓意策蹇驴，与官人肩相摩。大官传呼来，则疾窜避委巷不及，狂奔尽气，流汗至踵，此中况味如此。"

"省郎卜居穷巷里，车马趋之若流水。争设琼筵借彩毫，朝入西园暮东邸"，屠隆时也不耐寂寞，题诗赋文，纵情声色，以"狂生"形象示人。西宁侯宋世恩钦慕屠隆，视屠隆为兄长，相携游玩宴饮。每当演戏时，屠隆就亲自登台，客串优伶，一逞技艺。在帘箔后看戏的宋夫人看见屠隆，便乘隙让人送去一杯香茗。西宁夫人有才色,精通音律。可恨"为欢尚未毕,含沙已在旁",屠隆竟伤于小人诬陷,被革职削籍。

"脱我今日之红尘,还我旧时之白云",屠隆告别京城好友,返回家乡。路过青浦时,父老敛田千亩,请他徙居青浦。屠隆谢绝,欢饮三日而去。

屠隆遨游吴越间,啸咏山川。溯盱江,登武夷,穷八闽之胜。时阮坚之为福州推官,在中秋招集词客七十余人于乌石山之邻霄台,屠隆为祭酒。戏班数部,观者如堵。屠隆头裹幅巾,身着白色僧衣,奔跃而起,奋袖出臂,轰然击鼓作《渔阳掺挝》。鼓声一响,山云怒飞,海水起立。击鼓罢,屠隆拉着在座少年小友的手,叹道:"快哉,此夕千古矣!"

屠隆感到疲倦了,就回到故里。屠本畯,字田叔,是屠大山儿子,与屠隆同年生,辈分却是屠隆的族孙。本畯风流儒雅,嗜书勤学,官至辰州知府,是有名的博物学家。屠隆回故里,常苦于寂寞,本畯就在自家宅边购采芝堂数间送给他。本畯居东,隆居西,楼头毗连处开一窗户。本畯下笔时有所疑难,就喊屠隆相问。

屠隆后来在宅西一块小空地辟出一园,凿小池,植荷芰、茭芦、芙蓉、木兰等花草。跨小池建一楼,称"飞仙楼"。园成之日,有老农送他两只野鸭,遂命之"凫园"。屠隆说:"栖息其中,俯仰天地,足以自老。癹光氏清身寡欲,鲜所嗜好,六尺而外,都无长物,而独有此一园。一园如掌,一池如研,一楼如拳,而竹树蒙茸,草花阴翳,众芳庞杂,莫能尽名。比于仙人,胡卢虽小,大地山河咸在焉。"后来屠隆从阿育王寺得娑罗树一株,移种在园中,园就改名为"娑罗馆"。娑罗是佛教圣木,释迦牟尼在娑罗树下出生与涅槃。娑罗馆中,屠隆写下著名的《娑罗馆清言》等小品。

屠隆虽已脱离官场,但忧国忧民,尚未完全"心死"。他在家还写了《荒政考》《三吴水利总论》等有利于国计民生的重要著作,提出三十条救荒要策,希望"当事者采而行之"。可惜屠隆的苦心无人理睬。

万历二十五年(1597),屠隆废官后多年,朝廷忽"诏复冠带"。屠隆到金陵,故意穿上官服,公开狎妓行酒。他放浪形骸,以示不满。

"则看你脸上烟霞,原不是公侯相",他一首散曲《垂缲柳》,总结了自己的前半生:"俺也曾劝万民,月色星光;俺也曾提三尺,天青日朗;俺也曾祷神明,驱龙禁鬼;俺也曾走畎亩,沐雨经霜;俺也曾草朝仪,冲寒笔饱三冬雪;俺也曾直紫禁,不寝衣熏五夜香。这也是俺为官的理当。到如今早寻个烧残红烛,梦破黄粱。大英雄,苦没个好结局,盛筵席,那里有不散场。"于是,屠隆只好"撒漫文章,卷起锋芒,结束田庄,急收回一斗英雄泪,打叠起千秋烈士肠"。

屠隆少年时就爱上戏曲，精通音律，更能客串演员登场献艺。闲居娑罗园中，技痒难抑，便创作了三部传奇——《彩毫记》《修文记》《昙花记》。

《彩毫记》是从仙道角度写李白一生。屠隆以李白自比。李白向道士表白一生志愿时说："小生进则欲经邦济世，小建麟阁之勋，退则欲学道栖真，早证神仙之位。"这正是屠隆自己一生的愿望。李白总结一生坎坷经历道："我当日长别金銮，为清平一调；今日远谪夜郎，又因东巡一歌。思量一生都被这管彩毫作祸。"这更是屠隆总结自己为才情所误的惨痛经历。

《彩毫记》中有一段台词十分精彩。李白答问："我是海上钓鳌客。"县官又问："以何物为钩线？"李白答："我以四海为鱼池，三山为钓台，虹霓为丝，明月为钩。"县官又问："以何物为饵？"李答："以天下无义气丈夫为饵。"可以想象，屠隆写这一段话时那种化身李白傲视天下的神态。

《修文记》写蒙曤女湘灵学道成仙，封修文仙史。在她的悉心劝导下，一家人潜心修道，共占仙班。《昙花记》写木清泰弃官跟和尚去寻仙访道。十年苦修，终在昙花盛开时被引渡到西方乐土。屠隆"以戏为佛事"，在戏中将悲喜情欲换成仙佛善恶、因果报应之说，以戏阐述佛理，使众人更容易接受。

屠隆的《昙花记》等戏"大行于世"，叫座京城。其风头甚至盖过了汤显祖。他还自组家班，四处演出。一次带着家中戏班到杭州演出《昙花记》，他挥策四顾，十分得意。屠隆与汤显祖曾为礼部同事，又都爱好戏剧，是知己好友。汤显祖的一出《牡丹亭》，同样家传户诵，更因它个性解放的思想倾向和浪漫穿越的艺术手法，影响深远，终于成为中国戏剧的高峰而千秋不朽。而屠隆生前那么得意的剧作早已无人问津，这是屠隆最大的悲剧。

临终前，屠隆写下《自赞》："尔貌清癯而神内腴。其文则藻而朴自如。流浪四十年，行类滑稽而心觳觫。忘机划伪，世共指以为愚。愚未必然，乃名之曰疏。霜降水涸，华脱木枯。万缘傥尽，五岳可庐。人称为我，我不知其为吾。"他一生灵与肉疯狂交战，看似狂诞放纵，但他的心始终如刚孵化的雏鸟一般纯真。

万历三十三年（1605）屠隆去世后，娑罗馆便荒弃了。屠本畯及屠隆的生前好友，有时会到园中，只见苦竹冷清，娑罗树的瘦影幽幽地映在小池中，不禁思旧流泪。几十年后，张岱徘徊在娑罗馆。他在《陶庵梦忆》里伤感地说道："屠赤水娑罗馆亦仅存娑罗而已。所称'雪浪'等石，在某氏园久矣。"

王阳明故居

月湖湖心寺

天一阁

SHU

05
坚守到改变

寸丹为重 160

龙蟠白云庄 166
武林圣地 172
打开沉重的城门 178

寸丹为重

一群血性而抗争的灵魂,揭开了清朝宁波的序幕。

南明弘光元年(1645),清军攻陷南京,在"扬州十日""嘉定三屠"后挟威南下,入浙江,破杭州,兵锋直指宁波。宁波知府等官员准备献城投降。正在东钱湖养病的明朝刑部员外郎钱肃乐忧心如焚,大口吐血,痛不欲生。恰在此时,宁波城里的鄞县贡生董志宁等六位秀才倡议组织义兵抵抗,人称"六狂生"。他们请钱肃乐出山。钱肃乐赶赴宁波,在城隍庙聚集士绅议事,数千百姓聚观,欢声动地。众人推钱肃乐为首,誓师起兵。

钱肃乐派举人张煌言奉表赴台州,请鲁王朱以海监国,使浙东抗清诸军有了统一的领导。他领兵转战浙、闽,开始了他一生中最为悲壮的事业。他毁家纾难,将众多兄弟带入军中,还有他年少的儿子。在甬城声名显赫的钱氏一族,就这样成为绝唱。

偏安一隅的南明小王朝,在亡国的阴影中仍不肯停止内部的争权夺利,相互倾轧。钱肃乐目睹权臣郑彩的跋扈、残害忠臣,在数遭陷害后,知道这王朝是必亡不可了。南明永历二年(1648),身患重病的钱肃乐,得知连江失守的败讯,以头触枕,但求速死,绝食死于琅江船中。

钱肃乐大义殉国时,张煌言正艰难奋战在海上。张煌言,字玄箸,号苍水。父亲原为崇祯朝刑部侍郎。张苍水自幼酷爱诗书，善骑射，崇祯十五年（1642）中举。他的日子，本可富足悠闲。可当清军逼近家乡，26岁的张苍水毅然诀别家人，奋举义旗，从此走上了一条九死不悔的不归路。

南明永历十三年（1659），决定明王朝最后命运的一场大战在长江之上轰然展开。南明兵部尚书张苍水会师延平王郑成功，十万大军沿江而上，收复瓜州，攻克镇江，兵锋直抵南京城下。张苍水随之挥师安徽、江西，连克四府、三州、二十四县，半壁江山震动。

眼看复明有望，岂料天运难测，成败转瞬，郑成功因轻敌突遭偷袭，大营顷刻崩溃，败走台湾。张苍水孤掌难鸣，兵溃于铜陵。他孤身突出重围，颠沛二千余里，生还于浙东沿海，重招散亡部下。

此后，抗清形势急转直下，永历帝被吴三桂绞死于云南；郑成功突然病死于台湾；张苍水所拥戴的鲁王也在金门病逝。国脉已断，复明大业几如灰烬。

张苍水遣散部下，孤栖象山悬岙岛。茅屋残灯，等待自己最后的结局。

永历十八年（1664）七月十七日深夜，清军突袭孤岛，张苍水突围不及，终为绑缚。清兵押送张苍水至宁波城。面对故里父老，苍水神色淡定："蒙头来故里，城郭尚依然……智者哀我辱，愚者笑我顽。或有贤达士，谓此胜锦旋。"

"百折不回之身，于今只欠一死"，张苍水早已设计了自己的结局。杭州狱中，清廷对张苍水多次劝降，无功而返。当年九月初七，张苍水留下绝命诗："我年适五九，复逢九月七。大厦已不支，成仁万事毕"，走上刑场。他遥望远山，说道："好山色！"从容就义。

"生比鸿毛犹负国，死留碧血欲支天"，张苍水三渡闽关，四入长江，两遭覆没，坚持抗清长达十九年。黄宗羲将张苍水与文天祥相比，他们同样凭一线未死之心，"吹冷焰于灰烬之中"。张苍水被押赴杭州时，曾赋诗道："国亡家破欲何之，西子湖头有我师。日月双悬于氏墓，乾坤半壁岳家祠。"苍水葬于南屏山，终与岳飞、于谦并称"西湖三杰"。

在据舟山抗清的鲁王营中，在郑成功和张煌言会师北伐、兵抵南京城的行阵中，有一个叫朱之瑜的余姚人。

朱之瑜是明末贡生，一位品行高洁的学者。清兵南下后，他积极投身抗清斗争，并多次东渡日本，想借援兵以助抗清。十年海外经营，历尽磨难。在舟山和四明山的抗清营寨都被清兵攻陷、他最好的师友先后为国捐躯后，他受郑成功和张煌言之邀，从海外返国抗清，参加北伐。

北伐军在南京城下溃败后，朱之瑜深感复明无望。他誓死不剃发，学鲁仲连不帝秦，"蹈海全节"，最后一次东渡日本。他怆然回望，决定永不回故国了。

当时日本锁国,朱之瑜不被准许登岸,困守舟中。日本学者安东守约闻其名,以手书向朱之瑜问学。朱之瑜悲喜交集,悲国破家亡,故国"学术之不明、师道之废坏亦已久矣",喜"岂孔颜之独在中华,而尧舜之不绝于异域"。他有意将圣贤践履之学传于这个异国弟子。最后得日本幕府破禁批准,让他在长崎定居。

礼尊他的学问和德行,日本国副将军、水户藩藩主德川光国聘请他为国师,到江户讲学,执弟子礼。德川光国以先生年高德重,不敢直接呼名称字,请取一号以称呼。他说"舜水者,敝邑之水名也",就以故乡余姚的"舜水"为号,以示不忘故国故土之情,始称"舜水先生"。以舜水学说为宗旨的"江户学派",一直影响到明治维新,为日本的繁荣与进步做出了贡献。

朱舜水寄寓日本二十多年,死前遗言:"予不得再履汉土,一睹恢复事业。予死矣,奔赴海外数十年,未求得一师与满虏战,亦无颜报明社稷。自今以往,区区对皇汉之心,绝于瞑目。见予葬地者,呼曰'故明人朱之瑜墓',则幸甚。"

还有一位宁波人,如朱舜水一般抗清失败而漂海,但他没有到日本,而是到了宝岛台湾。他就是沈光文。

沈光文,字文开、斯庵,出生鄞县,自幼苦读,考进太学。清兵入关灭明后,沈光文跟随南明福王抗清,参加钱塘江之役，授太常博士。没过多久，福王小朝廷便遭清廷剿灭。后参与迎立鲁王，受封工部郎中等职，参赞军务。鲁王北上，沈光文扈从不及，赴广东肇庆，投奔桂王，累迁为太仆寺少卿。清兵破舟山，他奔走浙、闽间，联络抗清力量。

桂王小朝廷终无力支撑残局，沈光文见大势已去，想举家迁到泉州，没想到在途中突然遭遇台风，船漂至台湾。九年间，在荷兰人占据的台湾，沈光文隐居山间。

永历十五年（1661），郑成功率军攻下台湾，明朝遗老纷纷入台追随。郑成功得知沈光文也在台湾后大为高兴，以宾礼相见。以沈光文为代表，台湾聚集了一大批不愿归顺清朝的文人学士，开始提倡和宣传中华文化。他们以传统的诗文形式，写下了台湾第一批文学作品，成为台湾文化的开拓者。

沈光文还不辞辛劳，经年累月勘探地理、采访民俗，撰写了台湾第一部地理志《台湾舆图考》。他著有《草本杂记》《流寓考》《台湾赋》《文开诗文集》，后来由同乡全祖望寻访而刊刻。全祖望称沈光文，"海东文献，推为初祖"。

1683年，施琅率军统一台湾。当时明朝遗老已所剩无几，沈光文也已是垂暮之年。福建总督姚启圣召见他，沈坚辞不就。后姚启圣写信，想送他回家乡鄞县。终因姚启圣去世，此事无成。沈光文晚年自号"宁波野老"，还出面成立了台湾第一个诗社——"福台闲咏"。

1688年,沈光文逝于台南善化里。他作为台湾文化拓荒者,永为台湾人民所纪念。清代鹿港建书院即借沈光文之字,名曰"文开书院"。许多书院将沈光文与朱熹并祀,甚至有人尊奉沈光文为"台湾孔子"。

张苍水临刑前,在狱室壁上书《放歌》诗:"余生则中华兮,死则大明。寸丹为重兮,七尺为轻……余之浩气兮,化为风霆;余之精魂兮,化为日星。尚足留纲常于万祀兮,垂节义于千龄。"以张苍水为代表的"抗清",实质上是一起"文化大事件"。张苍水们的抗争,骨子里是为了中华文化。王朝可败,文化永远都不能失败。

苍苍者山,泱泱者水;民族脊梁,天地永垂!

龙蟠白云庄

余姚山中,黄宗羲带老母和一家人隐居,破被空锅,贫寒交迫。"锋镝牢囚取决过,依然不废我弦歌。死犹未肯输心去,贫亦岂能奈我何。"他的长吟,在山间回荡。

清兵大举南下,黄宗羲变卖家产,在家乡余姚黄竹浦招集数百子弟,组织"世忠营"抗清。他任鲁王兵部主事,守钱塘江。指挥"火攻营"渡海攻乍浦城失利。江防失守,清军占领绍兴,他率部下与余姚王翊残部入四明山,结寨固守。寨毁后又投鲁王军营,任左副都御史。与慈溪冯京第出使日本乞兵,渡海至长崎岛,未成而归。清廷多次通缉他,他潜回家乡山中隐居。

他的好友王翊、冯京第,皆壮烈殉节。他两世之交的张苍水,还与清兵艰难周旋在海上。忠节殉国可为千载人物,而他屈身养母,效晋之处士,保留传承中华文化,不知后人是否会赞许。

黄宗羲,字太冲,号南雷,别号梨洲山人。父亲黄尊素,天启中任御史,东林党人,因弹劾魏忠贤被下狱,受酷刑而死。崇祯元年(1628),除魏忠贤,天启朝冤案平反。刑部会审阉党余孽许显纯、崔应元等,18岁的黄宗羲出庭对证,突出袖中铁锥猛刺许显纯,当众痛击崔应元,拔其须归祭父灵,人称"姚江黄孝子"。

黄宗羲归乡后,发愤读书。又去绍兴蕺山,从学于儒学大师刘宗周。后在南京参加复社。1644年,清兵攻入北京。南京弘光政权建立。阮大铖专权乱政,黄宗羲与一百多人署名《留都防乱公揭》。阮大铖欲按署名捕杀,黄宗羲被捕入狱。清军攻下南京,弘光政权崩离,黄宗羲乘乱脱身返回余姚,起兵抗清。

抗清失败后,黄宗羲变侠义兴兵为著书讲学,由"游侠"而入"儒林"。二十多年间,他四处设馆讲学。

宁波城西管江岸有一座清雅古朴的建筑,叫白云庄,是宁波望族万氏的庄园。万氏明初从安徽迁居宁波,世袭武职。到第七世万表,始以儒学求显。到第十世万泰,"弃累代戈矛之传,以文史代驱驰"。

万泰为崇祯九年(1636)进士,官至户部主事。他曾与黄宗羲一起求学于刘宗周,两人交情深厚,结为挚友。他与黄宗羲一同参加复社,并肩参加对阉党阮大铖的抗争活动。国破之时,两人又不约而同投身抗清斗争。万泰参与钱肃乐宁波举义,投在鲁王军中,后身染疟疾,回家养病。

这时,黄宗羲弟黄宗炎在四明山抗清,兵败被捕,待死狱中。黄宗羲赶到宁波,与万泰策划营救。行刑之夜,法场的火把忽然熄灭。黑暗中,有人冲出将黄宗炎背负而去,狂奔十余里,进入一座房子。原来这里就是万泰的白云庄,而背黄宗炎刀下逃生的,正是万泰次子万斯程。

万泰有八个儿子，都以才学显名海内，被誉为"万氏八龙"。万氏一家与黄宗羲生死之交，黄宗羲与万泰又志同道合，在抗清失败后，都致力于坚守文化、复兴学术。万泰对儿子和学人们说："今日学术文章，当以姚江黄氏为正宗。"

康熙六年（1667），黄宗羲重游绍兴，倏忽已过二十余年。刘宗周自尽殉国，蕺山证人书院凋零不堪。黄宗羲怀念恩师，决定与同门师友重开证人书院。第二年，甬上诸门生请黄宗羲来宁波设席讲学。众多弟子会集于宁波城南延庆寺。黄宗羲提议在宁波设立证人书院。证人书院后设在万氏白云庄，一时名士云集，弦歌不断。宁波城中著名诗人、学者李邺嗣，与黄宗羲亦师亦友。他说："自十年以来，吾甬上诸君子，尽执义梨洲黄先生门。"

自此，白云庄与蕺山双峰并峙，交相辉映，成为博纳兼容、学贯创新、经世致用的浙东学派的发源地和浙东人文思想的精神高地。

康熙十八年（1679），清廷征集天下名士纂修《明史》，多次诏征黄宗羲，他始终坚辞。但修史事大，他最终同意嫡传弟子万斯同北上修史，并赠诗相勉："四方身价归明水，一代贤奸托布衣。"

白云庄"万氏八龙"中，八子万斯同最负才华。万斯同从此客居京师二十余年。不署衔，不受俸，自称"布衣万斯同"。他博闻尔雅,学无所不窥,以超常的记忆核实每一条史实。万斯同在京手定《明史稿》五百卷,这成为后来编修《明史》的基础。万斯同晚年双目失明,仍以口授编史、讲学。二十余年古卷青灯,气节道义,终不辱恩师所托。

康熙十二年(1673),黄宗羲作为外姓人第一个登上天一阁。他在宝书楼中阅读藏书,"取其流通未广者钞为书目",并撰写了《天一阁藏书记》,说:"尝叹读书难,藏书尤难,藏之久而不散,则难之难矣……"也许他对自己的藏书早有不祥的预感。康熙三十四年(1695)黄宗羲去世后,他在余姚黄竹浦的书楼续钞堂起火,遗留的藏书损毁大半。子孙无力打理残卷,郑性得知,星夜赶往黄竹浦,收集残书,搬运上船,运回了慈城半浦村。

郑性是黄宗羲的再传弟子。他的祖父郑溱是黄宗羲的同窗好友,父亲郑梁是黄宗羲的高足。面对运回的残书,郑性感慨万千:"劫后残编四五千,辞黄归郑上江船。可怜手泽消逾半,敢道心香绍得全。"为了纪念黄宗羲和祖父郑溱,郑性在半浦村建起一座藏书楼,名为"二老阁"。

黄宗羲博学多才,思想深邃,一生著述宏大,以《明夷待访录》《明儒学案》《宋元学案》等为代表。黄宗羲提出"天下为主,君为客"的民主思想。他说"天下之治乱,不在一姓之兴亡,而在万民之忧乐",为官者是"为天下,非为君也;

为万民，非为一姓也"，主张以"天下之法"取代皇帝的"一家之法"，提出使学校成为舆论、议政的场所，形成强大的舆论力量，从而限制君权，保证人民的基本权利。黄宗羲因此被后人誉为"中国思想启蒙之父"。

黄宗羲开创了浙东史学派。他倡导以史证经，经史贯通，主张史学研究要"经世致用"，要"寓褒贬于史"。浙东史学派名家辈出：定《明史稿》的万斯同，著《文史通义》的章学诚，主持编撰《四库全书》史部的邵晋涵，而全祖望更为浙东史学派代表人物。

全祖望，号谢山，出生于宁波月湖西畔的桂井巷。乾隆元年（1736）进士，选翰林院庶吉士，为李绂所赏识，称他堪比王应麟、黄震。次年，因李绂与张廷玉不和，散馆任以知县，遂愤而辞官，返回故里，专心著述，不复出仕。

全祖望"居家十载"，潜心学术研究；又"衣食奔走"，二任书院山长，主讲于绍兴蕺山书院和广东端溪书院。他自言为黄宗羲私淑弟子，承黄宗羲经世致用之学，博通经史，并受万斯同的影响，注重史料校订。他精研南宋及南明史事，广为搜罗纂述南明史实，留心乡邦文献，贡献甚大。补辑黄宗羲《宋元学案》、三笺《困学纪闻》、七校《水经注》，所著《鲒埼亭集》，为南明忠义之士书写大量碑传，极富史料价值。梁启超曾说，古今文集他最喜爱读的，《鲒埼亭集》为第一部。

全祖望致力于文献的收集及整理，是这一时期文献学代表人物之一。全氏世代有藏书。先世"阿育山房"藏书甚富，大半抄自城西丰坊"万卷楼"。他登范氏"天一阁"等藏书楼，遇见稀有之本即借抄，所藏先后共五万余卷，贮于"双韭山房"。"双韭山房"在鄞县大雷山中，因山溪多产野韭菜而得名。

全祖望"经学、史才、词科"三者兼备，"其学渊博无涯"。51年人生，写下35部、400多卷著作。他在中国史学史上有着崇高地位，是继司马迁之后最有文采的传记史家。

康熙二十七年（1688），黄宗羲自筑生圹于龙虎山父亲墓侧。八年之后，八十五岁的黄宗羲久病不起。他在病中写下《绝笔诗》："筑墓经今已八年，梦魂落此亦欣然。莫教输与鸢蚁笑，一把枯骨不自专。"离世前四天，他给孙婿万承勋的信中写道："年纪到此可死；自反平生虽无善状，亦无恶状，可死；于先人未了，亦稍稍无歉，可死；一生著述未必尽传，自料亦不下古之名家，可死。如此四可死，死真无苦矣！"

黄宗羲去世后，儿孙遵其遗嘱，在次日清晨，用棕绷抬至圹中，仅覆一被一褥。棕绷抽出，安放石床。圹中充满香气，随掩圹门，不让香气出外。好友来到，若能在坟上植梅五株，他会稽首相谢。

武林圣地

宁波地处江南海滨,百姓历来耕读传家,水陆经商,民风乐惠,略显文弱。可毕竟古越之地,神秘难测。突然武风劈空而来,出现了一代武术宗师,出现了中国武术史上著名的内家拳,出现了具有历史性意义的武术文献。水一样的宁波,竟是武林圣地。

康熙八年(1669)二月,黄宗羲忽得噩耗,挚友王征南因长子病死,悲伤过度,于二月初九日去世,年仅五十三岁。他悲痛不已,想起九年前在宁波,与征南相谈甚欢。当时,征南谈起内家拳的历史源流、功夫特点,不无惆怅地说:"今人以内家无可眩曜,于是以外家搀入之,此学行当衰矣。"黄宗羲看征南忧虑,答应为他写一篇文章记叙内家拳源流,但这篇文章一直没有写成。忽忽九年过去,征南竟突然走了。黄宗羲终于提笔,写下《王征南墓志铭》。

《王征南墓志铭》开头就说:"少林以拳勇名天下。然主于搏人,人亦得以乘之。有所谓内家者,以静制动,犯者应手即仆。故别少林为外家。"这是中国武术史上第一次出现"内家""外家"之说,对中国武术史和武术理论贡献重大。而这内、外家之说,应该来自王征南。

王来咸,字征南,祖先从奉化迁宁波,世居城东车轿街。征南拜甬上内家拳大师单思南习拳,思南尽授精奥。后参军,以射箭绝技"七矢破的"被任为临山把总。清军攻入浙东后,征南加入钱肃乐的抗清队伍,称"百夫之特"。出生入死,屡立战功,被授都督佥事、副总兵官。

征南机警过人,虽怀绝技但不露锋芒,非遇十分危急的时刻,绝不轻易出手。一次,他在夜里出去侦察,被清兵拿获,反绑在廊柱上。他悄悄捡起一块碎瓷片,割断绑缚的绳索,掏出怀中的银子抛出去。趁看守的士兵相互抢夺之机,征南就逃了出去。几十人追赶他,最后都被他打倒在地,爬不起来。

顺治三年(1646)六月,浙东失守,鲁王逃亡海上。王征南潜回故里,仍秘密参加反清活动,但都失败。他隐居东乡的宝幢,锄地担粪,以种田为生,终身素食明志。

王征南的绝技是射与拳,拳最为精。凡与人搏击必击其穴,有死穴,有晕穴,有哑穴,相其穴而轻重击之,毫发不爽。有次,有一个恶少侮辱他,被他击穴,这人数日尿不出来,只能登门谢过,征南才为他解穴。有一个征南的老友,出重金让他去杀其弟,征南说:"你这是把我当成禽兽了。"

征南没有读过书,但他与士大夫谈论,温文尔雅,根本看不出是一个粗人。黄宗羲的弟弟黄宗炎曾带他去见钱谦益。当时黄氏兄弟秘密联络钱谦益进行反清复明的地下活动,王征南参与其中,并暗中保护宗炎。虽然黄氏兄弟和钱谦益的策反工作未能成功,但征南为能见到文坛宗师钱谦益而沾沾自喜。

王征南与黄宗羲一起参加抗清斗争，又仰慕宗羲的学问，两人结为挚友。黄宗羲年轻时任侠，懂拳法，对王征南的武功非常欣赏。正好儿子黄百家不习科举，喜欢武术，于是就让百家带着粮食至宝幢，向王征南拜师学艺。

百家来了，王征南非常高兴。内家择徒历来极严，有五不可传。今得百家，他的绝技不至于失传了。他在宝幢宅旁的铁佛寺授拳。后来百家回忆当时情景："方余之习拳于铁佛寺也，琉璃惨淡，土木狰狞，余与先生演肄之余，浊酒数杯，团圞绕步，候山月之方升，听溪流之呜咽。先生谈古道今，意气慷慨。"百家将师父所授的内家拳法全部记下来，并且自己加了诠释。征南见了，笑着说："我终身习拳，还往往费神追忆。你怎么把拳法记得这么简单？恐怕你日后学艺不精啊！"

王征南对百家说，外家以少林为盛，其法跳踉奋跃，会失之疏漏，往往为人乘隙而入。而内家其法主要防御，非遇困厄则不发，发则所当必靡，无隙可乘。祖师张三峰精于外家少林拳术，从中翻新，创出内家。得其一二，已足胜少林。王征南欲将毕生武学都传与百家。可是，当三藩之乱平定之后，四海太平，黄宗羲认为习武已无任何前途，担心儿子放荡不羁，成为少年无知之徒，就敦促百家弃武从文，学为科举。后百家为国子监生，随万斯同进京参加《明史》的编撰。他传父学，成为浙东史学派大家。

黄百家对他18岁时在铁佛寺跟随王征南学拳，终生难忘。师父去世后多年，他写下《王征南先生传》，回忆他习拳未精，就离开师父到宁波城西白云庄的证人书院读书。王征南入城，还到书斋中看望爱徒。一谈到武艺，就告诫他："拳不在多，唯在熟练之。纯熟，即六路亦用之不穷……"此时的黄百家心思全在科举上，先生苦口婆心的讲授他只是勉强听着，早已没了昔年练武的兴致。而眼前的先生，"贫病交缠，心枯容悴而惫矣"！王征南去世后，黄百家深感自己辜负了师父，沉痛地说："先生之术，所授者惟余，余既负先生之知，则此术已为广陵散矣，余宁忍哉！"庆幸的是，他在传记中记下的师父所教拳法，是迄今唯一可见的有关内家拳法的记载。

黄宗羲的《王征南墓志铭》，记载了内家拳的源流："盖起于宋之张三峰。三峰为武当丹士。"三峰之术，百年之后流传于陕西，后传入浙江温州，又传入宁波。明嘉靖间（1522—1566）张松溪最为有名。松溪徒弟中，叶继美功夫最好，单思南是叶继美的徒弟。王征南正是张松溪的三传弟子。

张松溪在宁波武名远扬。万历年间（1573—1620），内阁首辅沈一贯辞官回到家乡宁波，他亲自走访张松溪的徒弟，研究、阐释松溪拳奥秘，写下一篇《搏者张松溪传》。这是有关内家拳可见的最早文献。

张松溪是"衣工"，也就是裁缝，其师叫孙十三老，住宁波大梁街。松溪有些清瘦,"沉毅寡言,恂恂如儒者"。当时张时彻为甬上文人领袖,请松溪赴会,他昂然坐在上首。松溪拳法直截了当,一击制胜。一次,他看一位矛师在练武,矛如游龙,眼花缭乱。矛师得意地问松溪:"怎么样?"松溪说:"我不知道。"徒弟们又问松溪,松溪说:"刺就刺,比画来比画去,意念就乱了,还能刺中吗?"

嘉靖年间(1522—1566),浙东沿海倭寇猖獗,宁波籍名将万表招募少林僧兵抗倭。少林僧闻知张松溪的大名,便有七十余人来到宁波,要见张松溪。张避而不见。其实张松溪也想见识少林功夫,便悄悄来到少林僧兵住宿的迎凤桥酒楼。他偷看僧兵习拳,不觉笑出声来。僧兵发觉后,就要与他比武。"张衣履如故,袖手坐。一僧跳跃来蹴。张稍侧身,举手而送之,如飞丸度窗中,堕重楼下,几死。"松溪这一招,就是内家拳以静制动的"弃物投先"。

张松溪与少林僧兵比武的故事传遍武林。民国时武术史专家唐豪认为,这个故事纯系杜撰。那时唐豪没看到沈一贯的文章。

晚年时,张松溪一次踏青郊外,一帮小青年请他打拳,他怎么也不打。等他回家过城门时,小青年们把他关在月城中,然后求他说:"现在没人看到,请您露两招吧。"松溪不得已,就答应了。城门里多圆石,大的有数百斤,他就叫小青年垒上三块石头。松溪用手扶住，说："我七十老人了，没什么用，如果能直劈到底，供各位一笑，可以吗？"说完，他"举左手，侧而劈之，三石皆分为两"。这里用的是单手劈石的硬功，类似少林的大力金刚掌。可见张松溪不保守，在内家功夫外，也学习外家功夫。这也是不露内家真功。

张松溪终身未娶，一生孝敬母亲。他择徒极严，所教仅两三人。松溪有五字秘诀："勤，紧，径，敬，切。"前三字是其师孙十三老所授，后两字是他加的。"敬"，就是"勿露其长"；"切"，就是"千忍万忍"。可见其戒心。而三传至王征南，五字秘诀为"敬，紧，径，劲，切"，只一字之差。

黄宗羲在写《王征南墓志铭》时，又想起曾经的一幕：一天，他与征南去天童寺。有个僧人叫山焰，力气很大，四五个人都按不住他的手。他想与征南比试一下，可刚靠近，征南一应手，他就突然痛得扑倒在地。"有技如斯，而不一施。终不鬻技，其志可悲。水浅山老，孤坟孰保？视此铭章，庶几有考。"黄宗羲以此文，终不负挚友。

打开沉重的城门

　　1843年秋冬之际的宁波城,战祸已过,开埠通商。英吉利在江北岸设了领事馆,西洋诸国开始来甬做生意。十五岁的天才少年董沛,仍在苦读圣贤书,准备考取秀才。虽然江边的城门到了夜晚仍紧闭着,但董沛还是感受到了从遥远处涌来的海潮。日后,他写下了"海门悬锁尚通潮"的诗句。

　　这时,一艘外国轮船驶进甬江,靠在江北岸码头。一个长满胡须的洋人孤身登岸,穿过沉重的城门,他就是美国传教士马高温。他带了一个行李箱,里面装满了大大小小的瓶子,瓶子里是各色片状的东西。这就是宁波人从未见过的西药。

　　马高温在宁波城北郊的佑圣观租了几间房子,办起了一家设备简陋的诊疗所,取名"浸礼医局"。这是宁波城里第一家西医医院。一些胆子大的宁波人走进这里看病,尝试那些玻璃瓶中的小药片,发现效果居然不错。

　　1875年,年迈的马高温离开医局,另一位美国传教士白保罗接任其工作。而此时的医局,迁到了北门城墙外的姚江边。在宁波士绅的资助下,医局的规模已经有所扩增。白保罗将医局的名字改成了"大美浸礼会医院"。

　　1889年,美国传教士、医学博士兰雅谷担任第三任院长。为谋医院发展,更好地与华人合作,为华人服务,兰雅谷将医院更名为"华美医院"。兰雅谷满面春风、忙忙碌碌地为宁波人看病几十年。1920年,兰雅谷六十大寿。宁波的士绅百姓自发为其庆祝。兰雅谷将寿宴上收到的五百余份贺礼全部捐赠给医院,用于购买医疗设备。

1922年,兰雅谷决定建造新院。他把过去担任海关港口检疫官十三年的酬金全部捐出。受兰雅谷倾囊助医的感召,黎元洪、冯玉祥、曹锟、虞洽卿等军政要人和社会名流也纷纷捐款。兰雅谷与政府协商,将拆除的城墙基地让作医院使用,廉价购买城墙上拆下来的城砖、城石用于建造医院。医院大楼于1926年动工兴建,历时四年完工。新的华美医院在姚江之畔依水而立,中西合璧的典雅建筑,成为当时宁波一道亮丽的风景。

1927年,66岁的兰雅谷疾病缠身,溘然长逝。他没能看到自己耗尽心血建造的医院新大楼落成。兰雅谷在宁波行医传道38年,呕心沥血,救人无数,深得宁波人爱戴。人们将兰雅谷的遗体放入船中,从医院旁的姚江顺着江水,经过新江桥转入甬江。高桥恤孤院的乐队演奏哀乐一路伴送,直到江北白沙路的外国人墓地。在蒙蒙细雨中,医生兰雅谷长眠于他爱的异国家乡——宁波。

宁波开埠后,西风东渐。开风气之先的,除了西医,还有教会开设的新式学校。

1844年,立志东方女子教育的英国传教士阿尔德赛小姐,在宁波城内祝都桥开设了一所女塾,免费招收女学生并供给衣食起居。这是中国内地最早的教会学校，也是中国第一所女校。女塾打破了中国封建社会无女子进学校的传统，使国民逐渐意识到女子教育的必要性。

1857年阿尔德赛离甬时，女塾与美国传教士柯夫人设立的一所女校合并，称崇德女校，校址在槐树路。1860年，美国传教士罗夫人在城北江滨开设了一所圣模女校。1923年，崇德女校和圣模女校中学部组成甬江女子中学，美籍徐美珍女士为第一任校长。1927年，甬江女中由国人自办，沈贻芗为校长，学校得到了很大发展。

到了21世纪，宁波建设和义大道购物中心，学校拆除，只留下两栋旧楼，分别是建于1922年的教学楼和建于1930年的体育馆。2015年，教学楼旧址上建成了全国第一家教育博物馆——宁波教育博物馆。

1860年，英国牧师阚斐迪在宁波竹林巷创学塾，称"大书房"。后几经迁址改名，规模逐步扩大，1906年改名华英斐迪学堂。辛亥革命后，改名为宁波斐迪学校。1935年与四明中学合并为浙东中学。1954年至今为宁波市第四中学。

1868年，英国传教士戈柏和禄赐在宁波贯桥头设立贯桥义塾。1876年，霍约瑟来宁波主持教务，迁义塾于孝闻坊，取名"三一书院"。三一书院不断发展，经多年改革，教学质量在宁波中等学堂中独领风骚。1916年，三一书院改名三一中学。1928年,英国圣公会将学校移交中国人接办。三一书院历经三代,七易校名,九迁校址。1952年,学校改名为宁波市第三中学。

宁波素有"文教之邦"的美誉。唐设"州学",宋置"县学","书院"林立,讲学风盛。鸦片战争后,宁波开埠,西方传教士纷至沓来,创办的教会学校,曾多达18所。教会学校带来了欧美教育制度和教学内容,打破了单一的封建教育模式,深刻地影响了近代宁波教育。宁波官办的旧式书院崇实书院、辨志精舍、月湖书院、郯山书院,也开始教些西学,但显然赶不上时代了。

1894年中日甲午战争,中国战败。《马关条约》的签订,标志着声势赫赫"师夷长技以制夷"的洋务运动惨败。一股变法图强、维新救亡的思潮兴起。曾为洋务派重臣的张之洞痛定思痛,深感国势之强在于人才,上奏折创设学习西方学制的新式学堂——储才学堂,得到光绪皇帝支持。

1897年,张之洞在南京创办江南储才学堂刚过一年,宁波知府程云俶与郡人严信厚、汤仰高、陈汉章、盛炳纬、张美翊等发起、投资赞助,创建宁波储才学堂。学校官办民助,校舍是月湖西岸废弃的崇教寺。聘请慈城人杨敏曾任储才学堂首任监堂(校长)。创设之初的宁波储才学堂,曾称中西格致华堂、宁郡中西学堂、中西格致学堂等,无不凸显出求西学之心切。

杨敏曾虽为光绪举人，但他思想进步，定下办学宗旨为弃旧科、立新学，以培养革新图强的人才。宁波储才学堂注重学习西方科技知识，除国学外还开设了格致（理化）、数学、译学（外语）等课程。学校一时独领风气之先，规模日隆，声望日增，被称为"浙东第一校"。第一批进校的学生中，有后来成为中国近代物理学先驱、北京大学物理系首任系主任的何育杰，爱国诗人、曾任《天铎报》主笔和北大教授的洪允祥，民国时期曾任国民政府财政总长的李思浩，民国时期宁波市首任市长罗惠侨等人。

1904年，宁波储才学堂改名宁波府中学堂，请张之洞题写校名。张之洞欣然应允，大笔题下"宁波府中学堂"。

新学大兴，培养新型的教师尤为重要。1905年，宁波教育会会长张美翊、副会长陈训正向知府喻兆藩建议创办宁波府师范学堂，选址为原月湖书院。这是浙江省最早的一所师范学堂。

1907年，喻兆藩升任宁绍台道，将奉化江畔几十亩道厂拨归宁波府中学堂建新校舍，建筑规模和教学设备超过洋人开办的学校。1908年4月，新校落成开学。由于经费充足，学费低廉，除浙江省外，江西、安徽青年也来校就读。

1911年辛亥革命后，宁波府中学堂归省辖，改称省立第四中学堂，后又改称省立第四中学，现名宁波中学，是浙江省首批一级重点中学。作为全国首批24所、浙江省唯一一所著名百年名校，入选"中国百年名校"陈列馆。

中国第一位获得诺贝尔生理学或医学类奖的屠呦呦，曾在前身是崇德女校的崇德小学读初小，在甬江女中读初三，又在1950年进入宁波中学读高三，毕业后考入北京大学医学院。近代开创的宁波新式教育，百年之后培育了一位世界顶尖的科学家。这真是这个城市沧桑时光最终的美意。

董沛在光绪二年（1876）编完《鄞县志》后，次年中进士，到江西任知县。后病辞回乡，曾受聘主讲崇实、辨志二书院。董沛在他所著的《明州系年录》中说："近年开关通道，异教争鸣，火器楼船，反资其力，循阅祸始，端在庚壬。"董沛认为五口通商后西方火器轮船的输入，助长了盗寇的祸乱，所以祸乱的起因来自西方。董沛是那个时代宁波文人中的佼佼者，但在一个文化嬗变的历史大变局中，儒家传统也使他难以正确认识西方文化。真正沉重的不是城门，而是文化。

董沛死后，他的五万卷藏书及手稿散失殆尽。在他死后十六年，大清王朝灭亡。

白云庄

张苍水故居

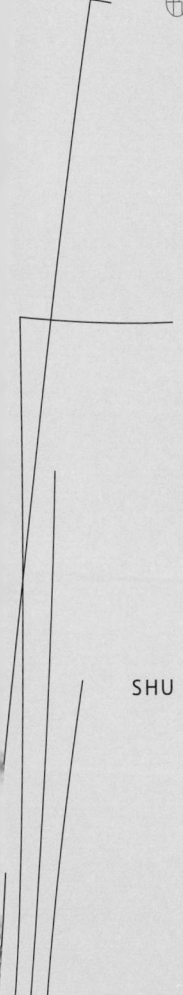

SHU

06 大师时代

电光闪烁宁波人　　　　　　　　　　192

大师风骨　　　　　　　　　　　　　198

电光闪烁宁波人

1910年7月9日,宁波的《四明日报》上刊登了一则消息:宁波商人王敬文在江北何家弄开设影戏馆放映"电光影戏"。

此时,距北京丰泰照相馆老板任庆泰拍摄中国第一部影片《定军山》,才过去5年;而距法国卢米埃尔兄弟在巴黎卡普辛大街14号公映《火车到站》标志世界电影诞生,也才过去15年。

电影诞生不过两年,上海就放映"电光影戏"了。宁波放电光影戏时,上海早已放得热闹。有一个宁波小青年叫张石川,很喜欢看西洋影戏。他是镇海霞浦人,十四岁时父亲去世,来到上海投奔舅父学做生意。张石川白天上班,晚上进夜校补习英文,不久就会说一口"洋泾浜英语"。

1913年,美国商人依什尔和萨佛到上海办起了亚细亚影戏公司,聘请张石川主持制片业务。这年,亚细亚公司在对面的一块空地上,用竹篱笆围个圈,搭了个摄影棚。张石川和郑正秋一起导演《难夫难妻》,美国人依什尔担任摄影师。拍了5天,中国第一部故事片就诞生了!

1922年,张石川与郑正秋等朋友创办了明星影片公司,张任总经理兼导演。在初创不利的危机下,张石川孤注一掷,让郑正秋写剧本,他导演,拍摄长片《孤儿救祖记》。"惩恶扬善"的《孤儿救祖记》在上海公映,引起轰动。之后,又在南京、汉口、天津等地连映六七个月,"营业之盛,首屈一指;舆论之佳，亦一时无两"。

1928年，张石川力排众议，拍摄武侠电影《火烧红莲寺》，亲任导演，并请宁波老乡、著名摄影师董克毅担任摄影。董克毅凭着想象构思了空中飞人的拍摄法，开创中国武侠电影的传家之宝——吊钢丝。扮演主角红姑的胡蝶，身着戏装、腰挂铁丝悬在空中，在巨型电扇吹出的大风吹拂下，衣袂飘飘。胡蝶心中怕得要命，脸上强作微笑，如神似仙向观众飞来，惊心动魄，令人如痴如醉。

《火烧红莲寺》引起巨大轰动，南京、天津、北平、广州等地，都争先恐后地上映。作家茅盾在文章中说："《火烧红莲寺》对于小市民魔力之大，只要你一到那开映这影片的影戏院内就可以看到。叫好，拍掌，在那些影戏院里是不禁的；从头到尾，你是在狂热的包围中……"

《火烧红莲寺》上映8年后的1936年，著名电影演员卓别林夫妇到中国访问，专门参观了明星电影公司，会见了张石川和胡蝶等人，观看了《火烧红莲寺》。《火烧红莲寺》是中国电影史上第一部武侠片。在它之后直到今天，武侠电影成为世界影坛上最富中国特色的电影种类。

1937年"八一三"的战火，摧毁了风头正盛的明星电影公司。张石川的命运，发生了剧烈的转折。摄制厂被烧毁，张石川只能去其他影片公司做导演。抗战胜利后，张石川在香港拍摄《长相思》时，旧病发作，之后经常卧病在床，无力拍摄电影。1948年，张石川导演了《乱世的女性》，这是他最后的作品。

张石川从影35年，拍摄了156部电影。这在中国电影史上绝无仅有。他是中国最早的电影导演，创立了中国资格最老的电影公司，开办了中国最早的电影演艺训练班。一个宁波霞浦小子，成了中国电影的奠基人和开拓者。

1922年初，经商失败的律师邵醉翁，和张石川等集股经营"笑舞台"，演出舞台剧，当时称文明戏。张石川为前台经理，郑正秋为后台经理。邵醉翁是宁波镇海庄市人，和张石川是同乡。不久，张石川和郑正秋离开笑舞台，与人创办了明星影片公司。过了一年，张石川导演的电影《孤儿救祖记》上映，大获成功，票房收入甚丰。这大大吸引了邵醉翁。

1925年，邵醉翁投资创办天一影片公司，自任总经理兼导演。二弟邵村人任会计，三弟邵山客任发行，六弟邵逸夫任外埠发行。邵醉翁另辟蹊径，专拍以民间故事和古典小说为蓝本的古装片，如《梁祝痛史》《义妖白蛇传》《珍珠塔》《孟姜女》等等，很受欢迎，特别是在南洋一带。

1928年秋，邵氏兄弟决定在南洋各地建立放映网点，开设电影院，并在新加坡建立邵氏电影机构，同时在上海继续拍摄刀光剑影、腾云驾雾的武打神怪片，抓经济效益。

1931年，张石川拍出了蜡盘配音的第一部有声片《歌女红牡丹》，邵醉翁接着拍了第一部片上发声的有声片《歌场春色》。片上发声制作更为复杂，成本更高，但质量更好。《歌场春色》在国内和南洋各地播映，都很卖座。

1933年，国民党特务组织蓝衣社派出打手，捣毁了田汉任编导的艺华影片公司。白色恐怖一时笼罩上海电影界。一度倾向左翼的邵醉翁开始考虑到香港发展。

1934年夏，邵醉翁在九龙清水湾设立香港分厂，专摄粤语片。1937年，在日军进攻上海前夕，邵醉翁把天一公司的资金、器材全部迁往香港，不久改公司名为南洋影片公司，以拍粤语片为主。到1938年，南洋影片公司和在新加坡的邵氏电影机构，已拥有设在香港九龙清水湾制片厂的4座摄影棚和设在香港以及东南亚各地的79家电影院。

日本投降后，邵氏兄弟重振雄风。邵醉翁家在上海，又已年过半百，事业也就逐步移交给邵山客、邵逸夫。

"六叔"邵逸夫在香港成立邵氏兄弟电影公司，拍摄了逾千部华语电影；又成立电视广播有限公司，惯称无线电视（TVB），主导香港的电视行业。他成为香港娱乐业获"爵士"头衔的第一人。中国政府将中国发现的一颗行星命名为"邵逸夫星"。这都是后话了。

1937年，明星影片公司拍摄了《马路天使》。编剧和导演是 28 岁的袁牧之。

袁牧之也是宁波人,其故居在今天的南塘老街。他童年时喜欢学演文明戏,13 岁到上海,就读澄衷中学。此后加入宁波慈溪人应云卫负责,欧阳予倩、洪深等人参加的上海戏剧协社,成为当时剧社唯一的小演员。上大学之后,他投身戏剧事业。他善于在舞台上刻画各种人物,有"千面人"的美称。

1934 年袁牧之加入电通影片公司。他创作了第一个电影剧本《桃李劫》,并第一次担任电影主演。该片的导演是应云卫。"同学们,大家起来,担负起天下的兴亡⋯⋯"这首由田汉作词、聂耳作曲的《毕业歌》,就是《桃李劫》的主题歌,后来唱遍神州大地。

继《桃李劫》之后,袁牧之又在影片《风云儿女》中成功地塑造了辛白华——一个由沉沦到觉醒,最后走上抗战前线的青年这么个人物。《风云儿女》的主题歌就是《义勇军进行曲》,袁牧之与女主演王人美在银幕上首唱《义勇军进行曲》。该曲后来成为中华人民共和国国歌。

1937 年 7 月 24 日,上海金城大戏院,由袁牧之编剧、导演的《马路天使》首映。袁牧之使用了"新现实主义"的创作方法,艺术技巧新颖,导演风格独特,把悲剧内容与喜剧手法和谐地结合起来,使悲惨的生活中有了一丝温暖和快乐。

整部影片的风格既明快幽默，又含蓄沉郁。这部影片成为中国电影的经典之作。片中饰演小红的周璇演唱的《四季歌》和《天涯歌女》，传唱不衰。

"八一三"淞沪战役爆发后，袁牧之组织"上海救亡演剧队"，离开上海，开赴抗日前线。1938年，演剧队来到武汉，袁牧之在阳翰笙编剧、应云卫导演的电影《八百壮士》中，成功饰演抗日英雄谢晋元。同年8月，他奔赴延安，组建"延安电影团"，编导了解放区第一部大型历史纪录片《延安与八路军》。

1946年，袁牧之从苏联回国，赴东北组建东北电影制片厂并任厂长。东北电影制片厂后更名为长春电影制片厂，是新中国第一家电影制片厂。1949年，东北电影制片厂拍出了新中国第一部故事片——《桥》。新中国成立后，袁牧之奉命组建中央电影局，并任第一任局长。

袁牧之集编、导、演于一身，创造了中国电影史上多个"第一"，堪称一代电影大师。

"一九三五年秋，上海滩一支迎亲队伍，西式制服的西洋管乐队和中式的吹鼓手混合，熙熙攘攘，热闹非凡。赵丹的小号突然吹不出声了，流出了一堆口水。路边酒楼上，卖唱的周璇在窗口招手……"《马路天使》开头，老上海的市井烟火气，成为中国电影永恒的一幕。

大师风骨

1942年的上海，赵叔孺率领学生举办"赵叔孺同门金石书画展览会"。两年后，他又和学生举办了一次展览会。先后两次展览，堪称海上艺坛盛事。而此时的上海，是沦陷区。赵叔孺曾题画："妙手恐是松雪翁"，表达了他松雪高士的志向。虽在日伪统治下，但他要以书、画、印这最具中国特色的艺术，坚守中华民族的精神。

1881年的春节，赵叔孺年方8岁，他父亲在家中大宴宾客。席中有一位长辈林颖叔，听说叔孺是神童，5岁时就能画马，要他出来相见，当众作画。叔孺领命，挥毫一幅神骏的奔马图。酷爱书画的林颖叔大喜，当时就把女儿许配给了叔孺。

赵叔孺家在宁波城内孝闻街上。前厅售与了慈城冯氏，后来成为民国浙东著名藏书家冯孟颛的藏书楼，名"伏跗室"。赵家的水井在前厅。于是两家约定共饮一井水，在旁边开一小门，方便赵家进出。

辛亥革命后，赵叔孺携眷到了上海，以篆刻字画为生。四川张大千、浙江高振霄等当时名家，都成为他的好友。他金石书画样样皆通，尤擅画马，有"一马黄金十笏"之称。在20世纪30年代的上海，赵叔孺的鞍马、吴湖帆的山水、冯超然的人物、吴待秋的花卉，有"四家绝技"之誉。

赵叔孺的篆刻，时人推崇为二百年来第一。赵叔孺活跃于海上印坛之初，正是吴昌硕声誉如日中天之时。沙孟海在

《沙村印话》中称:"历三百年之推递移变,猛利至吴缶老,和平至赵叔老,可谓惊心动魄,前无古人。"

赵叔孺工笔画马,神韵逼真,用色鲜明。姿态多为静态,即有动作,幅度也很小,少有奔腾。这安详丰腴的神驹战马,力破重围,百战功成,于今"伏枥心千里,待助英雄"。1935年,赵叔孺画了一幅《柳荫闲马图》。两株大柳树下,一匹枣红马悠闲地舔着自己的后蹄。题画:"曾蹴交河度黑山,霜蹄飒飒汗斑斑。如今四海无征战,老向春风十二闲。"到了1941年冬,他又画一幅柳马图,一棵半枯的老柳树下,一匹枣红马警觉地抬头站立,竹披双耳,目光如炬。他在画上又写了之前的那首诗。而这时,太平洋战争就要爆发了。

赵叔孺晚年得东汉延熹年间(158—167)和蜀汉景耀年间(258—263)的两张弩机,自称二弩老人。又是战马,又是弩机,老人心中大概已经与强虏奋战几番了。

赵叔孺被称为"近世之赵孟頫"。弟子七十二人,其中陈巨来、方介堪、叶潞渊、张鲁庵、徐邦达、潘子燮等,俱成书画篆刻大家。沙孟海也尊赵叔孺为师。1936年宁波灵桥建成,桥畔立有一块重建灵桥碑。碑文由鄞县县长陈宝麟撰写,沙文若书丹,赵时棡篆额。沙孟海原名文若,赵叔孺名时棡。师徒二人合作,留迹家乡。此碑今已不见,但天一阁收藏有其碑拓。

沙孟海出生在鄞县塘溪沙村一个乡医家庭，自幼喜书画篆刻。1919年，沙孟海从宁波月湖畔的省立第四师范毕业，到镇海县立高等小学任教。沙孟海埋头读书、精研书法篆刻。慈溪冯君木在宁波后乐园办国学社，开馆收徒。沙孟海得知后赶去，以一篇四六骈文和一手漂亮的书法考入。

沙孟海是家中大哥，分担了抚养诸弟的重任。冯君木引荐他去上海两位宁波籍的富商家当家庭教师。沙孟海到了上海，拜访乡贤赵叔孺，入其门下；又与朱强村、章太炎、马一浮等宿儒交往；访晤了康有为、郑孝胥等前辈，受益良多。陈巨来的岳丈况蕙风，十分欣赏沙孟海的印艺和为人，设法让沙孟海与吴昌硕单独见面。沙孟海以印蜕求教一代宗师，得到嘉许褒扬。

1925年春，上海巨商慈溪人秦润卿创建修能学社，请冯君木出任社长。冯君木应邀来沪，见到昔日的学生沙孟海，惊叹士别三日当刮目相看。他聘同乡陈布雷、钱太希等为修能学社教授，破格聘请沙孟海担任助教。

沙孟海以一手精严的小楷，在上海滩书坛一枝独秀，声名鹊起，鬻文卖字，日渐红火。他资助诸弟在宁波、上海等地读书。二弟沙文求在复旦求学期间参加了革命，大革命时期任广州市委秘书长，广州起义时与陈铁军一同牺牲。老三沙文汉成为共产国际的红色间谍，新中国成立后出任浙江省第一任省长。老四沙文威是李克农、潘汉年手下的谍海干才。五弟沙文度曾在贺龙的120师从事宣传工作。

抗战时,沙孟海经陈布雷推荐,入蒋介石侍从室,从事应酬笔墨文字工作。1946年,沙孟海在教育部任秘书。蒋介石特地请他参与重修《武岭蒋氏宗谱》。历时两年余,新谱定稿。进谱之日,奉化溪口蒋氏宗祠挂灯结彩,大摆酒席。蒋介石请沙孟海为他住宅的报本堂作一副楹联。沙孟海作:"报本尊亲是谓至德要道,光前裕后所望孝子顺孙。"蒋介石手书此联,制匾挂于堂前。

1949年1月下旬,蒋介石第三次下野回到溪口。当时,蒋介石准备离开家乡,远去台湾,由于宗谱体积太大,不便携带和翻阅,他又找沙孟海另编一本易带易翻的小谱。蒋介石几次将沙孟海召到溪口,除谈小谱外,还探问先贤全祖望的遗迹,并要沙陪同参观天一阁。沙孟海怕蒋介石把自己留在身边,就找个借口,离开溪口躲到了上海。当年4月,蒋介石离乡。

改革开放后,八十岁的沙孟海重获新生,迎来了他书法艺术蓬勃怒放的春天。他以昌硕先生"谓我何求颡有眦,八十翁犹求不已"之语激励自己。他担任了西泠印社第四任社长、中国书法家协会副主席。沙孟海的创作进入鼎盛时期,榜书小楷杰作如云。他积70年之书法功力,"堂堂大人相独露矣",被尊为当代书坛泰斗。

潘天寿比沙孟海大三岁,1897年生于宁海县的冠庄村。距冠庄村七八里有一座高山,叫雷婆头峰。相传有个叫雷婆婆的曾在此降妖伏怪。山巅一片乱石群,刀削斧劈,远远望去,似凤冠,似狮首,巍峨峥嵘。少年潘天寿常来雷婆头峰脚下的山地砍柴放牛。干累了就倚树休息,掏出随身带的纸笔,画雷婆头峰。画得入神时,天下雨了都不知道。

潘天寿入村中私塾读书时,热衷于临摹《三国演义》《水浒传》等小说插图。后入县城正学小学读书,课余仍喜爱书法、绘画、刻印。在县城纸铺购得的《芥子园画谱》及数本名人法帖,是他自学国画和书法的启蒙教材,他从此立志毕生从事国画。

1915年,潘天寿考入杭州省立一师,受教于经亨颐、李叔同等名师。1920年毕业后回宁海正学高小教书,刻苦自习绘画、书法、篆刻,曾为同乡作家柔石作画。三年后到上海,在刘海粟任校长的上海美专教国画,后又任教新华艺专。他结识了吴昌硕、王一亭、黄宾虹、吴茀之、朱屺瞻等大家,画风向吴昌硕接近,由原先的恣肆挥洒转向深邃蕴藉。潘天寿远师徐渭、朱耷、石涛等人,近受吴昌硕影响。吴昌硕晚年成为潘天寿的忘年交,他赞叹潘天寿"年仅弱冠才斗量","天惊地怪见落笔"。

1928年春,潘天寿应邀担任杭州国立艺术院中国画主任教授,自此一直定居杭州。抗战期间,赴重庆磐溪的国立艺专任校长。抗战胜利后,国立艺专搬回杭州,潘天寿仍任校长。新中国成立后,杭州艺专改称浙江美术学院,潘天寿一直担任院长,直至去世。

赵无极在1935年入杭州艺专。年少的赵无极不喜欢国画教学的临摹方法,当场从潘天寿的课堂跳窗离开。考试时,他在试卷上涂了一个大大的墨团,题上"赵无极画石"。潘天寿愤怒地向校方提出开除赵无极,而西洋画导师林风眠是杭州国立艺术院的首任院长,他对潘好言相劝,宽容学生的"叛逆"之举。赵无极毕业后留校任教,1948年赴巴黎留学,并定居法国,后来成为世界著名的现代抽象派绘画大师。

潘天寿也富创新精神,只是他的创新不逾传统的范畴。潘天寿曾对友人说:"我是雷婆头峰上的一块石头。"他喜以"雷婆头峰寿者"在画上落款。坚守传统,他像石头一样坚硬。他的作品"强其骨","一味霸悍"。这种强霸静穆而恒久,正如他一再的题画:"雨后千山铁铸成"。他以奇雄阔大,勃发着精神的张力和豪气,成为中国传统绘画的最后一位大师。

从民国乱世中走来的大师们,风骨如此,已成后世之谜。

SHU

07 时光的美意

乡愁的暖色	208
我有一颗赤子心	214
呦呦鹿鸣	220
山海的节日	225

乡愁的暖色

2016年3月16日,94岁的贺友直在家中接待来自家乡宁波的客人。他家在上海巨鹿路,住了近60年。25平方米一间,卧室、书房、餐厅、客厅全在一起,被他戏称为"一室四厅"。客人一走,老人很开心,和夫人谢慧剑说,来年春天回宁波,要坐高铁去。过了不久,老人在卫生间突然昏迷,送医后,在晚间与世长辞。他家中的书桌上,还静静地放着一沓方格稿,上面有一篇"行会"标题的文章,还未写完:"我的家乡原属镇海,现在划到北仑区。记得旧时每年有行会……"

贺友直1922年生于上海,5岁时母亲去世,父亲把他托给在宁波镇海新碶老家的姑妈。姑妈家里有一张很好看的甬式梁床。床架上描绘的戏文人物、雕刻的花鸟虫鱼,让睡在床上的小友直百看不厌。后来入镇海县立新碶小学,学校在关帝庙里,小友直又盯上了庙里戏台上彩绘的三国故事。虽说算术课每次交作业难得有不挨板子的时候,但他也有拿手的一招,有走红的时候。每到端午节,他就给婆婆婶婶们画端午老虎,颇受夸奖。

16岁他到上海谋生,做工、当学徒,后来到舟山小岛当过小学教师,还当过兵。1949年上海解放,贺友直的第一个孩子出生了。他开始尝试画画赚钱养家。1950年,他第一部连环画作品《福贵》被出版商看中后出版。1951年,他考取上海连环画工作者学习班。结业后,被分配到上海的美术出版社，成了一名专业的连环画画家。

小时候花几分钱，在小书摊租一本小人书，坐在小板凳上看得津津有味，这是共和国一代人集体的文化记忆。当时，赵宏本、钱笑呆、顾炳鑫、刘继卣、刘旦宅、戴敦邦、程十发、王宏力、贺友直等一大批画家的连环画创作，使小人书登上了大雅之堂，成为人民文艺的经典。所以陈丹青曾说，1949年以后的中国绘画最了不起的是连环画。

贺友直受中国传统画艺的启发，用心揣摩李公麟、张择端、陈洪绶等人的作品以及明清木刻版画的白描线条。他的线描，线是中国传统的，处理方法却是西洋的。他的线描是根据人体解剖来的，有时候还根据明暗调子来组织。他终于找到了自家的艺术语言，用线描创造了新画风，也将中国的白描艺术推向了一个高峰。

1963年第一届全国连环画评奖中，贺友直创作的《山乡巨变》获得一等奖。这部线描作品，被誉为中国连环画史上里程碑式的杰作。他又创作出《小二黑结婚》《李双双》《十五贯》《朝阳沟》《白光》等一大批杰作。贺友直用小人书画出了大世界，用一根根白描线条组合出天翻地覆的时代风云，塑造出普通中国人的精神肖像。

20世纪80年代以后，连环画走向低谷，贺友直仍坚持他的白描艺术，创作了《我自民间来》《老上海三百六十行》

《申江风情录》等新海派风俗画。贺友直几十年如一日，在这个被他称为"美术的小儿科"上辛勤耕耘，成为新中国连环画界最有代表性的人物。2009年，贺友直荣膺首届中国美术奖终身成就奖。

这个正直重情又幽默风趣的宁波老头，总说他是"新碶头人"。一讲到家乡就常常流泪。家乡是他内心最柔软、最温暖的部分。他说，所有愁中，唯独乡愁是温暖的色彩。人世间最美的愁就属乡愁了。画家乡，只有美好，因乡愁里有一个充满童心的自己，还没有发现丑陋的能力。他在祖宅基地旁购置了房屋，每年会来住上一阵。他反复画他记忆中的家乡，画他在家乡的童年。

2003年，贺友直"凭记忆，画童年亲见亲闻"，创作了《新碶老街风情录》，奇迹般地还原了家乡新碶头、凉亭、坝头、行号、油车、市日、唱新闻、谢年、马灯、行会等旧时场景，生动地展现了20世纪二三十年代宁波乡镇的历史风貌和民俗风情。贺友直将原稿无偿地捐赠给了北仑博物馆。

2019年11月21日，在贺友直祖宅基地旁，经过改造升级的贺友直艺术馆再次开放，挂牌"贺友直纪念馆"。贺友直铜像揭幕时，贺夫人在揭开红布的一刻，握着贺老的手，动容落泪，深情地说："这是多么好的一双手呀！"

北仑新碶，海涂淤涨而成，得名于海边的永丰碶。该碶建于清乾隆四十一年（1776）。因东已建有太和碶，西已建有备碶，故永丰碶又称新碶。

1946年，就在离贺友直家几百米处，慎德堂陈家生了一个儿子，取名陈逸飞。

慎德堂陈家为当地显赫的家族。陈逸飞出生在陈家大院的西侧轩屋。爷爷陈嘉玡在新碶老街开过"启裕"南货店。在贺友直的《新碶老街风情录》中，画有一家"新启裕"店，不知是不是陈逸飞爷爷的店。父亲陈庚赉早年毕业于宁波工业学校，后来去上海做生意。日本人侵占上海后，他回到家乡，在陈家办的慎德小学当了校长。陈逸飞6个月大的时候，陈庚赉携妻儿回上海。那年冬天，母亲抱着小逸飞，他还在拉肚子，脸色黄黄的。一家人从门前的陈家埠头登船，到达大碶的璎珞河头，翻过育王岭，坐宝幢的航船到宁波，再乘轮船去上海。

1977年，一幅名为《占领总统府》的油画轰动美术界。油画表现了人民解放军占领南京总统府、升起红旗的场面。作品场面壮观，气势恢宏，具有撼人心魄的艺术感染力。这幅油画的作者，就是陈逸飞。

1965年毕业于上海美术专科学校后，陈逸飞进入上海油画雕塑创作室，创作了《开路先锋》《黄河颂》《占领总统府》《踱步》等轰动一时的优秀作品。1980年，陈逸飞赴美国留学。

留美期间，创作了周庄和音乐人物肖像等系列作品。美国《纽约时报》称陈逸飞"画风融合了写实主义和浪漫主义，叫人想起欧洲大师的名作"。1985年，美国石油巨头哈默访华时，将他收藏的陈逸飞的作品《家乡的回忆——双桥》，作为礼物送给邓小平。

1992年陈逸飞回到上海，创作了一大批古典仕女、西藏风情和上海旧梦等题材的油画佳作。他的作品蕴含了中国美学和西方绘画技巧，将东西方的文化精髓融于一体。陈逸飞已经成为当代中国画价最高的画家之一，是中国当代极其重要的艺术家。

20世纪90年代初，宁波老家的亲人终于联系上了陈逸飞。2004年4月，陈逸飞和弟弟陈逸鸣重回故乡。时春寒料峭，但桃花已经盛开。他和几个堂兄弟商量着修家谱的事情。祖宅门前的小河已经不见，祖宅也早已让他人买去。陈逸飞怅然若失。他站在老家的窗门前，感觉陌生，却又有着莫名的亲近。虽然他只在这里住了6个月，但这一生最初的6个月，已然让他对故乡一往情深。

陈逸飞对家乡人说："我能为家乡做一点什么？我已经迟了这么多年了！"他要好好构思，画一画故乡，就像他画周庄一样。他参观了北仑港和规划旅游开发的北仑春晓镇，提议北仑应该定位为"江南海港城市"。他还打算在北仑办视觉艺术学院。之后的20天内,陈逸飞三次从上海来宁波。他还带来上海世博会的首席建筑师马西亚·柯迪纳克斯,到春晓镇洋河山考察。

陈逸飞经常说:"我的父亲是镇海人,我的母亲是宁波城里人,所以我是正宗宁波人。我对那里的一砖一瓦都怀有特殊的情分。"令人痛惜的是,他回报故乡的一腔热忱,因英年早逝而未及实行。

2005年4月,陈逸飞在宁海拍摄电影《理发师》。宁波的记者电话采访了他。他说:"这部片子是我留给自己一生的,也是留给周围朋友的。"隔着话筒,陈导的声音略显憔悴和疲惫。他说,等《理发师》杀青时,一定到宁波来做宣传。不想10天之后,劳累过度的陈逸飞突发胃大出血,在上海去世,年仅59岁。

陈逸飞去世后,他弟弟画家陈逸鸣几年间来北仑不下十次,都是为了完成一个心愿,那就是在陈逸飞的出生地,建一个陈逸飞艺术纪念馆。"陈氏祖宅,若能成为陈逸飞最后的心灵归宿地,那是再恰当不过了。"陈逸鸣说。

我有一颗赤子心

1984年12月20日，邓小平心情愉快。昨天，他参加了中英香港问题联合声明正式签字仪式，今天要在人民大会堂会见也参加了仪式的包玉刚。

包玉刚出生在宁波镇海庄市钟包村。父亲包兆龙常年在汉口经商。13岁那年，包玉刚到上海求学，进吴淞商船专科学校学习船舶专业。抗战爆发后，他在重庆、衡阳、上海等地从事银行业，最后做到上海市银行副总经理。1949年初，包玉刚携家人从上海到香港闯天下。他在香港搏击商海几十年，创建了环球航运集团，该集团成为香港十大财团之一，他本人也成为世界七大船王之首，被英国女王授予爵士。

1978年，改革开放的春风在神州大地乍起，一直关注祖国的包玉刚看到了巨大的希望，马上重返内地。他见到了阔别多年的表兄卢绪章。时任国家旅游局局长的卢绪章，感叹中国旅游业和教育事业的落后，包玉刚当即表示捐赠1000万美元在北京建一座旅游饭店，捐1000万美元在上海交通大学建一座图书馆。不久，包玉刚1000万美元的支票送来了。但当时许多人对一个大资本家在北京建饭店的举动心存疑虑，不敢接受。邓小平出来说，你们不要，我要。他接下了包玉刚的支票。

以包玉刚父亲名字命名的"兆龙饭店"落成时，邓小平亲临,出席饭店的开业剪彩仪式。邓小平很少出席这类活动,而且他是以朋友的身份出席这次活动,绝无仅有。

1981年7月6日上午,在人民大会堂福建厅,邓小平第一次接见了包兆龙、包玉刚父子。邓小平笑容满面地握着他们的手说:"我们早就应该见面了!"此后到1984年的短短四年间,包玉刚七见邓小平。邓小平对这位赫赫大名的"宁波帮"商人印象很好,他的四川话和包玉刚的宁波话交谈起来毫无障碍。

这次他一见包玉刚,包玉刚就谈起了宁波。不到两个月前,包玉刚第一次回到了阔别四十多年的家乡。

在宁波镇海庄市的老家,他受到热烈的欢迎。包玉刚率家人祭祖后,来到祖屋,与夫人黄秀英登上四十多年前洞房花烛的新房。昔日的新房仍是当年的摆设,那张做工精美的七弯梁床,还在那里。这对花甲老人仿佛又回到了新婚的那一天,他们感慨万千,特意拍了一张合影。

包玉刚又来到儿时就读的小学,那是宁波帮先驱、上海五金大王叶澄衷创办的叶氏义庄小学,后改名叶氏中兴学堂,曾被誉为"江南第一学堂"。中兴学堂还培养出邵逸夫、包从兴、赵安中等一批享誉海内外的宁波帮精英。这座当时名噪一时的名校,如今已破落不堪。

包玉刚还参观了天一阁。工作人员拿出一套馆藏的《包氏家谱》,告诉他,按家谱他是包拯的第29代嫡孙。包玉刚当即高兴地叫起来："我是包青天的子孙！"

包玉刚对邓小平说，宁波比香港大10倍，香港550万人口，有4所大学，宁波500多万人口，却没有一所大学，因此他打算在宁波办一所大学。邓小平听后很高兴，称赞包玉刚爱国爱乡，有见识。

同年12月29日，时任宁波市市长耿典华和包玉刚一家及包玉刚的表兄卢绪章，在北京建国饭店共进早餐。包玉刚红光满面，异常兴奋。他对耿典华说起见邓小平的事，说要捐资两千万美元建宁波大学。这时，服务员上了一道黄亮亮的点心油炸芝麻汤圆。只见包玉刚抢先举起筷子，夹了一只汤圆放在耿典华的碗里，笑着说："市长，这只金汤圆值两千万美元啊！"在座的人都笑了起来。

1985年10月29日，宁波大学奠基典礼隆重举行。包玉刚夫妇和万里代总理、浙江省省长薛驹等，一起挥铲为宁波大学培土奠基。应包玉刚的请求，邓小平为宁波大学题写了校名。

宁波大学的创立，翻开了宁波千年教育史的崭新一页，有着划时代的意义。宁波大学当年动工兴建，第二年9月就招生开学。包玉刚非常高兴，说："广东有个深圳速度，宁波有个宁波大学速度。"包玉刚亲手为宁波大学奠基之后，几乎年年都要到宁波大学。他不但继续为宁大捐款，还呼吁其他宁波籍人士为宁波大学贡献力量。在他的带动下,邵逸夫、包玉书、王宽诚、曹光彪、李达三、赵安中、汤于翰、顾国华等给予了大量捐助,校园内宁波帮人士命名的建筑林立。

如今,宁波大学设有25个学院,有主校区、梅山、植物园、慈溪等多个校区,是国家首批"双一流"世界一流学科建设高校、浙江省首批重点建设高校、浙江省重点大学,进入国家重点大学行列。

1984年,宁波被列为14个沿海开放城市之一。8月,邓小平在北戴河听取国务院副总理谷牧的汇报时,高兴地说:"宁波事情好办点,宁波有那么多人在外边,世界上有名的两个船王包玉刚、董浩云都是宁波人。"他又说:"要把全世界的'宁波帮'都动员起来,建设宁波。"

这个号召,犹如生机勃发的祖国母亲对游子的呼唤,令一直关注着中国命运的宁波帮人士心潮激荡。宁波帮历来有着爱国爱乡、造福桑梓的优秀传统,现在时机已到,以包玉刚为代表的一大批宁波帮人士纷至沓来,投入祖国和家乡的建设热潮中。

1986年12月2日,包玉刚在宁波参加宁波大学开学典礼后到北京,出席国务院宁波经济开发协调小组第四次会议。时任中共中央总书记胡耀邦在中南海会见包玉刚。胡耀邦问包玉刚:"宁波搞上去,希望大不大?"包玉刚总是那样敏捷地善于捕捉时机,赶紧说:"宁波要搞上去,要赋予宁波市省一级的权限。"谷牧在一旁补充道:"就是在国家计划中实行单列……"胡耀邦说:"可以嘛!单列没有问题。"

1987年2月24日,国务院正式批复同意宁波市实行计划单列,计划单列后,宁波拥有了相当省一级的经济管理权限,迎来了崭新的发展起点。一批对经济发展产生重大推进作用的大项目纷纷落户,宁波从此掀起新一轮的发展高潮,在国内的地位大幅度提升。

1984年至1989年,包玉刚先后6次回到故乡,为家乡建设发展出力。包玉刚得知宁波有一个北仑港,便迫不及待地前去参观。一看便被深深吸引了,他说:"宁波的港口是中国最有前途的港口。今后在亚洲和全世界也将占有重要地位。有了这样一个港口,宁波的经济建设前途无量。"他提出在北仑办一个大钢厂。

包玉刚开发北仑港的设想与邓小平不谋而合。邓小平也十分重视宁波港的作用,设想把上海、宁波连起来,推动长江金三角的腾飞。1992年岁末,88岁高龄的邓小平视察浙江时,还关切地询问北仑钢厂和北仑港的建造进度。邓小平对宁波港高瞻远瞩的战略眼光,使宁波确定了"以港兴市,以市促港"的战略方针和"把宁波建设成为现代化国际港口城市"的战略目标。今日的宁波港已与世界上100多个国家和地区的600多个港口通航,已发展成为一个气吞万里的世界级大港。

20世纪70年代末,邓小平大力支持、亲自部署,把宁波推到改革开放最前沿。他首先看中的就是宁波帮。可以说,他和包玉刚的亲密关系,除了基于他被包玉刚的个人魅力所吸引,更重要的是因为包玉刚是宁波帮的一个杰出代表。为团结这个具有国际影响的人物,发挥他的巨大作用,小平同志曾十多次与他会见,还设家宴款待包玉刚一家。在1991年10月3日包玉刚的丧礼上,邓小平以"生前好友"的名义送去吊唁的花圈。

1991年9月23日,包玉刚在香港病逝。丧礼上,一位来自北京的男高音歌唱家唱起歌曲《多情的土地》,悼念包玉刚。歌中唱道:"……你属于我,我属于你,生生死死不分离。我有一颗儿女心,你有一片慈母意……"深情的歌声送别着这位宁波之子,从东海到浩瀚的太平洋……

呦呦鹿鸣

2015年10月，屠呦呦因为发现青蒿素，获得诺贝尔生理学或医学奖，成为第一位获诺贝尔科学类奖项的中国人。这个消息传遍了她的家乡宁波，许多宁波人在感到兴奋与自豪的同时，格外感到一种亲切，原因就是青蒿。

清明时节，宁波人有做"青饼"的习俗。采来嫩绿的艾蒿煮熟捣烂，放入蒸熟的糯米混粳米粉捣揉，做成青饼，再摇下嫩黄清香的松花粉沾满青饼。咬一口青饼，一股特殊的香味萦绕，口中能拉出一丝丝艾蒿的叶茎，仿佛一丝丝的春天。

许多宁波人以为青蒿就是做青饼的艾蒿，其实错了。艾蒿也叫艾草，叶子背面长有细密的白色茸毛，所以宁波人也叫它白艾。艾草清明时鲜嫩可食，到端午长老了便可和菖蒲一起悬挂门上驱邪。青蒿学名萎蒿，外形和艾草极其相似，但味如普通青草，夹杂着一股淡淡的臭味，不做食物，可入药。

1930年12月30日，屠呦呦出生在宁波城厢。父亲屠濂规很开心，用《诗经·鹿鸣》中的"呦呦鹿鸣，食野之蒿"，给女儿取名"呦呦"。这头可爱的鹿吃了三次草，第一次"食野之苹"，第二次"食野之蒿"，第三次"食野之芩"。"苹""芩"也都是蒿。谁会想到，85年之后，这个女孩会因为这"蒿"而得到至高无上的荣耀。

屠家自南宋从江苏无锡迁居宁波，成为宁波望族。族中有明吏部尚书、太子太傅赠太保屠滽和南京兵部侍郎屠大山。

屠大山致仕回乡，与范钦、张时彻并称为"东海三司马"。其子屠本畯是著名的博物学家。屠氏最有名的，应是文学家和戏曲家屠隆。至今，宁波市区中心有一条屠园巷，正是当年屠隆的凫园旧地。

屠呦呦的父亲屠濂规，16岁时效实中学肄业。肄业后一两年就结婚了，娶了宁波城中名门姚家的女儿姚仲千。屠呦呦的外公姚传驹，曾任中国银行行长、民国财政司司长等职。舅舅姚庆三留学法国，曾任国民经济研究所研究员，上海金城银行分行经理，上海商学院、大夏大学教授。他更是国内最早研究和传播凯恩斯《通论》的学者，是著名的经济学家，后任香港甬港联谊会副会长。

屠濂规曾经在上海太平洋轮船公司工作。屠呦呦幼年时，父亲在上海工作，与家人两地分隔，所以屠呦呦的母亲带着她住进了娘家，也就是今天开明街26号姚庆三故居。屠呦呦16岁时得了肺结核，也住在这里休养。

屠呦呦在崇德小学读初小，又在器贞女中和甬江女中读初中，1948年进入效实中学读高中。屠呦呦一家和效实中学有着不解之缘。父亲屠濂规是效实中学学生，舅舅姚庆三也是效实中学毕业的。屠呦呦和丈夫李廷钊更是效实中学的同学。

1911年冬，宁波刚刚光复，甬上文化名流陈训正、何育杰、叶秉良、钱保杭、陈谦夫等以"以私力之经营，施实用之教育,为民治导先路"为宗旨,创立效实学会。次年2月,在宁波西门创办私立效实中学。

校名"效实"一词,源于严复所译赫胥黎《天演论》中"物竞天择,效实储能"。效实中学成立后,便与公立的省立四中成为宁波的两座名校。自1917年起,效实中学毕业生皆可免试直接保送上海复旦大学或圣约翰大学。效实还在上海开办分校,抗战中上海分校改称储能中学。

早期效实中学校歌唱道:"效实储能齐努力,破壁出飞龙。"从这所宁波名校破壁而出的飞龙,有陈布雷、俞国华等政界名流。陈布雷还当过效实中学的校长。还有童第周、纪育沣、李庆逵、翁文波、戴传曾、朱祖祥、陈中伟等15位两院院士。李政道博士曾函赞效实"桃李满天下,成果布四海"。

2015年屠呦呦获得诺贝尔奖后,宁波效实中学的各地校友会共同倡议,自筹资金,为屠呦呦塑立铜像,放置在效实中学校园内。

宁波是中国著名的"院士之乡"。宁波籍院士绝大部分出生在宁波,在家乡读完小学甚至中学以后才到外地深造成才。童第周、贝时璋、谈家桢、翁文波、韩启德、路甬祥、朱高峰等一大批甬籍院士,在我国"两弹一星"的研制、信息技术的发展、人类基因之谜的破解、现代工业与农业科技的历史性突破等方面,建立了卓越的功勋,亦在国际科学界享有崇高的威望。截至 2021 年，宁波籍两院院士达 120 名，高居全国各城市首位。屠呦呦虽未成为院士，但她凭取得的成就，足为无冕之王。

屠呦呦在效实中学读了两年，1950 年转到宁波中学读高三，后考入北京医学院（今北京大学医学部）药学系学习，毕业后被分配到中医研究院中药研究所工作。1969 年，中医研究院中药研究所参加全国"523 抗疟研究项目"。这个项目当时属于保密的重点军工项目，屠呦呦被指定负责并组建项目科研组，承担抗疟药物的研发任务。

屠呦呦为了科研事业，连孩子也顾不上。小女儿李军出生后，屠呦呦就把她送回宁波老家。直到李军 3 岁多，屠呦呦才有机会抽出一点时间去看女儿。那天，在外公外婆家门前的小巷口，李军远远就瞧见一个人，拎着行李快步走来，来到她跟前后，张开双手，嘴里不停地叫着自己："小军，小军……"李军却下意识地往后退了好几步。李军至今也纳闷，母亲那时如何能认出自己。

没能照顾好家庭和孩子的屠呦呦，却给世界奉上了一份大礼。

2015 年 12 月 7 日下午，诺贝尔生理学或医学奖得主屠呦呦，在瑞典卡罗林斯卡医学院进行主题演讲，题为《青蒿素——中医药给世界的一份礼物》。

在演讲中，屠呦呦说："当年我面临研究困境时，又重新温习中医古籍，进一步思考东晋葛洪《肘后备急方》有关'青蒿一握，以水二升渍，绞取汁，尽服之'的截疟记载。这使我联想到提取过程可能需要避免高温，由此改用低沸点溶剂的提取方法。"

屠呦呦重新设计了提取方案，改用低温提取，用乙醚回流或冷浸，得到抗疟效果100%的青蒿提取物，最终从中成功分离出"青蒿素"。这一用于治疗疟疾的药物，"挽救了全球特别是发展中国家的数百万人的生命"。

青蒿挺立，顽强、执着地向高处生长；又低调、淡泊，没有耀眼的花朵、扑鼻的香气。屠呦呦拥有克服困难的巨大勇气，靠洞察力、大视野和顽强的信念发现了珍贵的青蒿素。她愿像青蒿一样，做一个平凡却能挽救许多生命的科学家。她赴诺贝尔奖颁奖典礼时戴的围巾上，四角图案就是青蒿的叶子。

青蒿入药最早见于汉代药典，历代都有关于青蒿治病的记载，然而都没有明确青蒿的植物分类品种。当年青蒿资源品种混乱，药典收载了2个品种，日常使用的还有4个混淆品种。经过深入研究发现，仅有一种含有青蒿素，抗疟有效。

"呦呦鹿鸣，食野之蒿"，这头可爱而吉祥的鹿，到底食的是哪一种青蒿呢？

山海的节日

1613年5月19日清晨,一个书生模样的年轻人骑马出宁海城西门,马首西向巍巍天台山。他,就是徐霞客。

这时云散日出,一片晴朗。他的心情和绿亮的山色一样,充溢着喜悦。行至梁皇山,他仿佛听见一声虎啸,便停下住宿。

这一天就是《徐霞客游记》的开篇。他的旅行当然不是从这一天开始的,但他的游记,却从这一天开始。

明王朝极端专制,阴鸷暴虐的宦官、特务政治,使朝野上下弥漫着杀气与戾气。从方孝孺被诛十族,明代文人的灵魂中沾满了血和泪。而徐霞客,餐霞饮露,灵魂一片清新。他的人生,就是走遍中国最为干净明亮的地方,发现那些未知的纯洁和壮丽。

多少年过去了,宁海人念念不忘徐霞客的这一天,念念不忘宁海的这一天。

2002年5月19日,首届徐霞客开游节在宁海举行,百姓云集20多万,古城宁海诞生了一场中国旅游盛事。开游节响亮地喊出:"天下旅游,宁海开游!"

2011年,国家旅游局正式宣布每年5月19日为中国旅游日。当年一个酷爱旅游的书生写下游记的日子,终于成为一个国家的节日。

宁波之地,自古兼山海形胜。境中山脉有二:四明山与天台山。四明山为天台山支脉,古代常常合为一谈。东汉时刘晨、阮肇入天台山采药的传说，在宁波的许多志书中，便说是入四明山。

宁波境内大部分为四明山脉，因此古称四明。而宁海为天台山脉。发源于天台山摘星峰和华顶峰的白溪，穿越宁海，是天台山东流入海的主水脉。它辟开了一道巨石累累的浙东大峡谷。

鲁迅在《为了忘却的记念》中提到柔石，称"他的家乡，是台州的宁海，这只要一看他那台州式的硬气就知道，而且颇有点迂，有时会令我忽而想到方孝孺，觉得好像也有些这模样的"。宁海旧属台州，是明代大儒方孝孺的家乡。他曾在前童讲学四载。古镇遍铺卵石，清水穿流，仿佛仍在讲述这位守义殉道的宁海人，有着山石一样坚硬的骨头，溪水一样洁净的情操。

1949年4月，下野回到老家溪口的蒋介石，登上四明山的四窗岩。他坐在一个大的石窗前，读一本书，石窗外便是苍绿的四明风景。他叫随从把这一幕照下来。这是他在大陆最后的日子。

四窗岩在大俞村，耸起的山岩半高处有一岩洞，开四个大小不一的洞口，如同窗口，故得名"四窗岩"。传言四明山正是因四窗岩而得名。山上还有鹁鸪岩水帘洞，上部为陡悬于山谷间的峭壁，洞中宽阔，洞顶一股飞瀑直流而下，宛如珠帘。四明山心有四明山镇,明末清初著名思想家黄宗羲曾在镇东桥畔讲学。商量岗为宁波境内四明山的最高峰,蒋介石与宋美龄当年曾在此消夏避暑。

"半夜寻幽上四明,手攀松桂触云行。相呼已到无人境,何处玉箫吹一声。"唐代,状元施肩吾寻仙访道,在一个深夜与几个同道隐士登上四明山。四明山的丹山赤水,被尊为道教第九洞天。宽数里、高百余米的悬崖峭壁,其岩壁呈红色,崖壁上刻有宋徽宗御笔"丹山赤水"四个大字。传说,古代仙人在这里杀羊,把岩石和溪水都染红了。

崖壁下有一条赤水溪。溪上有座建于清咸丰九年(1859)的单孔石拱桥"赤水桥"。过桥便是柿林村。柿林村依山而筑,古道陡立。村中只一沈姓,相传沈氏始祖是周文王的第十子。村里村外,房前屋后,到处都是柿子树。有的柿树参天合抱,树龄三百年以上。每当晚秋时节,柿子、吊红挂满枝头,满山皆是红澄澄一片。

在四明山俯视的平原间,有着许多历史文化名镇名村。江北区慈城镇,是千年古县城,有"江南第一古县城"美誉。慈城仍完好地保留着县治背山面水、公共建筑左文右武及街巷双棋盘布局,充分体现了古代县治的传统风水布局和天人合一的文化思维。古县城内,孔庙、冯岳彩绘台门等大片明清古建筑保存完好,是全国重点文物保护单位。

慈城历史上出过5个状元，1个榜眼，3个探花，519个进士；近当代名人有金融界领袖秦润卿，著名书法家钱罕，京剧大师周信芳，中科院院士谈家桢、颜鸣皋、朱祖祥，著名作家冯骥才等，著名画家陈丹青的母亲也是慈城人。

北宋初期，常州进士陈矜任明州知府，死后葬于鄞南茅山，其子为父守墓，带家眷定居茅山旁，形成走马塘村。历朝历代，走马塘出过76位进士，被誉为"中国进士第一村"。村中明代建筑尚有8处，清代建筑比比皆是，3幢具有西洋痕迹的民国建筑也极为典型。古村建筑以飞檐和石窗最富特色。石雕花窗种类丰富，雕刻艺术精湛。走马塘先民构建独特的水系，全村由四条河流环抱，邵家漕、蟹肚脐等水漕散落其间。这是完备的河网防务系统，使村民能抵御旱涝和火魔的侵袭。

宁波人不但将山变成了节日，将海也变成了节日。1998年，象山在石浦首办中国开渔节，开创了中国独一无二的海洋庆典活动。

1933年8月，电影《渔光曲》编剧、导演蔡楚生率剧组到象山石浦，在东门岛等地体验生活，取景拍摄。年轻的聂耳摇着舢板，撒网捕鱼，和渔民们聊天。聂耳不仅为《渔光曲》配乐，还头戴破帽，上穿旧袄，下着一条笼裤，腰系粗粗的网钢绳，扮演一个在海上风暴中幸存的渔民。

象山石浦渔港，十八里港湾岛山环屏，五门罗列，可泊万艘渔船，可航万吨海轮。石浦是中国海洋渔业发祥地之一，秦汉时即有先民在此渔猎生息，唐宋时已成为远近闻名的渔商埠和海防要塞，是浙洋中路重镇。千百年来，数以万计的渔船在这里装卸渔获，补给物资，桅樯林立，渔火灿烂。如今，石浦是我国东南沿海著名的国家中心渔港，全国渔业第一镇，中国历史文化名镇。

清代陈秉元《石浦竹枝词》写道："蜃雨腥风骇浪前，高低曲折一城圆。人家住在潮烟里，万里涛声到枕边。"石浦古城沿山而筑，依山临海，城墙随山势起伏而筑，城门就形而构，成为居高控港的"海防重镇"。老屋梯级而建，街巷拾级而上，蜿蜒曲折。碗行街、福建街、中街、后街组成了古朴的石浦老街。当年，《渔光曲》剧组就下榻在福建街的金山旅馆。

与石浦镇隔港相望的，是被誉为"浙江渔业第一村"的东门岛。东门渔村历史悠久，有"新石浦、老东门"之说。唐神龙二年（706），象山立县，它就是辖村之一。东门渔村山海兼备，北港口为铜瓦门，南港口为东门门头，扼石浦港航路要津。

东门岛有一座始建于元代的妈祖庙。妈祖庙立于山顶，正门面朝宽阔的大海。农历三月二十三日为妈祖诞辰，旧时东门渔民要在这一天扬帆出海，北上岱衢洋捕洋山黄鱼。出海前会举行祭海神妈祖庙会，确保平安与丰收，是渔村一年中的盛事。

"娘娘菩萨"是东门岛上百姓对妈祖的尊称。但在石浦的渔山岛，当地渔民虔诚供奉的是他们自己的保护神——如意娘娘。他们认为如意娘娘是妈祖的妹妹。1955年，渔山岛487名渔民随驻岛国民党军队退居台湾。抵台后，被安置在富冈新村。由于村民多数是渔山岛村民后裔，该村被称为"小石浦"。

石浦渔民素来有"三月三，踏沙滩""祭海"等习俗。"祭海"是渔民出海捕鱼时，为求平安、丰收举办的一种仪式。国家实行"休渔期"，"休渔期"结束称为"开渔"。当地政府决定在东海休渔结束的那一天举行盛大的开渔仪式，欢送渔民开船出海捕鱼。

开渔节将原来民间的"祭海"活动升级为一个海洋文化的盛大典礼，集文化、旅游、经贸活动于一体，赋予其丰富的文化内涵和鲜明的渔乡特色。开渔节上，传统的祭海仪式表达了渔民出海平安的祝愿；"蓝色保护志愿者"放海行动体现了人们保护海洋生态环境的意识；而锣鼓齐鸣、千帆竞发的开船盛况更吸引了来自全国的游客。一年一度的开渔节如今已成象山一张亮丽的名片，成为中国著名节庆之一。

1955年，2岁的柯受良随全家从石浦渔山岛迁徙到台湾。

后来他成为著名的特技演员,被称为"亚洲飞人"。他驾车飞越长城烽火台,又飞越了黄河壶口大瀑布。他以石浦渔民的基因,不畏死亡,拼搏在比海洋更加辽阔的蓝天之上。

宁波大学

宁波院士中心

四明湖

象山石浦

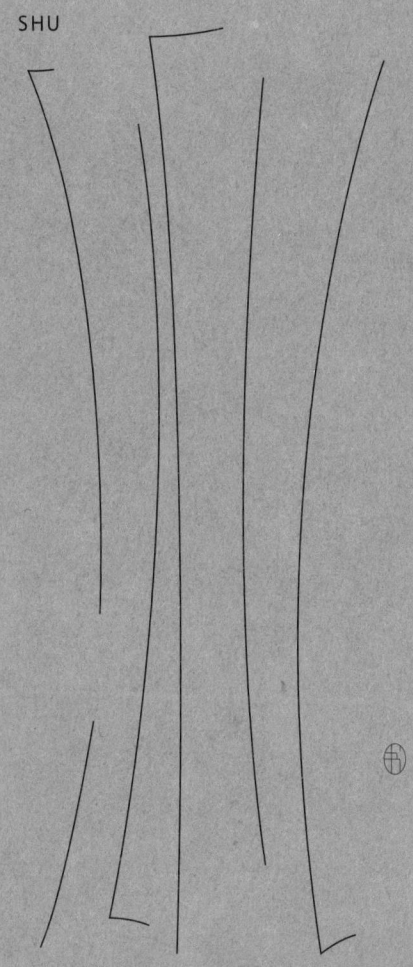

书藏古今 港通天下

孙武军 著

宁波出版社